新 潮 文 庫

暗幕のゲルニカ

原 田 マ ハ 著

新 潮 社 版

10941

目次

カバー 「ゲルニカ」 パブロ・ピカソ 一九三七年
マドリッド、レイナ・ソフィア芸術センター蔵

暗幕のゲルニカ

芸術は、飾りではない。敵に立ち向かうための武器なのだ。

――パブロ・ピカソ

目の前に、モノクロームの巨大な画面が、凍《い》てついた海のように広がっている。泣き叫ぶ女、死んだ子供、いななく馬、振り向く牡牛、力尽きて倒れる兵士。それは、禍々《まがまが》しい力に満ちた絶望の画面。

瑤子《ようこ》は、ひと目見ただけで、その絵の前から動けなくなった。真っ暗闇《くらやみ》の中に、ひとり取り残された気がして、急に怖くなった。

目をつぶりたいけれど、つぶってはいけない。見てはいけないものだけれど、見なくてはいけない——。

瑤子たち一家は、休日ごとに、マンハッタンにある美術館を訪ね歩いていた。銀行員だった父の赴任に伴って、家族でニューヨークに移り住んだ年のことである。

父はあまり美術には興味がないようだったが、母が行きたいというのに付き合ってくれていた。母は印象派の作品が特別お気に入りで、ミュージアムショップでモネやルノワールの絵はがきをたくさん買っては日本の友人たちに送っていた。そして十歳の瑤子は、アーティストの名前はわからないが、かわいい女の子やきれいな花が描いてある絵が好きだった。

その日、家族揃《そろ》って、初めてニューヨーク近代美術館（MoMA）を訪れたのだった。

おもしろい絵があるわよ、とMoMAに到着してすぐ、母が瑤子に語りかけた。目が顔のあっちこっちにくっついててね。顔のかたちも四角だったり、三角だったり。ふくわらいのお面みたいなの。きっと、気に入るわよ。

母が言っていたのは、パブロ・ピカソの絵のことだった。そして、母の予言の通り、瑤子はひと目でピカソの作品に引きつけられてしまった。

肖像画に描かれているのは、人なのか生き物なのかもわからない。ロボットか何かのようでもある。けれどじっと目を凝らすと、それは踊り出すような、歌い出すような、瑤子に向かって話しかけてくるような気がした。

瑤子はいつしか夢中になった。両親から離れて、どんどんひとりで見ていった。ピカソばかりでなく、ゴーギャンや、ゴッホや、ルソーがあった。だんだん楽しくなってきて、スキップするような足取りで、大きな展示室へ入っていった、そのとき。

軽やかな足取りが、そこでぴたりと止まった。

目の前に、モノクロームの巨大な画面が広がっていた。

どのくらいの時間、その絵の前に立ち止まっていたのかわからない。が、瑤子は、磁石に引き寄せられた砂鉄のようにそこから動けなくなってしまっていた。

瑤子、瑤子。

背後で母の呼ぶ声がした。瑤子は振り向かなかった。母が隣へやってきて、瑤子の肩に手を置いた。

ここにいたのね。さあ、もう行きましょう。お父さんが出口で待ってるから。

瑤子は母の手を握って、怖々《こわごわ》訊《き》いた。

お母さん、何？　この絵。

母は、巨大な絵を見上げて、〈ゲルニカ〉という題名の絵よ、と言った。

昔ね、戦争があったの。たくさんの人が亡《な》くなったのよ。日本人も、アメリカ人も、スペイン人も……。これは、戦争に苦しむ人たちを描いた絵だということよ。もう戦争なんかしちゃいけないって、ピカソは絵で訴えたの。

絵に釘付《くぎづ》けになっている娘の様子を見て、母は笑った。

あなたには、まだわからないかもしれないわね。もっと大きくなったら、また見にきましょう。——いまはまだ、いいのよ。

母の手をしっかりと握ったままで、瑤子はその絵の前を立ち去った。

振り向いちゃだめだ、振り向いちゃだめだ、と瑤子は心の中で繰り返した。その絵の放つ強烈な磁力に必死に抗《あらが》った。けれど、室から一歩出た瞬間に、瑤子は思わず振り返った。

画面の中でこちらを振り向いている牡牛と、目が合った。牡牛の瞳《ひとみ》は戦慄《せんりつ》していた。

それは、世界が崩れ去る瞬間を見てしまった創造主の目のようだった。

序章　空爆

一九三七年四月二十九日　パリ

むき出しの肩の上にどさりと何かが落ちてきて、ドラは目が覚めた。

セーヌ河の上空を優雅に舞い飛ぶユリカモメが、突然気絶して、ベッドの中めがけて墜落してきたような感覚に、はっと目を開いた。実際には、寝返りを打って背中にぴったり体を寄せている男の腕が落ちてきたのだった。

首にまとわりつく腕、その手のひらに、ぼんやりした焦点を合わせる。かさかさで、分厚い、古い聖書のような手。ところどころに白や黒の絵の具がこびりついている、汚れた手。——創造主の手。

その腕の中から抜け出して、床に投げ捨てられたガウンを拾い上げ、シュミーズの上に羽織る。テーブルの上に積み上げられた雑誌と本と、ありとあらゆるがらくた——ガラス片、紙の束、チョコレートの包み紙、壊れたコーヒーミル、マッチ箱、底の抜けた古い靴——の中から、タバコの箱と、トランペットの形をした真鍮《しんちゅう》のシガレット・ホルダーを取り上げる。細巻きタバコをホルダーに差し、くわえると、銀色のライターで火をつける。ひと口吸って、ゆっくり吐く。

窓辺に歩み寄り、ガラス戸を開けて、鎧戸《よろいど》を外に向かって開放した。ひんやりとした朝の空気が、澱《よど》んだ部屋の中へと流れ込む。

ドラ・マールは、目の前にひらけた風景に向かって、今度は勢いよく煙を吹きかけた。

いい天気だ。春らしい陽気で、遠くの街並みが霞《かす》んで見えている。すぐ近くのグランゾーギュスタン通りを車がせわしなく行き交う音が響いてくる。車の幌《ほろ》が朝の光を弾いて、小川を進む小魚の群れになって流れていく情景を思い浮かべた。セーヌ河は白々とやわらかく輝き、貨物船がのんびりと通り過ぎる。絹のドレスを切り裂くように、さざ波が船の後についてゆく。セーヌに浮かぶシテ島には、ノートルダム寺院の尖塔《せんとう》が空を指差してそそり立っている。

窓辺にもたれてタバコをくゆらせながら、ドラは、部屋の中を見回した。

十七世紀に建てられた古い館は、バルザックが小説の一舞台として選んだという由緒《ゆいしょ》正しき——いや、むしろ曰《いわ》く付きの——建造物だ。今では賃貸住宅となって、かつてはドラが親しくしている左翼系の活動家が住み、しょっちゅう集会も開かれていた。ドラがひとり暮らしをしているアパルトマンから一ブロックと離れていない。三、四階がまとめて空いたので、ただいまそこのベッドで眠りこけている「創造主」に紹介してやった。広いアトリエを探していた彼は、それはもう大喜びで、すぐさま引っ越してきた。ほんのひと月ほどまえのことだ。そして、たったひと月で、この部屋は「創造主」の作り上げた宇宙になった。

なんという無秩序さだろう。世界中の無用なものを集めて放り込んだゴミ箱さながらだ。ここまでめちゃくちゃだと感動的ですらある。そしていまは、自分ひとりだけがこの乱雑な宇宙に入り込むことが許されている女であるという事実を思い出して、ドラはほくそ笑むのだった。

乱れたシーツに包《くる》まって眠る「創造主」。——またの名を、パブロ・ピカソ。

父親ほども年の離れた男の顔には、深い皺《しわ》が刻まれている。閉じたまぶたの奥に隠れているのは、いかなるものでもその本質を瞬時に見抜いてしまう目だ。暗闇のように黒々としたふたつの目。そこに閃光《せんこう》が走った瞬間、自分は捕らえられてしまったのだ。一年と少しまえのことだった。

ピカソの寝顔を眺めながら、ドラは、ふたりでパリ郊外へドライブに出かけたときのことを思い出した。

野原をそぞろ歩いていたとき、小川のほとりで、見たこともないような美しい花をみつけた。その花を愛《め》でながら、ピカソはごくさりげなく言ったものだ。——神もきっと私に匹敵する芸術家だったんだろう。

傲慢《ごうまん》で鼻持ちならない自信家がふと口にした、神への冒瀆《ぼうとく》ともとれるひと言。けれど、ドラには不思議なほどすんなりと受け入れられる言葉だった。

あのときからだ。ドラがピカソを「創造主」として、畏《おそ》れ、戦《おのの》き、そして愛するようになったのは。

ピカソの分厚いまぶたが、ゆっくりと開いた。窓辺に佇《たたず》んでいるドラを、黒々とした目がみつめる。大きく息をつくと、スペイン語でつぶやいた。

「いやな夢をみた」

ふうっと煙を吐き出して、ドラもまた、スペイン語で訊《き》き返した。

「どんな夢？」

ドラは、建築家だった父の仕事の関係で、幼少時をアルゼンチンで過ごした。そのため、スペイン語が流暢《りゅうちょう》である。気まぐれな芸術家の心をつかむことができたのは、彼女の整った容姿と知性、芸術家としての仕事ぶり、さらにはスペイン語を話せたことと、それらのすべてが効力を発揮したからにほかならない。

ピカソは、上半身を起こすと、「タバコ、くれ」と言った。

「とんでもなく不吉な夢だった。目覚めた瞬間に、忘れたがね」

「若い女に追いかけられる夢じゃないの」皮肉を込めて、ドラは言った。いまのピカソは自分だけに夢中に違いない、と思いつつ。

「そんなら、ありがたい夢じゃないか」

ピカソは口の端を吊り上げて笑った。ドラはベッドに歩み寄り、その口にタバコをくわえさせた。銀のライターを差し出し、火をつけてやる。ピカソがヴァンドーム広場にほど近いダンヒルへ出向いてドラのために買ってきたライターには、小さな女の横顔が刻まれていた。

「腹が減ったな。ハイメはまだか」

煙を吐き出して、ピカソが言った。ハイメ・サバルテスは、ピカソがバルセロナで画学生をしていた時代からの友人であり、いまでは彼の秘書を務めている。毎朝、クロワッサンと新聞を調達してから、この館に来ることになっていた。

ドラは、本がぎゅうぎゅうに押し込まれた本棚の隙間《すきま》にある置き時計をちらりと見て、ガラスの灰皿でタバコを揉《も》み消した。

「もう九時ですもの、そろそろでしょ。とにかくコーヒーを淹《い》れるわ」

「そうしてくれ。特別に濃いのを頼む」

台所でコーヒーの粉をパーコレーターに入れ、ガスコンロにかけてから、ドラは洗面所に行った。顔を洗って鏡を覗《のぞ》き込む。

艶《つや》やかな頬の上を水滴が玉になって落ちていく。張りのある、しみひとつない、ほんのりと褐色を帯びた肌。豊かなまつげに縁取られた鳶色《とびいろ》の瞳。形のよい唇。そこにたっぷりと口紅を載せれば、いっそう肉感的に輝く。真っ赤なマニキュアの指先で、唇にそっと触れてみる。

ドラと付き合うようになってから、ピカソの描く肖像画から、金髪で色白の女性像——すなわち、年若い愛人だったマリー＝テレーズが徐々に消え始めた。代わりに彼のカンヴァスを支配しつつあるのが、かすかに日に灼《や》けた色の肌と赤い唇、漆黒の髪の麗人。蠱惑《こわく》的な微笑をたたえ、長く伸びた赤い爪《つめ》の指をほっそりした顎《あご》に添えている美女。あるいは、牛頭人身の怪物、ミノタウロスに犯される純潔のニンフ。

そのすべてが自分であることを、毎朝、鏡を覗き込むたびに思い出し、そこはかとない満足感を覚えるのだ。同時に、「創造主」の手によって、得体の知れない化け物に自分が変えられていくような恐ろしさも。

コーヒーカップとポットをトレイに載せて寝室へ戻ると、ピカソの姿がない。テーブルの上にトレイを置くと、ドラは、部屋を出て上階のアトリエへと階段を上がっていった。

ノックもせずにドアを開ける。最初に視界に入ってくるのは、赤茶色のトメット（六角形の素焼きタイル）が敷き詰められた床と、広々とした空間に堆《うずたか》く積み上げられた何百枚ものカンヴァス。その向こう、大きな壁一面を覆《おお》っているのは、巨大な、真っ白なカンヴァスだ。

ガウンを着て、スリッパをつっかけたピカソが、トメットの床に立ち、無地のカンヴァスに向かい合っている。背中越しに、タバコの紫煙がゆらゆらと立ち上っているのが見える。

いかにしてこの無垢《むく》な画面をやっつけてやろうかと、思いを巡らせているのだろうか。ドラが入ってきたことに気づいているはずだが、決して振り向いたりはしない。

ピカソが絵を描き出す瞬間はいつも唐突だった。雑談したり、くだらない冗談を言ったりしたあとに、モデルをほんの数秒間みつめて、さらさらとコンテを、あるいは鉛筆を動かし始める。スケッチブックや、ノートや、ときにはレストランの紙のテーブルクロスの上を、なめらかな動きで分厚い手が動き回り、気がつくと、世にも不思議な絵ができ上がっている。どこからどう見ても写実的な像ではない、けれどこれ以上ないほどにモデルの特徴を瞬時にとらえ、デフォルメした造形。目をそむけたくなるほど醜くもあり、天上の美しさをも兼ね備えた人物像。

初めて自分をモデルにした肖像画を目の当《ま》《あ》たりにしたとき、ドラはおかしなくらい戸惑い、頬が赤らむのを感じた。人目を避けてひっそりと自分の中に匿《かくま》っていた何かを暴《あば》かれたような気がした。それでいて、その肖像画は、まさしく素の自分だったのだ。

もちろんピカソほどの知名度はないにせよ、ドラ・マールとてアーティストである。シュルレアリストのグループに名を連ね、仲間の写真家であるマン・レイの影響もあって、写真を自らの表現手段としていた。

あらゆる現実を超えた表象をこそ尊ぶシュルレアリスム運動では、常識を覆《くつがえ》す表現や活動がお決まりのはずなのに、ピカソの創作に触れるとき、感情の針がいつも激しく揺れるのを、ドラは感じずにはいられなかった。

ドラは、ピカソの背後に静かに歩み寄った。五十五歳の男の背中はずんぐりとしていたが、城壁のようでもあった。何人《なんぴと》たりとも寄せつけない堅牢《けんろう》さがあった。

「今日は私、ポーズをとる必要がある？」

声をかけると不機嫌になるかもしれないと思いつつ、わざと無遠慮に訊いてみた。

「そうだな」と背中が短く答えた。指に挟んだタバコの灰がぽろぽろと床にこぼれ落ちている。

——いいかげんに下絵に取りかからないと、もう間に合わないでしょう？

そんな言葉がふっと浮かんで、あやうく溢《あふ》れそうになったが、どうにか止めた。

ピカソの目の前に、霧の中の湖のように、しんとして広がっている真っ白なカンヴァス。

まもなく始まるパリ万国博覧会スペイン館に展示される絵が、そこには描かれる予定だった。

ピカソがグランゾーギュスタンの館へ引っ越す三ヶ月まえ。冷え冷えとした冬空が、パリの街並の上に広がっていた。

ボエシー街のピカソのアトリエ兼住居を、三人の人物が訪れた。スペイン大使館文化代表マックス・アウブ、カタルーニャ人建築家ホセ・ルイ・セルト、そしてシュルレアリスト詩人のルイ・アラゴン。三人は、ピカソとまみえた瞬間から、並々ならぬ情熱と決意をその表情ににじませていた。なんとしても、世界でもっとも有名な芸術家を口説くという一途《いちず》な思いが態度にも口調にも表れているのを、その場に居合わせたドラは感じ取った。

ピカソとドラの付き合いはそう長くはなかったが、ドラの日常を、後になって思えば人生を、すっかり変えてしまうほどの濃密な日々をふたりは送っていた。ピカソは、愛人のマリー＝テレーズと幼い娘のマヤをパリ郊外の別宅に住まわせ、ときどき会いに行っているようではあったが、彼の「男」としての愛情がもはやマリー＝テレーズには向かっていないことを、ドラはじゅうぶんに感じることができた。頑《かたく》なに離婚を拒否している妻のオルガに関しては、もはや思い出したくもないはずだ。

女性芸術家と付き合うのは、数々の女性遍歴で有名なピカソにとっても初めてのことである。そんなこともあって、ピカソは自分に夢中なのだ、とドラは感じていた。

——少なくとも、いまは。

その日も、ピカソに呼ばれて、ドラはアトリエに来ていた。ふたりはほぼ毎日逢瀬《おうせ》を重ねていた。ドラは自分の仕事はそっちのけで、ピカソのためにアトリエでポーズを取り、ピカソが出かけるときには一緒についていき、来客があればともに迎えた。

カフェでの遅い昼食から戻ってくると、秘書のハイメが、セニョール・アウブがいらしていると告げた。リビングでは三人の男たちがピカソの帰りを待ち構えていた。

その中のひとり、ルイ・アラゴンは、ドラもよく知っているシュルレアリストグループのメンバーだった。そして左翼思想の持ち主であり、フランス共産党の党員でもあった。

彼らはパリ万博のスペイン館について相談に来たのだ、とハイメがドラに口早に教えてくれた。アラゴンがそのチームに加わっている意味を、ドラは素早く察知した。おそらくは、何かしら政治的な働きかけを、彼らはピカソにしようとしているのだ。

去年勃発《ぼっぱつ》したスペイン内戦にかかわることに違いない。

一九三一年、ピカソの母国スペインは、国王アルフォンソ十三世の亡命により、無血革命を果たし、共和国となっていた。が、共和国政府の左傾化に不満を募らせた軍が、フランシスコ・フランコ将軍を中心としてクーデターを起こし、一九三六年にスペイン全土を巻き込む内乱となった。ドイツのナチスやイタリアのムッソリーニなど、ファシズム政権が反乱軍を支援し、共和国軍は劣勢に立たされていた。共和国軍とともに「人民軍」として戦っているのは、戦闘経験もない民兵たちや、周辺諸国から参戦した志願兵たちだった。

フランス政府は、隣国の内戦を見て見ぬふりであった。が、義憤に燃えた一部のフランス人――中には作家や芸術家なども含まれていた――が、志願兵となって参戦していた。参戦こそしないものの、パリの芸術家グループの中には、ルイ・アラゴンのように、スペイン共和国に同調する者も少なからずいた。ピカソはといえば、いままでに政治的な思想はこれといって持たず、政治的な発言をするわけでもない。しかしながら、母国の内戦については、さすがに無関心ではいられなかった。マドリッドに戦禍《せんか》が及ぶまえに、プラド美術館のコレクションを疎開《そかい》させようと目論《もくろ》みもした。これは、ピカソが共和国政府によってプラド美術館の館長に任ぜられたこととも深く関係している。

ピカソは、自分なりのやり方で共和国政府を後方支援できればと考えているようだった。その証拠に、「フランコの夢と嘘《うそ》」と題した風刺画のエッチングを制作していた。フランコ将軍は醜い化け物となり、ナンセンスな行為を繰り返す愚か者として描かれていた。このエッチングを複製して販売し、売り上げを人民戦線支援のために寄付する考えをピカソは表明していた。

フランコのことをあなだこうだと言葉で批判こそしなかったが、どれほどあのファシストを嫌悪《けんお》しているか、エッチングを見せられたドラはひと目で理解した。フランコの非道を人々に知らしめるのであれば、共産主義者が幾千万の言葉を駆使して罵倒《ばとう》するよりも、この風刺画を一枚見せたほうが、はるかに効果的に違いない。

五月に開催されるパリ万博の各国のパビリオンの企画と運営は、それぞれの政府が受け持っている。中でも、ドイツ、イタリア、ソビエト連邦、スペインは、それぞれが威信をかけてパビリオンを準備し、互いの動向をにらみ合っている、と万博のスペイン館担当者となったマックス・アウブが説明をした。本来は各国の産業の見本市であり交流の場である万博会場が、その年に限っては政治的プロパガンダの戦場と化すことは明らかである——と。

「我々があなたにお願いしようと考えているのは、とてつもなく大きな仕事です」

パリ万博についてひと通り説明をしたあと、いよいよ本題であるとばかりに、アウブが物々しく言った。

「今回の万博では、各国の産業をアピールする機会となることは従来通りなのですが、それに加えて、建築と芸術の融合がテーマのひとつとなっています。我がスペイン館も、設計はほぼ仕上がりました。問題は、パビリオンの中に何を展示するかです」

建築家のセルトが、設計図をテーブルの上に広げた。二階建てのパビリオンは、立方体が連続するシンプルな構成で、時流に即したモダンなデザインだった。セルトは図面上に指を這《は》わせて、展示場の大きさや動線などについて、早口のスペイン語で説明をした。ピカソは両腕を組んで図面に視線を落とし、無言のままだった。

「最大の見せ場となるのは、この壁です」

セルトは、一階のホールの突き当たりに広がる壁の箇所を指差して言った。

「入り口のスロープから入ると、右奥にこの壁が見えます。大きさは、およそ縦7メートル50、横8メートル。入場者は、入ってまもなく、この壁に掛かっている絵に引きつけられるはずです」

「絵というよりも、『壁画』ね」後ろから覗き込んでいたドラが口を挟んだ。

「まあ、そういうことです」と、セルトが肯定した。

無言で設計図をみつめているピカソの横顔に向かって、アウブが告げた。

「私たち共和国政府が、あなたに依頼したいのは——この『壁画』です」

あなたはいま、世界でもっとも知られたスペイン人である。しからば、故国が内戦で混乱の坩堝《るつぼ》になっている現状を、また、樹立まもない共和国政府が反乱軍に追い詰められている窮状を、世界中の人々に思い起こさせてほしい。あなたがスペイン館に参加することによって、共和国政府は黙ってはいないのだということを暗示してほしい。

アウブは、激しく身振り手振りを加えて、偉大なる画家を口説こうと必死の様相だった。ピカソは、設計図を広げられた瞬間からほとんどポーズを変えずに、両腕を組んだまま、アウブの説得に耳を傾けていた。アウブも、セルトも、途中からはアラゴンも加わって、なんとしてもピカソの首を縦に振らせようとやっきになっていた。

　傍観していたドラは、周りに気づかれないように苦笑した。見たところ、セルトの設計はこれといった特徴がなく、魅力に欠ける。その上、予算不足と時間不足で、列強が造るパビリオンには完成度の点ではかなうまい。かくなる上は中身で勝負したいというのが彼らの本音だろうと、見てとった。

　スペイン共和国にはパブロ・ピカソがついているのだ、ドイツも、イタリアも、ソ連も持っていない最強のカードを持っているのだと、それだけを頼りにしている。それにしても、彼らの必死さがドラの目には滑稽《こっけい》に映るのだった。

「あなたがたの気持ちは、よくわかった」

　長い沈黙のあと、ピカソが口を開いた。アウブたちは、身を乗り出さんばかりにして、続く言葉を待った。「引き受ける」のひと言を。

「私には、内戦に苦しむ共和国を支援したい気持ちがある。力添えはしたいと思っている」

　アウブの顔に光が差した。彼は大急ぎで訊き返した。

「では、お引き受けいただけるのですね」

ピカソは、是《シィ》とも非《ノ》とも、答えなかった。

近日中によいお返事を期待しますと、何度も念を押して、男たちは帰っていった。

そのあとも、ピカソはずっと無口なままだった。

夕食に出かけたビストロのテーブルで、ドラは訊いてみた。「引き受けるつもりなんでしょう？」と。

「だけど、政治的に利用されるのは気に食わない。それに、あんなに大きな壁画なんて手がけたこともない。もう時間もない。大きなカンヴァスを置くアトリエもない。引き受けるつもりではあるけど、戸惑っているんだわ」

「知ったような口をきくな」不機嫌な口調で、ピカソが言った。

「今日はもう誰とも話をしたくない。帰れ」

食後のコーヒーがまだだったが、お別れのキスもせずに、ドラはビストロを後にした。吹きくるつむじ風にコートの襟を立てながら、図星なんだわ、と笑いがこみ上げた。

それでもピカソは、きっと引き受ける。そして創り出す。誰も発想できない、とんでもない絵を。

一度否定するところから始めるのが、彼の流儀なのだから。

ピカソが向かい合っているまっさらなカンヴァスは、縦・約350センチ、横・約780センチ。グランゾーギュスタンの館に引っ越してまもなく、スペイン大使館より届けられたものだ。

結局、ピカソは、大使館への返事を保留にしたままだった。にもかかわらず、ピカソがより広いアトリエへ引っ越したと知ったルイ・アラゴンが、早速大使館に連絡し、すぐさま特注の巨大なカンヴァスが一方的に運び込まれた。ピカソがそれを拒否しなかったことをもって、大使館側は「壁画制作を引き受けた」と受け止めた。

ところがピカソは、カンヴァスを受け取りはしたものの、一向に壁画制作に取りかかろうとはしない。ドラにポーズを取らせて、契約画商であるダニエル・カーンワイラーに渡す中小の作品を描いたり、気まぐれにスケッチブックにコンテを走らせたりしている。

「壁画のテーマは決まったの」

ポーズを取りながら、ドラはさりげなく訊いてみた。すると、「まあな」と気の抜けたような返事が返ってきた。

「『画家のアトリエ』にしようと思っている。あんなにでかいカンヴァスだしな……

原寸大のアトリエを描いてやるんだ」

ずいぶん無難なテーマだ。そんなことでいいのだろうか、いいはずがないとドラは思ったが、口には出さなかった。ピカソ自身が納得していないのがわかったからだ。

カンヴァスが運び込まれて三週間後。アトリエへ入ったドラは、ぎょっとして立ち尽くした。

アトリエの壁に立てかけられていた巨大なカンヴァスに、すっぽりと暗幕がかけられていた。霧の中の湖面は、暗い夜の海に変わってしまっていた。

「どうかしたの、これ?」ドラが尋ねると、

「別に。まぶしかっただけだよ」ピカソが答えた。そして、すぐさま暗幕を引き剝《は》がし、ばさりと床に落とした。現れたカンヴァスは、やはり真っ白なままだった。

それで、ドラにはわかってしまった。ピカソの苦悩は思いのほか深いのだと。

巨大なカンヴァスに向かい合うのを、あるいは恐ろしく感じたのかもしれない。窮地に立たされた母国を支援するのに、いったいどんな絵を描けばいいのか、迷いがあるに違いない。

ピカソも、苦悩するひとりの人間だったのだ。

その日以降、ピカソは毎日、まっさらなカンヴァスに長いことひとりで向き合って

いた。彼の中で何かが生まれ、動き始めるのは、もうまもなくのことだ。きっとそうだ——と、ドラは信じたかった。

灰が落ちて短くなったタバコを、山積みのカンヴァスの上に載せられた灰皿で揉み消すと、ピカソはようやく振り向いた。

「遅いな、ハイメは。立ち寄ったパン屋が火事にでもなったか」

ドラは、低い声で笑った。

「かもしれないわね。コーヒーを淹れたわ、下に行きましょう」

階下へ行くと、ちょうどハイメが到着したところだった。いつものパン屋の紙袋を、テーブルのがらくたの上に放り出すと、ハイメは、いつになく青ざめた顔をピカソに向けた。

「……大変なことになったぞ」

そして、脇《わき》に抱えていた新聞を差し出した。

ピカソは、黒々とした目を凝らすようにして、それをみつめた。

どこの町だろう、真っ黒に焼き尽くされた廃墟《はいきょ》の写真。吹き飛ばされた建物、おびただしい瓦礫《がれき》、累々《るいるい》と積み重なる——死体。

ドラの喉が、ひっと音を立てた。ピカソは、ハイメの手から新聞をむしり取り、穴が空くほど紙面に見入った。そこには、特太の見出し文字がくっきりと浮かび上がっていた。

ゲルニカ　空爆される

スペイン内戦始まって以来　もっとも悲惨な爆撃——。

二〇〇一年九月十一日　ニューヨーク

歌うような調子の明るい声が聞こえてきて、八神《やがみ》瑤子は浅い眠りから覚めた。飛び跳ねるような、楽しげな語感。スペイン語だ。「わかりました、では……」「そうですね、そうしましょう……」途切れ途切れに聞こえてくる、夫のイーサンの声。

枕元《まくらもと》の目覚まし時計の針は六時半を指していた。上半身を起こすと、Tシャツにトランクス姿のイーサン・ベネットが、携帯電話を片手にベッドへ戻ってきた。

「やあ、おはよう。起こしちゃったかな」

やさしく言って、瑤子の頬にキスをした。

「ベラスケスがどうとか、言ってたわね。まさか、いい出物があったの？」

小さくあくびをしてから、瑤子が訊いた。イーサンは「さすが。当たりだよ。ベラスケス『工房』作のものらしいけどね」と言って笑った。

「君のスペイン語の聞き取り能力は、相変わらず抜群だな。寝起きでもちゃんと聞こえてるなんて、驚きだ」

「ときどき、スペイン語で夢をみるくらいよ」

「ほんとうかい？　ふだんの夢は英語？　日本語？」

「わかんない。どっちもかな」

瑤子は、ベッドから起き出して窓辺に歩み寄り、ブラインドを上げた。

眼下には石畳のストリートが見える。朝日を浴びて、ゴミ収集車がのんびりと進んでいく。通りの向かいのデリには人々がちらほら出入りしている。ニューヨークでは定番のクリームチーズをたっぷりと挟んだベーグルサンドばかりでなく、ミートボールやイカのフライなど、タパスが評判のスパニッシュ・デリだった。瑤子たちも毎朝、この店に焼きたてのベーグルとタパス一、二品を買いにいく。それにオレンジジュースとカプチーノの朝食が、結婚七年目のイーサンと瑤子の定番だった。

「ベーグルを買ってくるよ。クリームチーズでいいね？」ブルーのワイシャツをはおりながら、イーサンが訊いた。

「ずいぶん早いのね。まだ七時まえよ」窓辺に佇んだままで瑤子が言った。

「急に電話会議をすることになったんだ。さっきのは、マドリッドの顧客《クライアント》の秘書からだよ。こっちの時間で八時半きっかりに、電話をかけることになった。資料は全部オフィスにあるから、それまでに行かなくちゃ」

「私も今日は午前中に大事な会議があって、準備もあるし、早めに出るわ」

「そうか、ならよかった。じゃあすぐ戻るから、コーヒーを淹れておいて」

イーサンは素早くドアを開けて出ていった。瑶子はバスルームへ行き、顔を洗ってからキッチンへ行った。食器棚からデミタスカップをふたつ取り出して、最近買ったエスプレッソマシンで、まずはエスプレッソを淹れる。そこに熱々のミルクを加えて、カプチーノを作る。ダイニングテーブルに皿とコップを並べて、手際《てぎわ》よく朝食の支度をした。寝室へ戻って、チェストの引き出しからブラウスを取り出す。

チェストの上の壁には、小さな鳩《はと》のドローイングがフレームに入れられて掛かっている。空中に羽根を広げた白い鳩の絵。ブラウスのボタンを留めながら、おはよう、と瑶子は、声には出さずに語りかける。

このドローイングを見るたびに、何か祈りのような気持ちがこみ上げてくる。この平穏な暮らしが、いつまでも続きますように。そんな思いになるのは、いまが幸せ過ぎるからかもしれない。

イースト・ヴィレッジにある築百年の古いアパートは、さほど広くはなかったが気に入っていた。結婚するときに購入して、内装は知り合いの建築家に依頼し、壁も床も真っ白いホワイト・キューブに仕立て、部屋のあちこちにアートワークを飾った。

新進気鋭の現代アーティストの作品が瑤子たちのコレクションの中心だった。訪れる人たちは、センスよく展示された作品を眺めて、まるでギャラリーね、と目を輝かせる。実は、ピカソの小さなドローイングも一点だけ持っていたが、セキュリティの問題もあるからと、夫婦の寝室に飾って、たとえ小品であろうと「うちにはピカソがある」とは誰にも教えなかった。

チェストの上の壁に掛かっている白い鳩の絵。それが、ピカソの作品だった。

イーサンは、世界中に顧客を持つアートコンサルタントである。ハーバード大学で十八世紀スペイン美術を研究し、美術史修士の学位を持つイーサンは、フランス語とスペイン語、さらにはドイツ語も堪能《たんのう》だった。アメリカ屈指の大手投資銀行でアートコンサルティング業務を十年以上務めたのち、独立していまに至る。

瑤子は東京生まれの生粋の日本人だったが、イーサンと結婚したこともあり、いまではアメリカの永住権を取得していた。日本の大手銀行の社員だった父がニューヨーク支社に赴任したために、幼少期の七年間をニューヨークで過ごした。中学生になるタイミングで帰国したのだが、日本での学校生活がどうにも窮屈で、大学進学を機に単身で再びアメリカに戻った。

ニューヨーク大学で美術史修士を、コロンビア大学で美術史博士号を取得し、ピカソ研究のためにスペイン留学も果たした。マドリッドにあるプラド美術館でインターンののち、レイナ・ソフィア芸術センターの開設準備室に一年間勤め、サンフランシスコ近代美術館の学芸部門で三年勤務。その後、三十五歳でニューヨーク近代美術館（MoMA）の絵画・彫刻部門《デパートメント・オブ・ペインティング・アンド・スカルプチャー》にキュレーターとして転職を果たした。MoMAの花形部門である絵画・彫刻部門のアジア人キュレーターは初めてだったが、ジェンダーや国籍で職務的差別をしてはならない、実績のある優秀な研究者、感性豊かな人物をキュレーターに登用する、というMoMAの方針を目に見える形で実現しようと、理事会が後押ししてくれたのである。中でも、女性理事長のルース・ロックフェラーは、いまや世界屈指の名門美術館となったMoMAの内部改革に余念がなく、ピカソ研究で数々の功績を上げていた瑤子の活躍に早くから注目し、MoMAへ誘ってくれた張本人だった。

　瑤子は、留学先のマドリッドでイーサンと出会った。すでに銀行のアートコンサルティング部門に就職していた彼は、研修のためマドリッドに滞在していたのだった。同い年のふたりは意気投合し、まもなく恋人同士になった。イーサンはニューヨーク、瑤子はマドリッド、サンフランシスコと、住んでいる場所は離れていたものの、アートにかける情熱とお互いへの愛情は年を経るごとに増していった。そして、瑤子がM oMAに転職し、ニューヨークへやってきたのを機に結婚した。婚約指輪の代わりにイーサンが贈ってくれたのが、ピカソのドローイングだった。

葉書大の紙に描かれた、羽根を広げた一羽の鳩。流れるような鉛筆の動きで、鳩がたったいま飛び立った瞬間を表している。じっとみつめていると、画面の中から飛んできて、腕に止まりそうな気さえする。瞬時に対象の本質をつかむ、ピカソならではの卓越した表現だ。

ピカソは子供の頃から鳩に親しみ、娘の名前にも「パロマ（鳩）」と付けたくらいだった。スペイン南部の都市、マラガにあるピカソの生家には、瑤子も何度か足を運んだが、生家の目の前にある広場に鳩が群れていた。幼いピカソは、その広場で鳩と戯《たわむ》れたという。晩年に暮らした南仏の古城でも鳩を飼っていた。一九四九年――パロマが生まれた年だ――パリで開催された国際平和擁護会議のポスターのために描かれた鳩はあまりにも有名だ。漆黒の背景と、ふさふさとした足毛のある純白の鳩。ふっと暗闇《くらやみ》の中に浮かび上がった姿は、気高く、清らかで、美しい。ピカソの心情、平和への思いを、たった一羽の鳩が痛いほどに伝えている。

イーサンが「ピカソの鳩」を贈ってくれた気持ちが、瑤子には何よりうれしかった。幸せになろう、平和に暮らそう。言葉はなくとも、鳩がすべてを語ってくれた。

玄関のドアがバタンと閉まる音がした。瑶子は急いでキッチンへ行った。イーサンが紙袋から包みを取り出して皿の上に載せていた。そして、「今朝は、トルティージャサンドにしたよ」と朗らかに言った。

「あら、珍しい。どうしたの？」コップにジュースを注ぎながら、瑶子が訊き返した。ほぼ毎日ベーグルを買ってくるのが習慣なのに。

「別に。急に食べたくなってね。『最後の晩餐《ラスト・サパー》』ならぬ『最後の朝食《ラスト・ブレックファースト》』だな」

何気なく言って、イーサンはトルティージャを挟んだバゲットのサンドイッチに勢いよくかぶりついた。

いつだったか、死ぬまえに食べるとしたら何が食べたい？ と言い合ったことがある。イーサンはトルティージャ、瑶子は塩むすびと豆腐の味噌汁《みそしる》。うちの向かいにあるデリのトルティージャを食べてから天国に行きたいよ、と言うので、瑶子は笑わされた。

マドリッドで付き合い始めた頃、瑶子の下宿先の近所にあるバールで、トルティージャと呼ばれるスペイン風オムレツをしょっちゅう食べたものだ。いまや世界中のお金持ちと一流のレストランで会食するようになって、結構な美食家のくせに、やっぱり死ぬ間際には素朴なものが食べたいと思うものなのだろうか。

「じゃあ、今夜は私の『最後の晩餐』に付き合ってもらおうかな」

冗談めかして瑤子が言うと、

「もちろんさ。おにぎりとトウフだよね」イーサンが返す。

「塩むすびと豆腐入り味噌汁よ」

「ああ、そうだった。味噌汁。作ってくれるのかい？」

「ええ。今夜は約束がないから、早く帰れるわ。和食でよかったら」

「ちょうどよかった。僕も今夜はフリーだ。ホームメイドの和食！　いいなあ、期待してるよ」

キッチンの壁に掛けられた時計の針が八時十分まえを指していた。「もう行かなくちゃ」とイーサンは立ち上がった。

「そういえば、今日の会議にルースが出席するのよ」急に思い出して瑤子が告げると、

「ああ、ルース。ひさしぶりに会いたいな。よろしく伝えておくれ」イーサンは、急ぎながらも敬愛をこめてそう言った。

ＭｏＭＡ理事長のルースは、近現代美術の大コレクターであり、かつてはイーサンの顧客でもあった。しかし瑤子をＭｏＭＡのキュレーターとして迎えてからは、イーサンを通じて作品を購入することはしなくなった。癒着《ゆちゃく》を噂《うわさ》されると瑤子のためにな

らないから、と。大口の顧客を失うことは痛手ではあったが、ルースのそういう誠実さ——富裕層には珍しいほどの——をイーサンも瑤子も尊敬していた。ルースがいたからこそ、瑤子がニューヨークへ戻ってこられたのだ。それは、何百万ドルの取引《ディーリング》をもってしても代え難いと、イーサンは常々感謝していた。

「じゃあ、行ってくるよ。八時まえには帰る」

イーサンは、玄関先まで見送りに出た瑤子にキスをして、軽く肩を叩《たた》いた。

「わかったわ。じゃあ十二時間後にね」

「オーケー、十二時間後に。愛してるよ。ルースによろしく。会議の成功を祈る」

あわただしくドアを開けて、出かけていった。

瑤子は書斎へ行くと、午前十時から開始されるMoMAの理事会に資料として提出する展覧会カタログを二冊、本棚から選び出した。

二冊ともMoMAで過去に開催された「ピカソ展」のものである。ひとつは一九三九年にアメリカにおける初めてのピカソの本格的な個展となった「ピカソ：芸術の四十年」、もうひとつは一九八〇年の「パブロ・ピカソ回顧展」。どちらもMoMAの歴史の中で燦然《さんぜん》と輝く功績を残した名展覧会だ。

開催時期には四十一年もの隔たりがあるが、これらふたつの展覧会には、「同じアーティストの回顧展」という以外に、もうひとつ、特別な共通点があった。

どちらにも〈ゲルニカ〉が出展されていたのである。

〈ゲルニカ〉――生涯に十数万点もの作品を遺《のこ》したピカソ、その代表作は何かと問われれば、瑤子はすぐにこのタイトルを挙げるだろう。

一九三七年、パリ万博スペイン館に展示するために制作された大作。縦・約350センチ、横・約780センチのカンヴァスに繰り広げられた阿鼻叫喚《あびきようかん》の図。逃げ惑う人々、いななき叫ぶ馬、驚愕《きようがく》して振り向く牡牛、倒れた兵士らが、黒とグレーと白、モノクロームの色彩で描かれている。美術史上もっとも物議を醸《かも》し、いまでは世界中の人々に戦争の愚かさの――つまりは反戦のシンボルとして認識されている作品だ。

パリ万博終了後は、ヨーロッパ各地を巡回し、MoMAでの展覧会のためにアメリカへ渡った。その後、「スペインに真の民主主義が戻るまで、アメリカにとどめてほしい」とのピカソの意向により、結局、一九八一年にスペインへ返還されるまで、四十二年の長きにわたりMoMAで展示され続けることになる。実に数奇な運命をたどった作品だった。

一九三七年四月二十六日、内戦真っただ中のスペインで、バスク地方の小都市・ゲルニカを、反乱軍とそのリーダーであるフランコ将軍を支援していたナチス・ドイツの航空部隊が空爆した。その惨状を知ったピカソが、反乱軍と戦う共和国政府を支援しようと絵筆を取り、この作品が生まれたというエピソードは、あまりにも有名だ。戦闘シーンでもなく、殺戮《さつりく》の場面でもない。それなのに、その絵が地獄を表しているのは明らかだった。が、そこに描かれているのは、神に裁かれて地獄へ送られた罪人たちではない。人間によって地獄へ突き落とされた人間たちなのだ。

ニューヨーク大学で美術史を勉強していた二十歳のとき、瑤子はMoMAで開催されていたピカソの回顧展で〈ゲルニカ〉に再会した。初めて見たのは十歳のときで、それ以来見ることはなかったのだ。――そう、あの再会のときの戦慄《せんりつ》。

ふたつの点で、瑤子は戦慄した。ひとつは、作品〈ゲルニカ〉が抽象化されたモチーフと構成、しかもモノクロームであるにもかかわらず、目の前に空爆されたゲルニカの惨状がありありと浮かんだこと。そしてもうひとつは、政治家でも思想家でも軍人でもない、ひとりのアーティストが、もっとも洗練され卓越した手法で、「ゲルニカ空爆」という忌《い》むべき負の歴史を、「ゲルニカ」という知られざる小さな町の名を、世界の人々に記憶させたこと――。

あのときだった。自分は、生涯をかけてパブロ・ピカソという芸術の巨人を追いかけ、寄り添っていこうと決めたのは。

そうだ。自分の人生は、ピカソによって行くべき方向を見出し、やるべきことを成してきたのだ。少なくとも、人生の半分――二十歳からの二十年間は。

ピカソを追いかけなかったら、イーサンに出会うこともなかったし、MoMAに勤務することもなかっただろう。世界の名美術館を巡回するような大型展の企画を任されることもなかっただろう。

その日の理事会で、瑤子は、目下手がけている企画展「マティスとピカソ」のプレゼンテーションをすることになっていた。宿命のライバルであり、よき友人同士だったアンリ・マティスとピカソの友情と葛藤《かっとう》を、彼らの代表作を並列して展示することによって浮き彫りにする。MoMAに勤務するまえから企画をあたため続け、二年後に開催すると決まっていたが、ようやく展示作品の候補が揃《そろ》った。これで理事会の最終的な承認を得なければならない。重要なプレゼンテーションだった。

二冊の分厚いカタログをパソコンバッグに入れる。ずっしりと重い。なんの、と瑤子は持ち上げて、ストラップを肩に掛けた。

出かけるまえに寝室へ行った。チェストの上の壁に掛かっている「鳩」に、じっと見入る。

――守ってね。

胸の中で日本語で語りかけてから、一瞬、目を閉じた。祈るように。なぜだかわからなかったが、そうしたかった。

サマーウールのジャケットを着て、ローヒールのパンプスを履き、部屋を出た。エレベーターを待ちながら、ちらりと腕時計を見た。八時十分だった。

早足で地下鉄の駅へと向かう。ぱりっと青い九月の空に、マンハッタンの摩天楼が幾重にも突き刺さっていた。

一九八〇年五月の終わり、すがすがしい青空がミッドタウンに林立する摩天楼の上に広がっていた。

五番街と六番街のあいだ、西五十三丁目にあるMoMAの入り口前には長蛇の列ができていた。「パブロ・ピカソ回顧展」の入場を待つ人々の列である。展覧会は始まったばかりだったが、テレビ、新聞、雑誌等、各メディアがこぞって取り上げ、辛口で知られる美術評論家やジャーナリストたちも絶賛していたこともあり、我先にと入場者が押し寄せた。

ニューヨーク大学二年生だった瑤子もまた、そのひとりだった。美術史のクラスでは、もっぱらこの回顧展のことが話題になっていた。真っ先に見にいった友人は、興奮気味にいかにすばらしかったかを捲《まく》し立て、ピカソの再評価が進むに違いない、といっぱしの評論家を気取って言った。まだ見にいっていない友人から一緒に行こうと誘われたが、やんわりと断った。どうしてもひとりで行きたかったのだ。

今後の研究課題としてピカソに取り組もうと、そのときすでに瑤子は考え始めていた。

少女時代にニューヨークに住んでいたとき、スペイン移民の仲良しがいた。彼女にスペイン語を教えてもらったこともあって、スペインという国とその文化に興味を持っていた。大学で美術史を専攻した当初は、ベラスケスかゴヤあたり、十七、十八世紀のスペイン美術を研究対象にしようかと考えていたのだが、突き詰めるとピカソに行き当たった。

大き過ぎる相手だが、避けて通れぬ気がした。美術史を研究していく上で、ピカソにはきちんと向き合わなければいけない。美術史を専攻している友人たちは、皆、ピカソは特別だと考えていたが、研究対象としては敬遠していた。はまりこんだら面倒なアーティストだと誰もがすでにわかっていたからだ。

瑤子は逆だった。面倒だからこそ、やりがいがあるのではないか。わからなければ、納得するまでとことん追いかけていけばいいのだ。ピカソは多くの作品を遺しているし、それらは世界中の美術館のコレクションとなっている。文献も数え切れないほどだ。そして、ニューヨークにはＭｏＭＡがある。ピカソの代表作が何点もＭｏＭＡには収蔵されている。調べたければいつでも確認できるのだ。――そう、あの〈ゲルニカ〉も。

瑤子が初めてＭｏＭＡを訪れたのは十歳のとき。同時にそれが、瑤子にとって初の〈ゲルニカ〉体験となった。見てはいけないもの、けれど見なければいけないものを見た。そんな気持ちが胸の中に渦巻いて、母が迎えにくるまで、絵の前から一歩も動けなくなってしまった。むき出しの生と死を目の当《ま》たりにした戸惑い。あの強烈な、抗い難い磁力。

その後、瑤子は、中学生になってニューヨークを離れるまで、二度とＭｏＭＡへは行かなかった。怖かったのだ。「あの絵」を見るのが。

大学進学のためにニューヨークへ戻ってきてからは、企画展を見るためにＭｏＭＡへ出かけた。が、やはり「あの絵」の展示室へ行くことを避けていた。

そして、その日。パブロ・ピカソの回顧展で、瑤子は、幾多の入場者の頭越しに「あの絵」に再会した。十年の時間を経て、あの牡牛と、もう一度視線を合わせた。

世界が崩れ去るのを見てしまった創造主のような目。

怖くはなかった。代わりに、すさまじい戦慄が湧《わ》き上がった。知らず知らず、ぎゅっと固い拳《こぶし》を作っていた。

ざわめく展示室の一角で、瑤子はそのとき、全身で「あの絵」を受け止めようと、ひとり、静かに闘っていた。

地下鉄Eラインの電車が、五番街《フィフス・アヴェニュー》／五十三丁目《フィフティ・サード・ストリート》駅のホームに滑り込んだ。通勤客がいっせいに車内から溢れ出す。駅構内はすえた臭《にお》いが充満し、蒸し暑かった。

重いバッグを肩に提げ、瑤子はエスカレーターに乗って地上へ向かった。このエスカレーターはうんざりするほど長い。一刻も早く外の空気が吸いたいと思うのはいつもこの瞬間だ。ニューヨークの地下鉄の駅のほとんどは未だに冷暖房がない。それに決して衛生的でもない。夏や冬には快適な日本の地下鉄がうらやましく思い出されるのだった。

五十三丁目の通りへと繋《つな》がる階段を上がる。瑤子はちらりと腕時計を見た。八時四十五分だった。美術館のドアまでは、ほんの三分で到着する。出口でお客を待ち構えているスタンドでコーヒーを買っていこう。……あと五段で地上に出る、そのとき。

低く重たい爆発音が轟《とどろ》いた。音は高層ビルの谷間にこだまし、岸壁を浸蝕する波のように不気味に広がった。

はっとして、瑤子は思わず階段を駆け上がった。通りにいる人々が、不安げな表情で、いっせいに空を見上げ、四方を見回している。

「どうしたの？」「何があったんだ？」「爆発か？」

ざわめきが伝播《でんぱ》した。何人かの人々が五番街に向かって走っていく。瑤子は、わけがわからず、五十三丁目の路上に立ち尽くして周辺を見回した。

わっと喚声が上がった。五番街に出た人々が口々に叫んでいる。

「なんてこった！」「ああ、神よ……神よ！」「なんだ、ありゃあ?! 火事か？ どこだ？」

ひとりの男が、狂ったように叫びながら、瑤子が立ち尽くす方角に向かって走ってきた。

「空爆だ！ ワールド・トレード・センターが空爆されたぞ！」

瑤子は息をのんだ。

バッグのストラップを握りしめて五番街へと走る。歩道は群衆で騒然としていた。けたたましく鳴り響く車のクラクション、神よ、神よ、嘘だろう、まさか、と叫び続ける声。

――まさか。

瑶子は、呆然《ぼうぜん》と通りの彼方《かなた》をみつめた。

ザッ―ザッ―ザッ―ザッ、心臓の激しい高鳴りが全身に響き渡る。耳鳴りがする。目がかすむ。口が渇く。砂嵐のさなかに放り込まれてしまったかのようだ。

まさか――。

マンハッタンの南端、まぶしいほど澄み渡った青空に立ち上る黒煙。それを目がけて、白い機影が上空を切り裂くように突っ切っていくのが見えた。

第一章　創造主

一九三七年四月二十九日　パリ

スペイン内戦始まって以来、もっとも悲惨な爆撃
ヒトラーとムッソリーニの空軍が投下した数千発の焼夷弾がゲルニカを焼き尽くす

バスク地方最古の町、文化と伝統の中心ゲルニカは、昨日の午後、反乱軍の空襲により徹底的に破壊しつくされた。

前線から遠く離れ、無防備なこの町に対する攻撃は、精確に三時間十五分つづき、その間ユンカースとハインケルの爆撃機、そしてハインケル戦闘機のドイツ製三種の航空機からなる強力な編隊は、たえまなく、二百五十キロ級を最大とする爆弾と、

三千発を超すと思われるアルミ製一キロ弱の焼夷弾を市中に投下した。かたや戦闘機は市街中心部から低空に舞い降りて、周辺の野原に避難した市民に機銃弾を浴びせた。

サンジェルマン地区にあるカフェ「ドゥ・マゴ」のテラス席で、テーブルの上に広げた新聞の記事を、もう何度目だろうか、ドラ・マールは隅々まで読み返した。四月二十九日付の「ユマニテ」紙に掲載されたのは、イギリスの新聞「ザ・タイムズ」の記者、ジョージ・L・スティアが二十七日に書いた記事である。

四月二十六日、スペイン北部に位置するバスク地方の古都、ゲルニカが空爆された。一九三六年に勃発《ぼっぱつ》したスペイン内戦は、クーデターを起こしたフランコ将軍率いる反乱軍がスペイン共和国軍を劣勢に追い込みつつあった。ドイツとイタリアのファシスト政権の圧倒的な支援を取り付けた反乱軍は、一気に政権転覆を狙《ねら》って、ついに無差別攻撃という人類史上類を見ない暴挙に出た。その標的となったのがゲルニカであった。

隣国であるスペイン内戦に関して、巻き込まれるのはご免だとばかりに見て見ぬふりを貫いているフランスでは、ゲルニカ空爆のニュースはさほど仰々しく即日報道されなかった。しかし事態はフランス政府の想像以上に凄惨《せいさん》を極めており、世界中に報道されるべき内容——言葉を換えれば報道的価値《ニュースヴァリュー》のあるもの——であった。空爆から二日経《た》った四月二十八日、ようやくフランスの新聞各紙がこの件を取り上げ、その翌日の二十九日、「ユマニテ」が「ザ・タイムズ」に掲載されたスティア記者の前線リポートを転載するかたちで大々的に報道した。

パブロ・ピカソは、秘書のハイメ・サバルテスが持ってきた新聞を見て、故国の町に文字通り降って湧《わ》いた惨劇を知った。その瞬間、ドラはピカソとともにいた。そして、見た。ピカソの顔がたちまち強ばるのを。

新聞の一面には、「ゲルニカ爆撃」の文字と、廃墟《はいきょ》となった町の風景、そして累々《るいるい》たる死体の写真が掲載されていた。ドラは、まったく声をなくしてその写真にしばし見入ったが、ピカソは違った。

ピカソは、新聞をハイメの手からむしり取り、食い入るように見入ったかと思うと、やがて無言で新聞をまっぷたつに破った。破っただけでは物足りなかったらしく、びりびりに引き裂いて、床に叩《たた》きつけ、足で踏みつけた。何度も、何度も。その間、ひと言も発しなかった。ドラとハイメはその様子を黙って眺めるほかなかった。

ピカソの表情は岩のように固かった。実際に、すっかり血の気が引いた顔は歪《いびつ》な岩そのものに見えるくらいだった。どこの馬の骨ともわからぬ通りすがりの輩《やから》に親が殺された——という電話をたったいま受けた、そういう感じだった。

気が済むまで新聞を踏みにじり、蹴散《けち》らしたあと、ピカソは肩で息をついて、重苦しい声で言ったのだった。

「ハイメ……新聞を。同じやつを買ってきてくれ」

もう一部、あわててハイメが買い直してきた新聞を、今度は立ったままで隅から隅まで読むと、ピカソはまたしてもそれを八つ裂きにして、床に叩きつけた。そして、今度は一度だけそれを蹴散らし、無言で自室へと行ってしまった。——朝食を食べることもなく。

何かとてつもない力——猛烈な化学変化が彼の中で沸き起こっているのだと、ドラは察知した。

結局、ハイメは、その日二回、同じ新聞を買い直した。今度こそ、ドラはその記事のすべてを読んだ。一文字たりとも飛ばし読みはしなかった。

ドラも、朝食を食べる気にはならず、遅い昼食を取りにひとりで「ドゥ・マゴ」へ出かけ、もう一度新聞を詳細に読んだ。そこでまた気分が悪くなり、注文したクロック・ムッシュをほとんど手をつけずに残してしまった。

ピカソのアパルトマンへと戻ると、ハイメがリビングで肘掛け椅子《ひじかけいす》に座っていかにも手持ち無沙汰《ぶさた》にしていた。ドラの顔を見ると、「どうすべきかな」と、道に迷った少年のような顔つきで言った。

「君が出かけているあいだに、ルイ・アラゴンが来たんだ。ピカソはどうしてるかって……」

今日はいくら待っていても出てこないだろうと告げると、アラゴンはコーヒー豆を嚙《か》み砕いたような顔になり、特大のため息をついて帰っていったという。

ドラは、ふん、と鼻を鳴らした。

「ご苦労なことね」

ハイメは、アラゴンが乗り移ったかのように大きなため息をついた。

「彼にしてみれば、スペイン大使館にピカソを紹介したのは自分だから責任重大だと思ってるんだろ。せっかく運び込んだカンヴァスにまだ線の一本も描けてないとなったら、気が気じゃないだろうさ」

「あんたもそうなんでしょう」ドラが嗤《わら》うと、

「君もだろう」ハイメが言い返した。

「私は、別にどうってことないわ」

ドラは、テーブルの上に積み上げられたがらくたの中からジタンの箱を拾い上げて、金色のシガレット・ホルダーに差し込みながら言った。

「あの人はね、ハイメ、そのへんにいるような画家じゃない。そうでしょ？　あの人は、なんてったってピカソなんだから。そのときがきたらやるべきことをやる。そうに決まってるわ」

創造主が天地を作り出すのを怠らないのと同じだと、言ってやりたかった。ドラは、銀色のライターでタバコに火をつけると、ゆっくりと煙を吸い込んで、テーブルの上のがらくたに向かって吐き出した。

「あんた、もう何年あの人の友だちやってるのよ、ハイメ？　あの人がピカソなんだってこと、ちゃんとわかってるんでしょ？」

ハイメは、ピカソが青春時代にバルセロナでボヘミアンな生活をしていた頃からの親友である。

二年ほどまえ、ピカソは、妻であるオルガ・コクローヴァと、娘のマヤを生んだばかりの若き愛人マリー＝テレーズとのあいだに挟まれ、悶々《もんもん》とした日々を送っていた。誰にも言えない苦悩を打ち明けた相手がハイメだった。いかに自分が孤独であるか、ピカソはハイメに手紙を書き送った。友が相当追いつめられていると感じたハイメは、妻を伴って、ともかくパリへやってきた。以来、ピカソの相談相手として、また秘書として、彼を見守り、支える立場となったのだった。

その頃、ピカソは「人生最大のスランプ」に陥っていた。長年、友の旺盛《おうせい》な制作活動を見続けてきたハイメには——そしてピカソを取り囲むすべての人にとっても——信じ難いことだったが、いまや世界でもっともその名を知られた芸術家は、描くことを一切やめてしまったのだ。

たとえこの世が終末の日を迎えたとしても、何人《なんぴと》たりとも彼の筆が動くのを止められないだろう。誰もがそう思うほど、それまでのピカソは、描いて、描いて、描いて、描きまくってきた。ピカソにとって「描く」という行為は、自分で心臓を止めることができないのと同様に、自然の摂理のようですらあった。

そのピカソが、筆を執ることとすらためらおうとは……。

「そりゃあ、わかってるさ」

ハイメは、ドラの態度に少々いらつきながら答えた。

「だけど、ピカソにだって描けないときもあったんだ。君は知らないだろうが、俺は、彼がスランプに陥って苦しんでるのを見たんだからな。描かないというのじゃない。描けなかったんだよ、全然。スケッチの一枚も。二年近くも！」

「知ってるわよ」ドラは平然と言い返した。「絵が描けないから、シュルレアリスムふうの詩を書いたりしてたんでしょ。残念ながら、読んだことはないけどね」

ピカソがドラに会ったのは、彼が苦悩の海深く潜り、指先が海底にどうにか触れた時期だった。新たな女神《ミューズ》に巡り会って、ピカソは息継ぎをすることをやっと思い出した。

そのまま浮上して、ピカソは光の綾《あや》が揺れる海面にようやく頭を出した。彼は、絵を描かないまま溺死《できし》するような間抜けでは決してなかったのだ。

「のんきだな、君は。俺はもう、気が気じゃないよ。壁画の〆切は迫る、ゲルニカは空爆される……ああもう、全部やめてバルセロナに帰りたいよ」

ハイメはそう言い捨てて、ソファにどさりと身を投げた。ソファの上には、ゲルニカ空爆を報じる「ユマニテ」が乱暴に広げられたままだった。

ドラは、ガラスの灰皿でタバコを揉《も》み消すと、ハイメに気づかれないように小さくため息をついた。

バルセロナ出身のカタルーニャ人であるハイメは、ピカソを支援するためにパリに滞在しているあいだに故国に内乱が起こってしまったことを深く憂《うれ》えている。戻りたい気持ちも強かったようだが、結局、しばらくのあいだはピカソを支え続けることを選んだ。バルセロナでピカソとボヘミアンな生活を謳歌したはずのハイメは、いまではピカソよりははるかに普通の感覚を持った人間となっていた。

人一倍責任感が強いハイメは、ピカソが心置きなく仕事ができるようにと気配りし、また、内戦で苦境に立たされている共和国政府の在仏スペイン大使館からの依頼——パリ万博のスペイン館に展示する壁画——の進行について、ひとかたならず心を砕いていた。彼にしてみれば、ピカソを後方支援することで、少しでも故国の役に立ちたいという思いもあるのだろう。

それに比べれば、確かにハイメの目に映る自分はずいぶんのんきに構えているように見えることだろう。共和国政府が勝とうが負けようが、自分が直接的に被害を被《こうむ》るものではない。関係ない、と言ってしまえばそれまでのことだ。

しかし——。

「ねえ、ハイメ。どうして反乱軍はゲルニカを爆撃したの？　軍事的にすごく大事な場所ってわけじゃないんでしょう？　いったい、ゲルニカに何があるっていうの？」

ハイメの傍らから「ユマニテ」を拾い上げて、ドラは素朴な疑問を投げかけた。

新聞によれば、反乱軍を支援するナチスの航空戦隊である「コンドル部隊」が、無差別攻撃を仕掛けた、ということだった。

ドイツとイタリアのファシズム政権は、スペインの内戦で反乱軍に軍事的協力をし、勝利のあかつきにはなんらかの利権を狙っているに違いなかった。

にしても、ゲルニカはあまりにも小さい。住人たちはいかにも無力だ。武装していない一般人を襲うなど、正気の沙汰ではない。

もっとも、スペイン国内の保守系右翼の面々に焚《た》き付けられて反乱を起こしたフランコ将軍も、ナチス・ドイツの総統ヒトラーも、すでに数々の常軌を逸した軍事行動に打って出ている。とっくに正気ではないのだ。

それに比べれば、フランス政府はまだまともだということができるかもしれなかった。最初のうちこそ、共和国政府を経済的に支援していたフランス政府は、その後、スペイン内戦への不干渉協定に調印したのだった。フランスは、スペインに手出しをすることでドイツに自国に攻め入る口実を与えたくなかったのだ。

ドイツもイタリアもこの不干渉協定に参加したはずだったのだが、ファシストたちのすごいところは、それをきれいさっぱり反故《ほご》にしたことだ。まるで、自分たちには協定書などただの紙切れにすぎないことを証明するために参加したかのようだ。やはり、どう考えても正気の沙汰ではない。

「わからないよ。……俺にも、わからない」

ハイメは力なくつぶやいた。そして、新聞の紙面をドラの手が忙しくめくるのを眺めながら、

「ビルバオは港湾都市だし、鉄鋼の工場もあるから、そっちを狙うならわかるけどね……近くのゲルニカを先に壊滅させて、ビルバオはきれいなまんまで明け渡させようという腹づもりだったのかもしれないな」

独り言のように言った。そして、

「どっちも、おんなじバスクだからな。どっちでもいいと……そういうことだったのかもしれない」

ドラは、紙面から顔を上げてハイメを見た。

「どっちでもいい？　どういうこと？」

「ゲルニカもビルバオも、バスク地方だろう。あのへんは、スペインの中でも特別な地域なんだよ。中央に対して強い自治権を主張してきた歴史があるし、独特の言語も持っているんだ。去年は、バスク自治政府初の大統領も決まったばっかりだったんだよ」

バスク語を話す人々は「エウスカディ」と呼ばれて、ビスケー湾に面するバスク地

方一帯で千年以上にも及ぶ独立した暮らしを営んできた。十六世紀には南北がそれぞれスペイン、フランスに併合されたが、バスク人はずっと自治権を主張し続けた。南バスク地方全体がスペイン帝国に組み込まれたあとも、古来守り続けてきた独自の法や徴税権に関する自治を主張し続け、内戦勃発後にはバスク自治政府の成立も果たした。自治政府の初代大統領には三十二歳の元サッカー選手、ホセ・アントニオ・アギーレが就任し、共和国政府を全面的に支持して、反乱軍との戦いに参戦していた。

フランコやナチスから見れば、バスク人の独立心は何よりやっかいで、早めに叩いておかなければ面倒なことになるのは明らかだった。

「俺たちカタルーニャ人もカタルーニャ語を話すし、独立精神も旺盛だけど、バスク人はほんとうに……なんと言ったらいいか、とにかく、彼らはスペイン人じゃない。どこまでもバスク人なんだ」

バルセロナに暮らしていた頃、バスク地方のビスカヤ県出身の友人がいたとハイメは話した。ふだんは気のいい男だったが、故郷の話になると目つきが変わった。バスクはスペインから独立すべきだと、いつも口角泡を飛ばして語っていたという。

その友人から、「ゲルニカの樫の木《ゲルニカコ・アルボラ》」の話を聞かされたことがある。ビスカヤ県の議会は昔からゲルニカに置かれており、言い換えれば、古来、ゲルニカはバスク地方の精神的な中心地であり続けた。何世紀ものあいだ、ビスカヤの議会は町の中心部に佇む楢《なら》の木の下で行われるのが常だった。木は何度か枯れてしまった。その都度、人々は新しい楢の木を植え直し、その枝の下に集ったという。

楢の木は、バスク人にとって、絶えざる自治の象徴、自由のシンボルでもあった。が、今回の空爆を受けて、燃え尽きてしまった可能性も高い。

「その話、ピカソは知ってるの？」

ドラが尋ねると、

「さあ……どうだろうね」

ハイメは力なく答えた。

結局、その日、ピカソはアトリエに引きこもったまま、階下に姿を現さなかった。

ドラは、いつものように平然とアトリエに踏み込んでいく気にはどうしてもなれなかった。

ゲルニカ空爆のニュースに触れた瞬間から、ピカソの中で激しく渦巻き始めた何か。憎悪《ぞうお》、狂気、苦悩、憤怒。負の感情の爆発が、いま、芸術家の中で起こりつつある。火山の噴火を警戒するように、ドラは、ほとんど本能的に、いまは近づくべきではないと悟っていた。

閉じこもって食事もしないピカソを案じて、ハイメが近所のカフェに出前を頼みにいくと言ったが、ドラはそれを制止した。

「余計なことはしなくてもいいわ。何か食べたくなったら、自分から出てくるはずでしょう」

ハイメは何か言いたそうだったが、黙ってドラの言い分を受け入れた。

ハイメが帰宅してからも、ドラはしばらくリビングのソファに座って、何をするでもなくぼんやりしていた。何本もタバコを吸っては消し、吸っては消しして、さすがに胸がむかついてきた。本が乱雑に突っ込まれた書棚にある置き時計が十時を回ったところで、もう帰ろうと思った。

深緑色のつばのない帽子を被《かぶ》ってから、ソファの上に広げられたままの「ユマニテ」の記事を、もう一度だけ隅から隅まで読んだ。

何度読んでも、「楢の木」についての記述はみつけられなかった。

帰り道、ドラは、その日二度目の「ドゥ・マゴ」に立ち寄った。

昼食に注文したクロック・ムッシュをかじった以外には何も食べずに一日を過ごしたのだが、胸がむかむかして、まだ食欲がなかった。テラス席に座ると、ドラは赤ワインとオリーブを注文した。

ジタンの箱を取り出して、タバコをシガレット・ホルダーに差し込み、火をつける。こんなに気持ちが悪いのに、タバコを吸わずにはいられなかった。じっとしていられない気分だった。

目の前にサンジェルマン・デ・プレ教会がぬっとそびえ立っている。怪物じみた石造りの建物の足元をカフェのテラス席の灯りがかすかに濡《ぬ》らしていた。

そう、あの夜も——とドラは、冥界《めいかい》からの使者にも似た教会の黒い影に視線を向けながら、さっきまで見ていた夢を生々しく思い出すように、ピカソとの出会いの瞬間を脳裏に蘇《よみがえ》らせた。

あの夜も、こんなふうに自分はこのカフェのテラスにひとりでいた。そして、自分の人生のつまらなさに飽き飽きしていたんだわ。

その頃、ドラは、哲学者で作家のジョルジュ・バタイユと付き合っていた。バタイユには美しい妻と娘があったが、そんなことはふたりには関係なかった。「死」と「エロス」を追求し続ける年上の文学者とのよこしまな恋は、二十代後半のドラを女として開眼させた。

ドラは、家に閉じこもって夫の相手と子育てにすべての時間と労力を捧《ささ》げる貞淑な女性ではなかった。自由な思想を持ち、大胆に恋をして、好きになった相手とは迷わずに寝た。奔放だと噂《うわさ》されても気にしなかった。生きたいように生きて何が悪いの、私の人生なんだから誰にも文句を言われる筋合いはないわ。それが彼女の言い分だった。

けれども、「誰にも文句を言われる筋合いのない人生」が、ふとつまらなく思えてしまうことがあった。

初めはその新しさにぞくぞくしていたシュルレアリスム運動にも、次第に魅力を感じなくなっていた。確かに才能溢《あふ》れる芸術家たちの集いに違いない。が、ずば抜けた天才は見当たらない気がした。それどころか、次第に凡庸で無力な人間の集まりのように感じられてきた。

バタイユとの関係も、ゆっくりと煮詰まり、袋小路に追い詰められていく感があった。彼との逢瀬《おうせ》のたびに、ありとあらゆる性戯を試し、愛欲に耽《ふけ》ってきたが、結局、何も残っていない。わかったことといえば、食欲や睡眠欲と同じように性欲にも限界がある、ということくらいだ。

ばかばかしい。ほんとうに、くだらない。

何に向かって毒づいているのかわからなかったが、気がつくと、口の中で呪いにも似た言葉を噛み潰《つぶ》すようになっていた。

あの夜もドラは、バタイユとの逢瀬のあと、満足するどころかかえって何もかもに飽き飽きして、自分の部屋にまっすぐ帰る気にならず、ひとり、「ドゥ・マゴ」のテラスにコートを着たまま座っていた。三月の夜はまだまだ春には遠い寒さだったが、安酒の匂《にお》いとタバコの煙が充満する店内には、気色が悪くて入る気にならなかった。

骨付き子羊肉のグリルを平らげたあと、薔薇《ばら》の刺繍《ししゅう》が入ったエレガントな白い手袋をつけて、タバコを一服した。それから、皿の上に転がした肉切りナイフを取り上げて、シュルレアリスト仲間の男友だちに教えてもらった「ゲーム」をやり始めた。

右手にナイフを持ち、開いた左手をテーブルの上に伏せて、親指とほかの四本の指のあいだを、順番にナイフで素早く突き刺していく。親指人差し指、親指中指、親指薬指、親指小指……タ、タ、タ、タタ、タタ、タタ、タタタ、タタタ、タタタ……次第にスピードを上げていく。ちょっとでも手元が狂ったら、たちまち自分の指を突き刺してしまうことになる。ふたりでやるときには何フランかを賭《か》けて、より素早く正確にナイフを走らせたほうが勝ちである。

危険な遊びを教えられたドラは、ひさしぶりにぞくぞくした。反射神経が鋭い彼女は、ほかの誰より素早く指のあいだにナイフを走らせることができた。目にも止まらぬほどの早さでナイフを走らせるのを見て、男友だちはすっかり怖じ気《おけ》づいていた。なんでそんなに度胸があるんだよ、ドラ？

それから何度か試してみたが、不思議なことに一度も指を傷つけたことはなかった。ちょっとしたスリルを味わうために、相手がいなくても、ドラはひとりでこの「ゲーム」をやった。そうすると、厭《いや》なことはとりあえず忘れて、気分を変えることができた。

白い手袋をした左手を、甲を上にしてテーブルの上に広げる。まずはナイフを親指の外側の付け根あたりにぴたりとくっつけて、テーブルに垂直につきたてる。刃先に精神を集中させる。タ、タ、タ、タ、初めはゆっくりと……次第にスピードを上げていく。

タタ、タタ、タタ、タタ、タタタ、タタタ、タタタタタタタタ……。

「おい、ドラ。もうやめろよ。血が出てるじゃないか」

はっとして、ドラは右手を止めた。

白い手袋にじんわりと血が滲《にじ》んでいる。悪夢から醒《さ》めた直後のように、額には薄気味悪い汗が噴き出していた。ドラは、青ざめた顔をゆっくりと上げた。

目の前に、ふたりの男が立っていた。ひとりは、シュルレアリスト仲間の詩人、ポール・エリュアールだった。そして、もうひとりは——。

深い暗闇《くらやみ》のような目に好奇心の輝きを宿して、じっとこちらをみつめているその男の名は、パブロ・ピカソと言った。

テラス席にやってきてすぐ、ピカソの目は奥の席で危険な遊びに興じている女をとらえた。エリュアールの知り合いだとわかると、すぐに紹介してほしいと頼んだ。ピカソの鋭い嗅覚《きゅうかく》が、とてつもなくおもしろそうな女がひとりそこにいることを嗅《か》ぎ分けないはずがなかった。

彼女からはさまざまな匂いが立ち上っていた。淫靡《いんび》な、不埒《ふらち》な、傲慢《ごうまん》な匂い。熟れきった肉体の匂い。その中に棲む自由奔放な精神の匂い。裏切りと愛欲の匂い。そして誰にも侵されぬ崇高な芸術の匂い——。

その夜、「ドゥ・マゴ」でひとしきり酒を飲み、話し込んだあと、ピカソとドラは、ふたり、サンジェルマン大通りを並んで歩いていった。街路のガス灯がふたりの影を石畳の上に長く伸ばしていた。

ピカソは、自分の部屋にドラを誘うことはしなかった。ドラの唇さえも求めはしなかった。その代わりに彼が求めたのは、血に濡れた白い手袋だった。

ドラは、左手にはめっぱなしだった手袋を引き抜いて、ピカソに手渡した。手袋を外す瞬間に、ナイフで切りつけた傷がずきりと痛んだ。ピカソは手袋を受け取ると、それに軽く唇を当てた。その瞬間、ドラは、体の芯《しん》がじんと疼《うず》くのを覚えた。

あれが、すべての始まりだった。

赤ワインをひと口飲んで、真っ赤なマニキュアの手を、サンジェルマン・デ・プレ教会に向かってかざしてみる。

あのときの傷は、もはや消えていた。けれどドラには、予感があった。

このさき、幾多の傷をつけられることだろう。決して癒《い》えぬ生傷を。

あの男に。あの怪物に。創造主に――。

二〇〇三年二月一日 ニューヨーク

イラクへの軍事行動――アメリカ大統領の見解を巡って国連が議論

もはやアメリカがイラクに対して軍事行動に踏み切るのは時間の問題である。イラクは、国連の監視検証査察委員会に対して、査察は受け入れるものの、非武装化への働きかけについては協力しないという姿勢を明確にした。

アメリカ合衆国大統領ジョン・テイラーは、テロリストの温床となっている「悪の枢軸《すうじく》」のひとつであると彼が名指ししているイラクが、国連の再三の働きかけにもかかわらず、大量破壊兵器廃棄を拒否していることにより、アメリカが中心となって軍事行動に及ぶのは避け難くなったと判断し、国務長官であるコーネリアス・パワーを、来週水曜日にも国連安全保障理事会に出席させる意向を示した。パワー長官は、アメリカのイラクへの軍事行動を正当化するべく、安保理の承認を取り付ける構えである。

　各国政府は、ワシントンにおいてもっとも信用のおけるパワー長官が、アメリカ政府内の見解をまとめ、国連での議論に持ち込むことを容認している。各国は、「ならず者」であるイラクの大統領、エブラヒーム・フスマンの暴挙を止めるか、あるいは国外退去を促すか、いずれかを実現するため、武力を行使するのもやむなしと考えている。

　アメリカがこれからやろうとしていることに異を唱える政府は少ない。いま、各国が重視しているのは、戦争そのものよりも、戦後処理についてである。国連は、それを議論するための最高の舞台となるだろう。冷戦終結後、コソボ紛争と湾岸戦争を巡る決議の際以外は、目立って対立することがなかった常任理事国である五ヶ国――アメリカ合衆国、中国、ロシア、イギリス、フランス――が、本件でも協調できるかどうかが、最大の焦点となるだろう。

　パワー長官は、テイラー大統領の代理として、疑義を唱える国に対し、できる限り知的かつ穏便に、アメリカの行動に加わるべく説得しなければならない。簡単なことではないが、これをしくじれば、アメリカの行動は一方的なものとなり、国際社会において深い禍根《かこん》を残すことになる。

この極めて難しい課題をいかに解決するか。大統領は、パワー長官が「可決」以外の結果をホワイトハウスに持ち帰ることを、決して許さないだろう。

——カイル・アダムス ニューヨーク・タイムズ記者（※）

朝食のテーブルの上に広げた「ニューヨーク・タイムズ」紙の記事を、瑤子は、貪《むさぼ》るように読み耽っていた。

テーブルの上には、新聞のほかに、飲みかけのコーヒーが入ったマグカップがひとつ。かじりかけのトーストはペーパーナプキンの上に放り出されている。半分に減ったミネラル・ウォーターのボトルは三日前から位置を変えていない。

新聞の上に頬杖《ほおづえ》をついて、瑤子は、「まったく、どういうつもりなんだろ」と英語でつぶやいた。

「戦争さえすれば何もかも解決するとでも思ってるのかしら、この国の大統領は。ねえ、どう思う？」

語りかけはしたが、テーブルの向かい側には誰もいない。部屋はしんと静まり返っている。窓の外、ずっと遠くで、車のクラクションが鳴っているのがかすかに聞こえている。

ひとつ、ため息をつくと、新聞をたたんで、瑤子は席を立った。そのまま寝室へ行く。

チェストの引き出しを開けて、最近、彼女のトレードマークになりつつある黒のタートルネックのセーターを取り出す。部屋着を脱ぎ捨て、セーターを被る。タートルネックから頭を出すと、目の前の壁に掛かっている鳩《はと》の絵に目が留まる。

夫のイーサンがエンゲージリングの代わりに贈ってくれた、ピカソのドローイング。小さな画面からいまにも飛び出してきて、この腕にとまりそうなほど躍動感に溢れている。ある日、あるとき、誰かに乞《こ》われてか、あるいはほんの気まぐれからか、さらさらと紙に描きつけて、ピカソが命を与えた絵。それがいま、自分の目の前にある。イーサンと一緒に暮らすと決めたあの日から――イーサンが、なんの前触れもなく、ほんとうに突然、いなくなってしまったあの日も――いまも。

どうして、とあの日、瑤子は鳩に語りかけた。

どうして守ってくれなかったの。どうして私から、あの人を奪ったの。

ねえ、どうして。

夫の命を、絵の中の鳩が奪い去ったはずもない。けれど、あのとき、自分には、身が引き裂かれそうなほどの苦しい思いをぶつけられる相手がどこにもいなかったのだ。

二年まえの九月十一日。あの日からずっと、瑤子は、宝物だった鳩の絵に何度も何度も問いかけてきた。ねえどうして？　と。

結婚後に暮らし始めたイースト・ヴィレッジのアパートには、夫との思い出が息詰まるほど染《し》みついていた。部屋の中にひとりきりでいると、怖くて仕方がなかった。たとえ昼間であっても、バスルームもトイレもクローゼットも、全部の明かりを点け、にぎやかな音楽をオーディオで流して、自分がひとりでいることをできるだけ意識しないようにした。独り言を口にすることもよくあった。

テレビをつける気にはならなかった。あの日、画面の中で繰り返し再生されたワールド・トレード・センターに旅客機が突っ込む場面、そしてふたつのタワーが崩壊する信じ難い映像が、脳裡《のうり》に焼きついて離れなかった。電源を入れればあの場面が現れる気がしてしまう。テレビの前に布を垂らして、意識しないように努めた。

悪夢も繰り返し見た。あの日からしばらくのあいだは、毎晩のように悪夢ばかりを見た。

巨大なビルが、地鳴りのような轟音《ごうおん》とともに黒い煙を舞い上げて崩れ落ちる。雪崩《なだれ》のように押し寄せてくる瓦礫《がれき》の波から全速力で逃げる。しっかりと手を繋《つな》いでいたはずの夫は、黒い煙に飲み込まれて、いつのまにか姿を消してしまう。

――イーサン！

夢の中で叫んで、目を覚ます。涙が頬を濡らし、額には厭な汗がじっとりとにじんでいる。

夢だったんだ。……でも。

夢ならば、よかった。……よかったのに。

イーサン。私また、目覚めてしまったわ……。

悪夢のような現実に引き戻されて、瑤子は、涸《か》れることのない涙を流し続けるのだった。

誰が、彼を殺したの？

彼ばかりじゃない。なんの罪もない三千人以上もの人々の命を、いったい誰が、なんのために、奪う必要があったの？

アメリカ政府は「テロとの闘い」を宣言、NATOとの協力のもと、テロリストの首謀者とそのグループの引き渡しに応じないターリバーンが実質的に支配するアフガニスタンを空爆した。そこでもまた、なんの罪もない一般市民が巻き込まれ、結局首謀者と目される人物は発見されないままだった。

アメリカ合衆国大統領就任一年目にして未曾有《みぞう》の事態に直面したジョン・テイラー

は、「我々は、やり返す《ウィー・ウィル・ファイト・バック》」という言葉を意識的に何度も使っていた。多くの国民がその言葉に沸き上がり、熱狂的に支持した。大統領の強いリーダーシップに「ついていこう」と決意を新たにした。あれだけのことをやられたんだ、我々にはやり返す権利がある、と。アメリカに同情を寄せる多くの国々もまた、アフガニスタンへの攻撃を容認した。

けれど、瑤子は違った。アメリカが怒りに任せて暴走するのを見るにつけ、やりきれない気分になった。

「正当な暴走」などない。すべての暴走は不当なのだ。

瑤子ばかりではない。ニューヨーク市民の多くは、「9・11《ナイン・イレブン》」と呼ばれるようになった同時多発テロ事件によって深く傷ついていた。

もう誰も傷ついてほしくない。負の連鎖は起こしてほしくない。傷つくのは、自分たちだけでもう十分だ――。

打ちひしがれた瑤子には、怒りや復讐《ふくしゅう》などという負の感情や行為は苦痛以外の何ものでもなかった。

最愛の夫を失って、このさき、生きていくことにどんな価値があるだろうか。

傷ついたこの街で、暮らしていく意味がどこにあるのだろうか。

どん底まで落ち込んだ瑤子を救ってくれたのは、MoMAの仲間たち、親しい友人たち、そしてアートだった。

悲しみにふさぎ込む瑤子を、同僚たちはあたたかい抱擁で励ました。友人たちは、瑤子の気が済むまで話を聞き、肩を抱いてくれた。

そして、MoMA理事長のルース・ロックフェラーは、涙を見せまいと堪《こら》える瑤子を、静かに、けれど精一杯の愛情を込めて抱きしめると、囁《ささや》いた。

――イーサンがあなたに遺《のこ》してくれたものを、一生をかけて守っておいきなさい。

イーサンが遺してくれたもの。それは、アートを愛する心――だった。

瑤子は、イーサンと暮らしたアパートを売った。そして、マンハッタンのチェルシー地区にあるアパートに引っ越した。二十階建ての古いビルの最上階の一室。北向きの窓がある部屋を選んだ。南向きの部屋で、窓の向こうにツイン・タワーが見えないのは寂し過ぎると思ったからだ。

窓の横にチェストを置いて、その上の壁に鳩の絵を掛けた。それが、9・11以降、瑤子が手掛けた初めての「展示」だった。

鳩の絵に、ねえどうして、と答えの得られない問いを投げかけることをやめた。守って、と祈りにも似た気持ちを向けることも。

けれども、毎朝、出勤のまえに、ただ静かにみつめた。それだけは欠かさなかった。いままでとは違う気持ちで、瑤子は鳩の絵に向き合っていた。

あなたを、私が守る。全力で。一生をかけて。

ふと、そんな思いがよぎった。誰に、何に対する思いなのかわからない。けれど、それは瑤子の中で揺るがない決意へと育ちつつあった。

ウールのジャケットを着て、ダウンコートを羽織る。キッチンへ行き、「ニューヨーク・タイムズ」を取り上げると、小脇《こわき》に抱えて、瑤子は部屋を後にした。

ランチタイムに、クイーンズに最近できたばかりのカフェレストラン「パラダイム」の片隅で、瑤子はふたたび「ニューヨーク・タイムズ」を広げていた。

朝もじっくりと読んだが、再びイラク問題の記事に隅々まで目を通した。

もはやイラクに対するアメリカの軍事行動は秒読み段階に入ったと、読者の誰もが思うことだろう。この皮肉めいた記事を読めば——。

「相変わらず君は熱心な読者のようだね、ヨーコ。ありがたいこった」

広げた新聞の向こう側で声がした。「ニューヨーク・タイムズ」のカイル・アダムスが、分厚いコートを着たままで立っていた。トレードマークの丸眼鏡が真っ白に曇っている。瑤子は思わず笑ってしまった。

「カイル。ひさしぶりね」

立ち上がると、ふたりは軽く抱擁した。

「元気だった？　いつ以来かしら」

瑤子が訊《き》くと、

「年末に、女房と君と三人で、チェルシーのギャラリーのパーティーで会っただろ。あのとき以来だな」

眼鏡を外して革手袋の指先で拭《ふ》きながら、カイルが答えた。それをかけ直して、店内を見回すと、「へえ、なかなかイカした店だね」と感心して言った。

「クイーンズも、MoMAが来てから変わったな。確実に」

「そうでしょ？　アート・スペースもいくつかできたし、何人かのアーティストもスタジオをこっちに移したりして、美術館が引っ越してきた効果はあったみたいね。私たちもうれしいわ」

一九二九年にマンハッタンで開設され、三回の移転を経て、その十年後に西五十三丁目に移った。以来何度かの増改築を加えて拡張し続けてきたMoMAは、全面的な建て替えをするために、二〇〇二年六月、ロング・アイランドにあるクイーンズ地区へ引っ越した。お世辞にも治安がいいとは言えないクイーンズが移転先として選ばれたのは、地下鉄Ｅラインで元々の場所から一本で来られるアクセスのよさと、再びＭｏＭＡがマンハッタンへ戻ったあとも、現代アートの発信基地として施設を利用し、地域の活性化に役立てようという計画からである。

仮の施設は展示ギャラリーとしてオープンし、主たる収蔵品の展示や企画展を開催、二〇〇四年に新しい美術館ビルが誕生するまでクイーンズで活動を続けることになっていた。

美術館の移転に伴い、館長以下スタッフ全員もクイーンズの仮オフィスに引っ越した。古い倉庫を改造したビルのオフィスは、企業然としていた以前のオフィスに比べ、どことなく人間味があり、内装はＭｏＭＡのオフィスらしくモダンなデザインに仕上げられていた。

ＭｏＭＡの建て替えと仮移転は以前から決まっていたことで、しばらく環境を変えて仕事ができるようになったのは、瑤子にとってはむしろありがたいことだった。住環境も職場環境も一新して、仕事に向かう態勢が整った。そして「ＭｏＭＡ《モマ》　ＱＮＳ《クイーンズ》」で開催されるただ一度限りの超大型企画展は、瑤子が担当キュレーターとしてかかわっていた。すべてのタイミングが、偶然なのだが、ぴたりと合っていた。いつまでも悲しみに沈んではいられなかった。

「それで、どうだった？　僕が書いた今朝の記事。さっき入り口から見てたら、うちの新聞読んでる君の顔……ここのところに皺《しわ》が寄ってたけど」

そう言ってカイルは自分の眉間《みけん》をついて見せた。瑶子はまた笑ったが、すぐに真顔に戻って言った。

「アメリカは、どのみち、イラクを空爆するつもりなのね。そのために、国連安保理の承認を得なければいけない。どうしても」

カイルは、片方の眉《まゆ》をちょっと上げて、「そう。どうしてもね」と不満気な声で言った。

カイルは、辛辣《しんらつ》な記事を書くことで有名な「ニューヨーク・タイムズ」の名物記者だった。もともとはイーサンのハーバード時代の同級生であり、社会人になってからもずっと親しく付き合ってきた友人である。イーサンを失った瑶子を、誰よりも親身に励ましてくれたのはカイルだった。

カイル自身も親友を亡《な》くして深い喪失感を味わっていた。けれど、カイルは悲しみに打ちひしがれていた瑶子に言った。

なあヨーコ。これからは、残された僕らにできることをしていかないか。

僕はアメリカ政府の今後に目を光らせていく。彼らは、テロリスト撲滅の旗印のもとに、彼らにとって不都合な国家を相手に戦争を仕掛けるかもしれない。もちろん、テロリストは許せない。イーサンや、多くの人たちの命を奪ったやつらの行為は非難して余りある。けれど、だからと言って、罪のない一般市民を巻き込むような一方的な武力行使に踏み切ることは等しく許し難い。

武力行使を直接的に止めることができるのは、国連安保理以外にない。だから僕は、アメリカと国連加盟国とが、テロとの闘いという、誰もが「ノー」と言えない切り札でむやみな戦争を起こそうとするのを、その暴挙を我々は許してもいいのかと、剣よりも強いペンの力で訴えていこうと思う。それがイーサンの死を無駄にしないために、僕ができる唯一《ゆいいつ》のことだと信じているから。

そして、ヨーコ。君には、アートがある。剣より強いもうひとつの「武器」が。アートの力で、傷ついたニューヨーク市民を、世界中の人々を励ますことができる。あるいは、どっちの方向へ僕らが進むべきか、指し示すことができる。幸いにも、君はそれができる立場にいることを思い出してほしい。君は、あのMoMAのキュレーターなんだから。

アートの力で世界を変えていく。君には、それができる。

そうすることを、イーサンもきっと望んでいるはずだ——。

「常任理事国が満場一致でアメリカ軍のイラク攻撃を容認するかどうかが、最大の焦点になるだろうな」

パストラミサンドとジンジャーエールを注文してから、カイルが小声で言った。

「ロシアと中国が難しいけど、イギリスは間違いなく容認する。フランスは微妙だな。いままでさんざんイラクに武器を売ってきた国だし……」

「ほんとうなの？」瑤子が思わず身を乗り出すと、

「しっ。小声で頼むよ」カイルが人差し指を口の前に立てた。

「だけど、イラン・イラク戦争のときは、アメリカだってイラクに武器を売ってたんだ。その国に大量破壊兵器を持ってるだろうとつっかかるのは、どうかと思うがね」

アメリカがイラク攻撃に踏み切ろうとしているのにはほかにも理由がある、とカイルは声を潜めて教えてくれた。

イラクには世界第三位の埋蔵量の油田があり、エネルギー危機に瀕《ひん》しているアメリカはなんとしてもこの利権がほしい。イラクが石油の輸出通貨をドルからユーロに切り替えようとしている、そうなると世界通貨としてのドルの価値が揺らぐ。イラクの現政権を倒して民主化をもたらせば、周辺のアラブ諸国に民主化のドミノ倒しが起こる可能性がある……。

「それで『対テロ戦争』と言えるの？ 自分たちの利権のために武力行使するようなものじゃない」

瑤子の声が思わず大きくなりかけた。カイルがまた、人差し指を口の前に立てた。

「戦争ってのは、そういうものだよ。利権を巡る各国の思惑の争いだ。過去を振り返れば歴然としている。紀元前の大昔からね」

9・11以降のアメリカのやり方は目に余る。その点で、瑤子とカイル、ふたりの意見は一致していた。

テロリストの攻撃を受け、怒れるテイラー政権は猛然と「やり返して」いる。アフガニスタンを攻撃し、敵方の兵士やテロリストの容疑をかけられている人々を次々に拘束してはキューバのグアンタナモ収容所に送り込んでいる。しかし、すでに多くの一般人を巻き込んでいるし、拘束された容疑者たちの人権も守られているかどうか、疑わしい。

それでも、9・11後のテイラー大統領の支持率は驚異的に上昇していた。さらに世論調査では、9・11の首謀者及び実行者が「イラク人である」と考えている人が六割に達していた。実際には、くだんの旅客機の搭乗者にはひとりもイラク人はいなかったと判明しているにもかかわらず、である。テイラー大統領がイラクに対して武力行使をしようとしている、それはつまり、テロリストはイラク人だからだ、イラク人はテロリストなのだ——とイメージがコントロールされているからにほかならない、とカイルは言った。

「アメリカこそが正義だと、大多数の国民は思いたいし、思っているのが現状なんだ」

テイラー大統領は、9・11で愛する人を失った遺族のためにも徹底的にテロリストと闘うと宣言していた。けれど、瑤子は最初から大統領のやり方に違和感を持っていた。

やられたらやり返す、悪いやつらはやっつける。そんな単純な話ではない。冷戦後、あるいは湾岸戦争後、世界でアメリカがどう振る舞ってきたか、また、世界がアメリカをどう見ているのか、自省することもなく、むやみに武力に訴えて、さらなる負の連鎖を生み出すだけでは根本的な解決にはならない。

武力行使をすれば、相手国の兵士ばかりか自国の兵士も落命するだろう。一般人を巻き添えにしないはずもない。なのに、「戦争だから」とそれが許されてしまうのだ。

これ以上奪われなくてもいい命が奪われてしまうことに、瑤子は堪え難かった。イーサンの死が醜い戦争の引き金にされてしまう気がしてならなかった。

運ばれてきたパストラミサンドには手をつけず、カイルは瑤子の表情が次第に曇るのを追いかけていたが、

「で、やっぱり無理だったんだね？〈ゲルニカ〉は」

そう訊いた。

瑤子は、はっとして顔を上げると、カイルを見た。そして、

「ええ、まあ、そういうことね。私としては、やれることは全部やったつもり。その結果なんだから、もう仕方がないわ」

ため息とともにつぶやいた。

「所蔵先のレイナ・ソフィア芸術センターの館長は、私のインターン時代の恩師でもあるし、私のピカソ研究を高く評価してくれているから……何より、今回の展覧会の趣旨をよくわかってくれているから、ひょっとしたらいけるかも、って思ったんだけどね。やっぱり、ハードルは高かったわ」

瑤子は、目下、ＭｏＭＡ ＱＮＳで開催予定の展覧会の最終調整に追われていた。展覧会の開催は三ヶ月後に迫っていた。本来であれば、当然、すべての出品作はとうに決定しているはずなのだが、ただ一点の作品を巡って、瑤子はぎりぎりの調整を続

けていた。――つい数日まえまでは。

もともとは、ピカソとマティスの大胆な比較を試みる展覧会を企画していた。ロンドンとパリにも巡回する予定で準備も始めていた。けれど、「あの日」を境にすべてが一変した。

ピカソの研究者を自任する私が、いま、やるべきピカソの展覧会は何かと問われたら――。

ピカソが、アートの力で、いかに不条理な武力行使と闘ったかということを検証する。それ以外にはない。

ピカソは、どんなものでも創り得た。美の新しい基準さえも作り出した。天才の名をほしいままにし、たとえ創造主、つまり神のごとく振る舞ったとしても、人々はそれを容認したことだろう。なぜなら、彼こそは、純然たる「創造主《クリエイター》」だったのだから。

そのピカソが、殺し合いをやめない人類に対して突き付けた渾身《こんしん》の一作――〈ゲルニカ〉。

もっとも美しく、もっとも賢い、神の被造物であるはずの人類が繰り返してきた、もっとも醜い行為。ピカソは、〈ゲルニカ〉を創り出すことによって警鐘を鳴らした。

人間たちよ、己が為《な》したかくも醜い行為を見よ、決して目を逸《そ》らすな、と。

幼い頃、MoMAで出会った絵。そして大人になって再会した作品。あのときの戦慄《せんりつ》。冷たい素手で心臓をわしづかみにされたような、あのひやりとした感覚。みつめるうちに発火して、めらめらと全身を包み込んだ炎のごとき衝撃。

〈ゲルニカ〉。――私の運命を、人生を変えた、あの一作。

あの作品を、もう一度、MoMAで展示することはできないだろうか。なぜなら、あの作品を、いま、もっとも必要としているのは、ニューヨーク市民、アメリカ国民だから。

私たちは、気づかなければいけない。9・11の報復を名目にして武力に訴えるのがいかに愚かなことか。武力を武力で封じ込めようとしても、苦しむのは、結局、名もない人々なのだということを。

そのメッセージが、もっとも端的に、そして明瞭に表現されているのが、あの作品なのだ。

「マティスとピカソ」の企画案が、MoMAの最高決定機関である理事会で承認されるはずだったのは、まさにあの朝、二年まえの九月十一日。結局、会議はひと月あまりも延期された。

ようやく会議が開かれたその日、理事長ルース・ロックフェラーを始め、理事たちの手元に瑤子が配付した企画書には、「マティスとピカソ」のタイトルはなかった。

代わりに、企画書の表紙に書かれていたのは——。

Picasso's War : Protest and Resist Through the Guernica
（ピカソの戦争：ゲルニカによる抗議と抵抗）

「やっぱり〈ゲルニカ〉を引っ張り出すのは、容易なことではなかったわけだな」

瑤子の顔にあきらめの色が浮かんだのを認めて、カイルは言った。

「わかっていたけどね」瑤子は寂しそうな微笑を浮かべた。

「それでも挑戦したかった。私のキャリアのすべてを懸けて交渉しようと決めていたの。アダは——レイナ・ソフィアの館長のアダ・コメリャスは、私の気持ちも、やろうとしていることも、その重要性も、全部理解してくれた。それでもやっぱり〈ゲルニカ〉は出せないと言われたわ」

瑤子の企画「ピカソの戦争」は、MoMA内部で反対する者も多かった。9・11の記憶が生々しい中で、〈ゲルニカ〉とその周辺のピカソ作品を展示するのは難しい、そもそも一度スペインへ返還してしまった〈ゲルニカ〉を再び借り出すのは不可能だ、ホワイトハウスを刺激するような政治色の強い展覧会はまずい、等々。

〈ゲルニカ〉そのものを借り出せる確率は非常に低いと、瑤子とて重々承知していた。だから〈ゲルニカ〉なしでも展覧会が成立するように、展示内容を――〈ゲルニカ〉の下絵や、ドラ・マールが撮ったピカソの制作風景、〈ゲルニカ〉が展示されたパリ万博スペイン館の模型、第二次世界大戦中にピカソが制作した作品の数々など――考えることを開催の前提にした。そして、この企画はどうしてもいまやらなければならない、9・11を境に始まった、世界中に渦巻く憎悪の連鎖を断ち切るためにも、平和の意義を広く人々に問うためにも、ピカソの目を通してみつめられた戦争を、彼の闘いを、あらためて検証するのはいましかない――と訴えた。

瑤子の企画を後押しし、実現への道を拓《ひら》いてくれたのは、理事長のルース・ロックフェラーだった。彼女は、この企画こそが、まさにいまMoMAがやるべきことであると断じ、展覧会の実現のためにロックフェラー財団が特別に協賛することを決定したと発表した。

ルースの決断に、各理事もMoMAの内部も驚きを隠せなかった。ロックフェラー家と瑤子のあいだにはなんらかの癒着《ゆちゃく》があると黒い噂《うわさ》までもが流れた。けれどルースは毅然《きぜん》として瑤子に言った。

——私にはわかっているわ。これこそが、あなたが人生を懸けて成し遂げるべきことだと。イーサンのためにも。……そうでしょう？

瑤子は、ルースの支援に報いるためにも、なんとしても〈ゲルニカ〉を再びMoMAで展示すべく、レイナ・ソフィアの館長、アダ・コメリャスに慎重にかけ合った。

しかし、結果は、やはり「断じて不可能」であった。

瑤子が初めて〈ゲルニカ〉を見たとき、それはMoMAの常設展示室にあった。大学生となって二度目に見たときは、まさにスペインに返還される直前、ピカソの生誕百年を記念した大回顧展に、それは「ニューヨークでの見納め」として展示されていた。そして、三度目に見たときには、マドリッドのプラド美術館に収められていた。

博士課程を修了した瑤子の最初の就職先は、プラド美術館のほど近くに〈ゲルニカ〉の新たな収蔵先として建設されることになったレイナ・ソフィア芸術センター開設準備室だった。この作品と自分は命運を共にするという予感の通りに、瑤子は〈ゲルニカ〉に寄り添い、新たな「家」にそれが収められるまで見守った。

二十世紀芸術の中で、もっとも政治的批判に富み、戦争の愚かさを、人間のどうしようもなさを描き切った大作。民主化が訪れたというものの、スペイン国内では、中央からの独立を叫ぶ過激派の存在があり、ヨーロッパではネオ・ナチを自称する若者たちも現れていた。無防備で人前に曝すには危険過ぎる〈ゲルニカ〉は、分厚い防弾ガラスの向こうに展示されることになり、絵の前には警備員がふたり配置された。それどころか、入館者には全員、入り口でセキュリティ・チェックが課されることにもなった。

その「世紀の問題作」を、自分はニューヨークへ引き戻そうとしていたのだ。――無理なことだと十分わかっていながら。

「そうか。……でも、それでよかったんじゃないかな。君はじゅうぶん善戦したと僕は思う。いままで取材をしてきた限りでは、そう感じたよ」

カイルはテーブル越しに手を伸ばして、瑤子の肩をそっと叩《たた》いた。瑤子は弱々しく微笑《ほほえ》んだ。

MoMA内部に嵐《あらし》を起こしてまで、企画展の内容を「マティスとピカソ」から「ピカソの戦争」へと大きく舵《かじ》を切った瑤子の決断に、ただならぬものを感じたカイルは、展覧会が開催されるまで長期取材をさせてほしいと申し込んだ。〈ゲルニカ〉を借り出せるかどうかが最大の焦点となったこの企画をカイルは追いかけていた。ここしばらくは、交渉のもっともセンシティブな時期だからと会わずにいたのだが……。

〈ゲルニカ〉の貸し出し交渉が不調に終わってカイルも残念に思っているはずだった

が、そんな様子はおくびにも出さず、瑤子を激励してくれた。

瑤子が晴れない顔のままだからか、カイルはひょんなことを言い出した。

「マドリッドがだめなら、国連のを借りてきたらいい。それはそれで意味があると、僕は思うけど」

瑤子は顔を上げて、不思議そうな視線をカイルに向けた。

「国連の……って？」

片方の眉をひょいと上げて、愉快そうな声でカイルが言った。

「専門家のくせに、忘れたのかい？　国連のロビーにも、掛けてあるじゃないか、〈ゲルニカ〉が」

二月五日、午後五時三十分。瑤子は早々にMoMA QNSを出て、自宅へと向かった。夜七時のヘッドライン・ニュースを必ず見るようにと、カイルから意味深長なメールが入ったからである。

今日、国連安保理の取材で、実に奇妙な光景を見た。

まずは、君自身の目で何が起こったか確かめてほしい。今夜七時のニュース、どの局でも、必ずその光景を目にできるはずだ。

〈ゲルニカ〉に関係した何ごとかが起こったのだ、と瑤子は直感した。

四日まえ、ランチタイムにカイルが言い出した「国連のゲルニカ」とは、〈ゲルニカ〉のタペストリーのことだった。

オリジナルの〈ゲルニカ〉と寸分たがわぬ構図とサイズで、一九五五年に制作されたものである。ルース・ロックフェラーの父であり、当時の大統領の側近として活躍していたネルソン・ロックフェラーが「〈ゲルニカ〉の精巧な複製画が欲しい」とピカソに依頼、タペストリー職人のデュルバックがピカソの監修のもとに完成させた。ネルソンの死後、未亡人、つまりルースの母が一九八五年に国連に寄託し、安全保障理事会会議場のロビーに展示されて現在に至る。

もちろん瑤子もその存在を知ってはいたが、実物を見たことはなかった。ただ、安保理での会議を終えたあと、会議のキーマンがロビーで取材を受けるので、テレビや写真の背景として〈ゲルニカ〉がそこにあるのを見ることができた。

タペストリーは非常に精巧にオリジナルを写しており、画像で見るとタペストリーだとはわからないほどである。デュルバックは当時MoMAに展示してあったオリジナルの構図や色彩を詳しく分析し、下絵の段階で何度もピカソにダメ出しを受けながら制作したというだけあって、迫真の仕上がりとなっていた。「国連のを借りてきたらいい」とカイルが言っていたのも、確かにいいアイデアだと思えるほどだ。

七時五分まえに瑤子は部屋に帰りついた。電気をつけると、コートも脱がずにリビングへ直行して、テレビのスイッチを入れた。まもなくCNNのヘッドライン・ニュースが始まった。

『国連の安全保障理事会で、大量破壊兵器を所有する疑いのあるイラクに対し、武力行使に踏み切るかどうかを巡って、連日、各国の代表間で激しい議論が交わされています。

コーネリアス・パワー国務長官は、今日の会議で、武力行使の承認が得られた場合、アメリカ軍は、ただちにバグダッドの空爆に踏み切る可能性を示唆しました。

国連安保理会議場から、アダム・オコナーがリポートします』

スタジオのキャスターから、会議場のロビーに映像が切り替わった。会議を終えた各国の関係者を記者たちが囲み取材するポイントである。瑤子は息を詰めて画面をみつめた。

アメリカ合衆国国務長官、コーネリアス・パワーが、急ぎ足でロビー中央にある演説台《ポディウム》の前に歩み出る。おびただしいカメラのフラッシュ。大勢の記者がいっせいに国務長官を取り囲む。本日、国務長官は、どこを見るともない目線で語り始めた。

『報告いたします。本日、国連安全保障理事会の決議の結果、イラクへの武力行使はやむなしとして――』

瑤子は、目を見張った。

パワー国務長官の背後に――〈ゲルニカ〉が、ない。

そこには、〈ゲルニカ〉ではなく、暗幕が下がっていた。

悲劇の舞台を覆《おお》い隠す緞帳《どんちょう》のような、暗幕が。

第二章　暗幕

一九三七年五月十一日　パリ

ローライフレックス6×6二眼レフカメラの裏蓋を開けてフィルムを装塡し、ローラーの間にフィルムの先端をくぐらせる。

裏蓋を閉じて、右側にあるクランクを回し、フィルムを巻き上げる。カメラ上部のファインダーを覗《のぞ》きながら、ピント、絞りを調整する。

グランゾーギュスタン通りにある古い建物の四階、ピカソのアトリエ。その壁一面を覆《おお》うようにして暗幕が下がっていた。巨大なそれは、カメラのファインダーの中で真っ黒い小さな長方形になって浮かんでいる。

「用意できたわ。いつでも撮れるわよ」

ファインダーを覗き込みながら、ドラ・マールが言った。声が少し震えてしまった。昂《たかぶ》りを抑えられない気分だった。

ドラの背後にはピカソが立っている。指先に挟んでいたタバコを床に落として、つま先で踏みにじってから、ゆっくりと、三脚に据えたカメラの前を横切っていく。ドラは、カメラの上に屈《かが》めていた上体を起こして、暗幕に近づいていくピカソの動きを目で追いかけた。

壁際《かべぎわ》に立つと、ピカソは暗幕の裾《すそ》を右手でつかんだ。そして、無造作に引き剝《は》がした。

ドラは、一瞬息を止めた。

幕が落ちて現れたのは――白い画面に浮かび上がる、黒い線描。

――これは……。

アトリエの壁を覆い尽くした、縦・約350センチ、横・約780センチの巨大なカンヴァス。そこには、驚愕《きょうがく》し、もがき、のたうち回る、人間たちや動物たちの群像が出現していた。

横長の画面を支配しているのは阿鼻叫喚《あびきょうかん》だった。死んだ子供を抱いて泣き叫ぶ女、人間の男の顔を持った牡牛、折れた剣を握りしめて横たわる兵士。息も絶え絶えにもがき苦しむ馬、逃げ惑う女。いったい何が起こったのか、確かめるように、助けを求めるように、二階の窓から腕を突き出してランプの灯火をかざす人。その家からはめらめらと火の手が上がる。

　そして中央には、虚空《こくう》に向かって高々と突き上げられた拳《こぶし》があった。死ぬ間際の兵士が最後の力を振り絞って突き上げた拳。何ものかに抵抗するかのごとく、命の灯火《ともしび》がまだ消えてはいないと主張するかのごとく。

　——「ゲルニカ」だ。

　そう気づいた瞬間、ドラは、疾風にさらされたようにぶるっと身震いをした。

　間違いない。ピカソは、スペインのバスク地方の小村、ゲルニカが、つい二週間ほどまえに空爆を受けたその瞬間をカンヴァスに再現したのだ。

　そう、再現。確かにこれは再現だ。どこにも飛行機は飛んでいない。爆破も表現されていない。被災した建物もなければ、流血もない。もっといえば、戦争なのかどうかさえもわからない。

　それでもこれは、悪夢のような現実の再現にほかならない。

　在仏スペイン大使館によって運び込まれた巨大カンヴァスには下塗り《ジェッソ》が施されており、その上に木炭で下絵が描かれていた。パリ万博に出展する予定の大作の全体像をドラが見たのは、これが初めてのことだった。

　その日の朝、アパルトマンに帰っていたドラはピカソからの電話を受けた。愛用のローライフレックスを持ってこいよ、面白いものを撮らせてやろう、と。ドラは、カメラとフィルムを引っつかむと、化粧もせずに部屋着のままですっ飛んできた。きっと例の大作の下絵が仕上がったに違いない。猫の目のように気まぐれなピカソの気持ちが変わらないうちに、決定的瞬間を撮らなければ。

さんざん焦《じ》らされて情事が始まる寸前のように、体の芯《しん》が燃えるように熱くなるのを感じていた。まるでロウソクにでもなってしまったかのようだ。

そうしてやってきたアトリエで、ピカソはタバコをくゆらせて待っていた。巨大なカンヴァスには暗幕が掛けられていた。

写真を撮る準備をしてくれ、とピカソは言った。全部整ったら、この幕を外そう。

そして、いま。

ローライフレックスは、暗幕の下から現れた下絵の全体像をそのレンズで捕らえていた。

ドラは息を詰めて、ファインダーに浮かんでいる惨劇をみつめた。それから、ひと思いにシャッターを切った。

パシャ。

右手でクランクを回してフィルムを送る。露出を変えて、もう一度シャッターを切る。

パシャ。

ピカソはカメラと並ぶ位置に佇んで、両腕を組み、黙ったままカンヴァスを凝視している。

三回、四回と続けてシャッターを切り続けるうちに、ドラは体がじわりと総毛立つのを感じた。

……すごい。

すごいわ。これは、とてつもない傑作になる。

予感が熱波のように全身を包む。ほてりに身を任せながら、夢中でシャッターを切る。

ピカソは、すでにいままで数々の傑作を誕生させてきた。

「青の時代」には、人間の生を巡る悲哀を情感込めて描き上げたし、「ばら色の時代」には、あたたかな色合いに包まれた幸福な人物像を描いてみせた。そして、人々をあっと驚かせ、物議を醸《かも》した世紀の問題作「アヴィニョンの娘たち」、それに続くキュビスムの誕生。

二十世紀が始まってから十年も経たないうちに、パブロ・ピカソという怪物は、芸術の価値を根底から覆《くつがえ》す革命を引き起こしたのだ。「美」に新たな定義を与え、芸術の持つ果てしない可能性を示唆《しさ》したのだ。

芸術とは何か。絵画とは何か。単純そうに聞こえて実はきわめて複雑な問いを、彼の作品は見る者に容赦なくぶつけてくる。人々はその問いから決して逃れられない。ピカソの作品をみつめるうちに、自分が「これこそが美だ」「これこそが芸術だ」と信じていたものが足下から揺らぐのを感じてしまう。

既存の価値観を吹き飛ばし、そこに自らの王国を創り出す。

パブロ・ピカソ。――彼こそは、新たな美の創造主。いや、既成概念の破壊者だ。彼が振りかざす感性の剣。たとえそれに突き刺されようとも、目を逸《そ》らしてはならない。

目を逸らしたら、負けなのだ。

美に対する大胆な挑戦をし続け、見る者にも「共犯者」となることを強いる。それがピカソのやり方だった。

そして、今度はこの作品で、見る者に「目撃者」となり「証言者」となれと挑発しているかのようだ。

あんたたちは、見ただろう？　ファシストたちがゲルニカでやったことを。

そこから目を逸らすつもりか？　逸らせると思っているのか？

できるものなら、やってみるがいい。

この絵の前で、それができるものならば――。

「――これは『ゲルニカ』ね」

ファインダーを覗き込みながら、念を押すように、ドラはつぶやいた。

ピカソは新しいタバコに火をつけて、しばらく黙ってくゆらせていたが、

「なぜ、そう思うんだ？」

と訊《き》いた。

「万博のスペイン館で展示する作品に、ふさわしいテーマだと思ったからよ」

パシャ、と小気味よいシャッター音を響かせて、ドラが答えた。ふん、とピカソが鼻で嗤《わら》った。

「ふさわしいかね」

「ええ。――それ以外にない。そう思ってるんでしょう？」

開会が迫った万博のスペイン館は、スペイン共和国政府が運営する。パビリオンの隣にはドイツ館が、向かいにはイタリア館やソビエト館が居並んでいる。列強に対峙《たいじ》して、スペイン共和国がいかに強いメッセージを発信できるか。それが、スペイン政

府の最大の懸念《けねん》であり、使命《ミッション》だった。

平和の祭典であるはずの万博を利用して、各国がロビー活動を行っているのは明らかだった。ならば、内戦に苦しむ共和国政府は、そして共和国政府を支援する意向を公にしているピカソは、この機会にこそ世界に訴えかける最強のメッセージをぶち上げるほかない。

――始まりだわ。

立て続けにクランクを回しながら、ドラは思った。

この絵は、ピカソの宣戦布告。ピカソの戦争の始まりなのだ。

「アヴィニョンの娘たち」よりも、キュビスムよりも、シュルレアリスムよりも――アートの意義をまったく変えてしまう「戦争」を、彼は仕掛けようとしているに違いない。

ピカソは、このカンヴァスにこれから描き上げようとしている絵がはたしてゲルニカで起こった惨劇についてのものなのかどうか、はっきりとは口にしなかった。

しかしながら、勘のいいドラがスペイン館の展示にふさわしいと言ったひと言を気に入ったようだった。

彼は、ドラの意見を「受け入れる」ときには反発しない。雨がしみ込む大地のように黙して語らない。逆に受け入れ難いときは、怒りをあらわにし、露骨に否定する。水が油を弾く要領なのだ。

ファインダーから目を離さずに、ドラはつぶやいた。

「色が見えてきたわ」

「色？」

ピカソが訊いた。

「どんな色だ？」

「モノクロームよ。白、黒、灰色。色んな色調の」

カンヴァスには白い下地に黒い木炭の線描が描かれているのみだった。これから何日間かかけて――おそらく、いままでにないほどの短時間で――ピカソはカンヴァスを塗り込んでいく。しかし、ドラにはひらめきがあった。

ファインダーに映る下絵をみつめ続けるうちに、モノクロームの絵が浮かび上がって見えてきたのである。

ゲルニカの「惨劇」を塗りつぶすために、鮮血の赤、炎のオレンジ、焦《こ》げた肌の色、傷口や死体の生々しい色を、おそらくピカソは使うことはない。

ゲルニカ空爆を知った日、ピカソは、写真入りでそれをルポルタージュした新聞を二度までも八つ裂きにして、床に叩《たた》きつけ、踏みつけた。ものも言わずに怒りをぶちまけ、それっきりアトリエにこもってしまったのだ。

最初に目にしたイメージをそのまま彼の中で膨らませ、発展させたに違いない。それはつまり、「写真」で見たゲルニカの惨状だ。

この絵は、現実に起こったナチスによる無差別攻撃の「ルポルタージュ」であり、記念碑であり、墓標でもある。

生々しい色彩はあえて絵の内側に沈め、モノクロームで塗り上げることによって、新聞の一面を覆った「ゲルニカ」の惨事を再び蘇らせ、「忘れるな」と人々に訴えかける。

黒と白。死と苦しみと悲しみと怒りに満ちた画面。あの日、世界中を駆け巡り、人々を戦慄《せんりつ》させた新聞記事のイメージをカンヴァスの中で増幅させ、さらに凌駕《りょうが》する。

この画面が、あのルポルタージュの代わりに新聞の一面《トップ》を飾る日がもうまもなく来る——。

ドラの意見にピカソは特に反発はしなかった。やはり両腕を組み、黙して画面をみつめるだけだった。

しかしその沈黙こそが肯定であるのだと、もはやドラにはわかっていた。

その日から、ドラは、ピカソが手がける「パリ万博スペイン館のための絵画」の制作過程を写真に収め続けることになった。

なぜピカソがかくも重要な作業を自分に任せる気になったのか、正直、わからなかった。

ピカソにとって情交する女といえば、モデルであり、妻であり、恋人であり、彼の欲望を満たす美しい花瓶のようなものであった。女は助手ですらなかった。決して自分の仕事の領域に踏み込ませることはしなかった。

それなのに、ピカソはドラに「記録」を任せたのだ。

彼は制作の過程をつまびらかにしたことはなかった。それは常に暗幕の向こう側にある秘密の世界であり、何人たりとも垣間《かいま》みることは許されなかった。

それなのに、今回ばかりは「写真を撮ってくれ」と言う。明らかに「ゲルニカ」の一件で、ピカソは変わった。——暗幕を剝《は》がしたのだ。

制作過程を写真に収めることに決まって、ドラは喜びと戸惑いの両方を味わった。しかし、その両方よりも強く感じていたのが興奮だった。

いままでピカソと付き合ってきた女たちは、ピカソ作品のモデルになることで偉大な画家の女神《ミューズ》になり得た、と満足してきたに違いない。

しかし、ドラは違った。彼女は、すましたポーズで、あるいは蠱惑《こわく》的な姿態で画家に描きとられるだけでは何か物足りないと感じていた。ほかの女たちには絶対にできないこと、つまりドラ・マールにしかできないこと——もっと直接的に制作にかかわる何か——があるのではないかと漠然と考えていた。

とはいえ、チューブ絵の具をパレットの上に絞り出すことすら、ピカソは決して他人には任せない。いかなる些細《ささい》な作業であれ、制作にかかわるすべてのことは彼にとって絶対的な聖域なのだ。

その聖域を、写真に収める。——それこそ、ドラが待っていた「何か」だった。

彼女は、絶好のチャンスをみすみす逃すような間抜けではない。進行中だった自分の仕事をすべて中断し、外部との連絡を一切断って、グランゾーギュスタンのピカソの住居兼アトリエに文字通り立てこもった。

「ゲルニカ空爆」をピカソが新聞で知り、アトリエにこもったのは、四月二十九日。翌日、翌々日と、ドラはグランゾーギュスタンへは出向かなかった。行かないほうがいい、行ってはならないと本能が彼女に警告していた。

とてつもない化学変化がピカソの内側で起こっている。それが何であるのか、いずれ知る瞬間がくるだろう。そのときはまもなくだ、との確信があった。

五月二日、夕刻。ドラはグランゾーギュスタンへ向かった。あれから三日が経過していた。そっとしておこう、という気持ちが、何が起こっているのかこの目で確かめてみたい、という気持ちに変わっていた。重大な実験結果を確認する科学者の気分だった。

はたして、ピカソは、ダイニングのテーブルで骨付き肉のグリルをがっついていた。ハイメが近所のカフェに出前を頼んだものだった。ドラの顔を見ると、やっと起きたのか？と、不敵な笑みを浮かべた。ずいぶん長いこと眠っていたんだな、と。

その日、ピカソはスケッチを何枚か描いたらしかった。どんなものかは見せてくれなかったが、ドラは、そう、とわざとそっけなく言うにとどめた。ほんとうは、ついに始動したのだと胸の裡《うち》が痛いほどに昂っていた。

スケッチを描き始めたのであれば、下絵に取りかかるのは時間の問題だ。ピカソの中の爆発がいったいどんなかたちでカンヴァスに現れるのか――一瞬でも早く、誰よりもさきにこの目で見たい。逸《はや》る気持ちをどうにか抑え、ドラはそれからの十日ほどを過ごした。

画家の集中を中断させてはいけないと、向こうから電話がかかってこない限り、自分のアパルトマンで待機した。仕事をしていても、食事をしていても、寝ても覚めてもピカソのことが気にかかった。

いよいよ本格的に自分はあの人を愛し始めたのだろうか、とふと思った。

いや、違う。愛というのじゃない。強烈な欲望だ。

もとより、あの人を自分だけのものにしようなどとは思わない。あの恐ろしいほどの才能、あの無制限に湧《わ》き溢《あふ》れる創作の泉に常に身を浸していたい。あの人の創作になんとしてもかかわりたい。ほかの女たちが決してできない領域に踏み込みたい。

その欲望にこそ身を焦がしているのだ。

自室のベッドの上、シーツに包《くる》まって、ドラは苦しいため息を何度もついた。抱かれたかった。パブロ・ピカソという名の芸術に。

そして、五月十一日、朝。電話が鳴った。ピカソからだった。

ドラは、ローライフレックスとフィルムを引っつかんで、着のみ着のまま、アパルトマンを飛び出し、石畳の通りを駆けていった。

息を切らして到着したアトリエのドアが、ドラの目の前でほぼ二週間ぶりに開いた。

両腕を組み、タバコをくゆらせて、ピカソが待ち構えていた。

画家が待っていたのは、彼の腕の中で熱い吐息を漏らす愛人ではなく、カンヴァスの向こうで気取ったポーズをとるモデルでもない。まもなく生まれる世紀の傑作——その記録を撮ると運命づけられた写真家、ドラ・マールであった。

そうして、アトリエに足を踏み入れたドラが目にしたのは、壁いちめんを覆う暗幕だった。

すぐにカメラを準備してくれ、とピカソは言った。

全部整ったら、この幕を外そう。

その瞬間、ドラは悟った。

この暗幕の下にこそ、決して目を逸らすことのできない真実があるのだと。

二〇〇三年二月六日　ニューヨーク

五番街／五十三丁目駅のプラットホームに地下鉄Eラインの電車が滑り込む。ドアが開くと同時にどっと溢れ出す人波。その中にカシミアのコートを着込んだ瑤子の姿があった。

もう何年も使っている線《ライン》、何百回となく降り立ったホーム。ドアが開くと同時に地上目指して長いエスカレーターに乗る人々。雑踏、オイルや蒸気のすえた臭《にお》い、生温い空気。変わることのない通勤の風景。

けれど瑤子は、あの日、あの朝以来、この駅に降り立つたびにぞっとする感覚にならずにはいられなくなった。

十七ヶ月まえの九月十一日、地下鉄構内の階段を上って、いつものように五十三丁目通り《フィフティ・サード・ストリート》へ出る瞬間。雷鳴のような、地鳴りのような、異様な音がマンハッタンのビルの谷間に響き渡った。やがて、南の方角、晴れ渡った初秋の空に不気味な黒煙がもうもうと立ち上った。

呆然《ぼうぜん》と立ち尽くす人々のあいだを疾風のように駆け抜けていった、誰かの叫び声。

——空爆だ！　ワールド・トレード・センターが空爆されたぞ！——

あの叫び声が鼓膜の奥に蘇《よみがえ》る。

空爆だ、というあの声を聴いた瞬間に、私はそのままそれを信じ込んだのだ。

アメリカが戦争を始めたのだと——。

まさか、自分の夫がその「戦争」に巻き込まれてしまったとは、露ほども想像しなかったが。

地下鉄構内から五十三丁目通りへ出た瑤子は、耳が切れそうなほど冷たい空気にぶるっと身震いをした。コートの襟を立てて、職場《MoMA》へ向かおうとしてから、ふと、足を止めた。それから思わず苦笑した。

ああ、またやっちゃったわ。

瑤子の目の前には工事現場の囲いが立ててあり、クレーン車やら掘削機やら、巨大な重機がうなりを上げながら忙しく動いていた。瑤子が少女の頃からずっと愛し続けてきたモダン・アートの殿堂は、すっかり取り壊され、来年後半の再オープンを目指して全館建て直しの大工事中なのだ。

瑤子の現在の職場《オフィス》は、やはり地下鉄Eラインで行けるクイーンズ地区に作られた仮設の「M《モ》oM《マ》A QNS《クイーンズ》」のすぐ隣に移されている。移転して八ヶ月になるのに、瑤子はときどきこうして「いつも通りに」五十三丁目駅で降りてしまうのだ。

長年の習慣というのは、なかなか直せないものだな。

この場所に来ると、ぞっとするくせに……あの朝の記憶が蘇って、息苦しくなるくせに。

それでも、やっぱり、私はこの場所に帰ってきてしまうんだわ。

地下鉄構内に戻ろうとしたとき、トートバッグの中で携帯電話の着信音が鳴り始めた。急ぎの電話に違いないとの予感を持って通話キーを押すと、

『もしもし、ヨーコ？　いま、どこにいるの？』

MoMA広報部のナタリー・ヘイズだった。案の定、口調はかなり急いでいる感じだ。

悪いニュースではありませんようにと胸のうちで念じながら、瑤子は言い訳をした。

「ああ、ナタリー。私ったら、またやっちゃったの。いま五十三丁目よ。あなたはもうそんなことないでしょうけど、私、いまだに、うっかりこっちへ来ちゃうのよ」

『大丈夫、私だってつい三日まえにやっちゃったから』

ナタリーは、早口で返しつつ、

『いまあなたの目の前に来たキャブに飛び乗って、十分以内にオフィスに来られる？』

せっつくように言う。瑤子は、通りの向こうから走ってくるタクシーに向かって右手を上げながら、こちらも早口に訊いた。

「いまつかまえるわ。……何があったの？」

『あなた、ニュース見た？　知ってるわよね？　国連の一件』

「ええ。ちょっと待って」タクシーの後部座席に滑り込んで、ドアを閉める。「クイーンズのＭｏＭＡまで」と運転手に行き先を告げてから、

「暗幕のゲルニカの件ね」と言った。

『そうよ。暗幕のゲルニカの件』ナタリーが、瑤子が言った通りに復唱した。

『きのうの夜は報道各局から問い合わせが殺到したし、今朝は早くから電話が鳴りっぱなし。ＭｏＭＡの問い合わせメールアドレスにも、もうこれ以上ムリってくらいメールが届いてたわ。あなたの携帯に昨夜も今朝も電話したけど、出てくれないし……大変な騒ぎよ。あなた、まともにＱＮＳ《こっち》に来てたら、入り口で報道陣に囲まれて中に入れなかったかもしれない』

昨夜はニューヨーク・タイムズの記者、カイル・アダムスと長電話をしていたし、

今朝は携帯の電源を切っていた。まさかMoMAがそんな騒ぎになっているとは想像だにしなかった。

「ちょっと待って。なんで私が報道陣に囲まれるの？　囲む相手はパワー国務長官でしょ？　もしくは国連の広報担当か……」

『何言ってるの。あなた、それでもピカソの研究者？』

ナタリーが呆《あき》れたように言った。

『いまこの国でピカソの〈ゲルニカ〉について最も詳しい研究者は誰かといえば、それはあなたのことなのよ。しかもあなたは、MoMA《うち》でまもなく開催される刺激的なことこの上ないテーマの展覧会の企画者でしょう。「ピカソの戦争：ゲルニカによる抗議と抵抗」。どう？　めちゃくちゃタイムリーなタイトルじゃない？』

どきりとした。

――そうだ。確かにナタリーの言う通りだ。

昨夜テレビのニュースで流れた映像を、瑤子はいま一度反芻した。

アメリカのイラクに対する武力行使を容認するとした国連安全保障理事会。その決議が採択されたとの報告を、各国の報道陣が見守る中で、淡々と行ったアメリカ合衆国国務長官、コーネリアス・パワー。そして、その背後に掛かっていたのは――。

そう、いつもであれば、「囲み取材ポイント」である安保理会議場ロビーの壁には、パブロ・ピカソの〈ゲルニカ〉のタペストリーが掛かっているはずだった。しかし、昨日は違っていた。

パワー国務長官の背後に掛かっていたのは「暗幕」だったのだ。

アメリカがイラクに対してついに武力行使をする、それを国務長官が世界に向けて発表する場面から、何者かが〈ゲルニカ〉を消し去った。

そして、その意図はあまりにも明白だった。

空爆を仕掛けると発表する場面の背景として、人類史上初となったゲルニカ無差別空爆を非難する絵はあまりにも不似合いだ。

いいや、不似合いを通り越して、皮肉ですらある。世界の平和と秩序のために、悪の枢軸《すうじく》＝テロリストと闘う正義のアメリカが、一般市民を巻き込む無差別攻撃を行ったナチスと、まるで同じことをしようとしているかのようではないか。

アメリカ合衆国国務長官に〈ゲルニカ〉という名の十字架を、まさか背負って立たせるわけにはいかない――。

『とにかく、こっちに着いたら、すぐにティムのオフィスへ来て。彼ももう待機してるから』

なおも口早にナタリーが言った。

ティム・ブラウンはMoMAの絵画・彫刻部門《デパートメント・オブ・ペインティング・アンド・スカルプチャー》のチーフ・キュレーターであり、瑤子のボスである。彼まで巻き込まれてしまったのか、と瑤子は暗澹《あんたん》とした気分で通話を終えた。

テレビの朝のニュース番組でも、もちろんニューヨーク・タイムズの朝刊でも、「国連安保理　アメリカのイラクへの武力行使を容認」のニュースで持ち切りだった。トップニュースはパワー国務長官の画像で飾られた。長官の緊迫した表情と、その背後に広がる暗幕――。

敏感なメディアは、当然、「暗幕の意味」を話題にしていた。

そこにあるはずの絵がないとは、いったいどういうことか。

アメリカの武力行使――つまりバグダッド空爆は、断じて「ゲルニカ」の再現ではない、と言いたいがために暗幕で隠したのか？

とすれば、かえって逆効果ではないか。アメリカは「ゲルニカ」の悲劇を繰り返そうとしている、それを隠してしまいたいと公言しているようなものだ――と、もっとも批判的に書いたのは、もちろんカイル・アダムスだった。

――いったい誰が、暗幕を掛けたの？

昨夜、ニュースを見たあと、瑤子はすぐにカイルに電話をかけた。

――国連の広報部にすぐに問い合わせたんだが、まだ返事がないんだ。想像以上に反響が大きかったもんで、彼らも驚いているようだよ。

――国連の広報部の誰かがやったのかな。

――当然、広報部の許可なしにはできないから、まあそうだろうね。しかし、問題は、誰の手で暗幕を被せたかじゃなくて、誰の指図でそれが実行されたかだ。

――ホワイトハウス？

――だろうね。しかし読みが甘かった。たかが壁掛けに暗幕を被《かぶ》せたからどうだっていうんだ、ってな程度に、ホワイトハウスの連中は考えてたんだろ。君の講義を一度受けたほうがいいね。アートのメッセージ力を見くびってるよ。

カイルの意見に、瑤子は賛成できなかった。

――逆よ、カイル。まったく逆。彼らは、ピカソの〈ゲルニカ〉の意味を知り尽くしている。〈ゲルニカ〉が……たとえレプリカだとしても……反戦のメッセージを放ち続けていることを百も承知だった。だからこそ暗幕を被せたのよ。

瑤子の意見に、カイルは、彼らもばかじゃないってことか、とつぶやいた。

――でも、だとしたら、たかが壁掛けに暗幕を被せた、という行為はかなりの問題になるな。つまり、ホワイトハウスは……ナチスがゲルニカに対してしでかしたのと似たような行為をこれからイラクに対してやります、と表明したようなもんだ。

それからカイルは挑戦的な口調で言った。

——それがいったい誰なのか、暴《あば》き出してやる。

イースト・リバーに架かるクイーンズボロ橋を越え、瑤子を乗せたタクシーは、マンハッタンの東側、クイーンズ地区にあるMoMAの仮オフィスに到着した。

ナタリーの言った通り、出入り口にはテレビ局のカメラマンや新聞記者が集まっていた。瑤子は詰め寄ろうとする報道陣を振り切り、テレビカメラの前を足早に通り過ぎた。

エレベーターで四階へ上がり、コートも脱がずにティム・ブラウンのオフィスへ直行した。

「おはようございます、ティム。うっかり五十三丁目へ行ってしまって……遅れてすみませんでした」

部屋に入ってすぐ、瑤子は正直に言った。

デスクの上のラップトップパソコンの画面を追いかけていたティムが目線を上げた。

白いものがちらほら混じった栗色の髪はきちんと整えられ、ラベンダー色のシャツにブルックス・ブラザーズのレジメンタル・タイが彼のスタイルだ。いつもはオフィスに到着するとすぐ脱ぎ捨てる上質のウールの黒いジャケットを、今朝は几帳面《きちょうめん》に着込んだままでいる。瑤子の白い顔をみつけると、

「息が止まりそうな顔をしてるぞ、ヨーコ。とにかく息をしてくれ」

そう言った。瑤子は反射的に息を吐いた。

ティムは銀縁の眼鏡を外して、目頭を軽く指で押さえた。それから、おもむろに質問した。

「いくらなんでも、〈ゲルニカ〉に暗幕を被せよと指示を出したのは君じゃない。だろう？」

「もちろん」瑤子は思わず苦笑いを浮かべて返した。

「私ではない誰かの仕業です」

「わかっている。でも、世の中にはわからずやがごまんといる」

ため息をついて、ティムはラップトップを閉じた。

「外に集まっているメディアの連中からナタリーが質問を集めてくれた。質問の要旨は大きく分けてふたつだな。ひとつめは、なぜ〈ゲルニカ〉に暗幕が掛けられたのか、

その背景と意味について、『ピカソの戦争』展の企画者としてのヨーコ・ヤガミのコメントがほしい。ふたつめは——誰が暗幕を被せたのか、その推測をしてほしい」

「ひとつめには答えられます。ふたつめには答えられません。いたずらに推測はできませんから」

瑶子は即答した。

ティムは、デスクの上に両手を組んで瑶子をみつめていたが、

「答えないわけにはいかないんだ、ヨーコ」

落ち着いた声で言った。

「すでに様々な憶測が飛び交っているようだ。——当然、ホワイトハウスの指示で暗幕が掛けられたとマスコミはにらんでいる。もちろん、私もそう思うし、君だってそうだろう？」

瑶子はうなずいた。

「ええ。アメリカのイラクに対する武力行使の決定を国務長官が発表する場でしたから、あのタペストリーがその背景にあるのは、いくらなんでもまずい。——それは誰の目にも明らかです。暗幕を被せろと国連のスタッフに短時間で指示が出せるのは、ホワイトハウス以外にはないはずです」

「私の予想も君とまったく同じだ」

ティムは瑤子から目を逸らさずに応《こた》えた。

「ところが、世の中にはとんだつむじ曲がりもいるんだ。――暗幕の指示を出したのは君だ、という噂《うわさ》が飛び交っている」

瑤子は一瞬で凍りついた。

ティムの言っていることの意味がまったくわからなかった。なぜ自分が〈ゲルニカ〉に暗幕を――？

「さっぱり意味がわからない、って顔になったな」

ティムがあくまでも冷静に言った。

「つまり、こういうことだ。ＭｏＭＡのキュレーター、ヨーコ・ヤガミは、目下、『ピカソの戦争：ゲルニカによる抗議と抵抗』展を準備中である。〈ゲルニカ〉の象徴《シンボリ》性《ズム》を知りつくしている彼女は、アメリカの国務長官がイラクへの武力行使を発表する背景に〈ゲルニカ〉のタペストリーがあってはまずいといち早く気づき、国連に連絡をした。撤去するか、それが間に合わないのであれば暗幕を掛けるか――とにかく、カメラの前に露出してはならないと意見した」

「まさか」瑤子は、思わず半分笑いながら言った。

「まさか、そんなこと。冗談でしょう。なんの権限があって、私がそんな――」

「ホワイトハウスに火の粉がかからないようにでっちあげの情報を流すのを仕事にしている連中が、この国にはいるんだよ、ヨーコ」

色めき立つ瑤子をなだめるように、ティムが言った。

「それに……根も葉もない噂を流されて『冤罪の生け贄《スケープゴート》』に祭り上げられたのは、君ばかりじゃないようだ。……国連に展示してある〈ゲルニカ〉のタペストリーの持ち主は誰か、当然知っているね？」

「ええ」瑤子は肩で息をついて答えた。なんとか落ち着こうとしたが、苛立《いらだ》ちが募っていた。

「ネルソン・ロックフェラーが依頼主で、ピカソの監修のもとに、タペストリー職人のデュルバックが制作……ネルソンの死後、国連に『寄託』されました。よって、所有者はいまもロックフェラー家のはずです」

「完璧《かんぺき》な回答だ」ティムが言った。

「その回答に基づけば……つまり、ロックフェラー家の誰かが暗幕を掛けよと指示した――という推測も成立するわけだ。逆に言えば、所有者であるロックフェラー家の許可なしに暗幕は掛けられない、ということになる。そうなると、国連の職員に

『〈ゲルニカ〉に暗幕を掛けろ』と指示する機転が利くのは、ロックフェラー家の中でも、もっともアートに造詣《ぞうけい》の深い……」

プルル、プルル、とデスクの上の電話が鳴った。内線の呼び出し音である。ティムは、すぐさま受話器を上げ「もしもし」と応答した。

瑤子はティムと会話をするうちに、重苦しい気持ちが泥のように胸の中に募ってくるのを感じた。

「暗幕のゲルニカ」の一件が想像しなかった事態に発展しつつある。気味の悪い予感がした。

「……そうか、わかった。すぐ行く」

ごく短い会話を終えて、受話器を乱暴に置くと、ティムは立ち上がった。

「一緒に来てくれ。もうひとりの『スケープゴート』が到着なさったぞ」

瑤子は、ティムとともに足早に理事長室へ向かった。

仮設のオフィスであっても、その部屋はひときわ格調高く仕上げられていた。アレッシの革張りのソファに腰を落ち着けることもなく、窓際に佇《たたず》んで、MoMA理事長のルース・ロックフェラーがふたりの到着を待ち構えていた。ふんわりとエレガントにセットされた白髪、それに同調するかのようなシャネルの白いスーツがほっそりした体型によく映えている。マノロ・ブラニクのパンプスを履いた足が、部屋に入ってきたふたりに向かって一歩踏み出した。

「いったいどういうことなの、ティム？」

七十五歳になるとは思えないほど張りのある、そして怒気を含んだ声色で、ルースはすぐさま言った。

「今朝いちばんで秘書に国連広報部へ電話をさせたわ。私の母は暗幕を被せるためにあのタペストリーを国連に寄託したわけじゃないんですからね。いったい誰があんなことをしたのか……」

「ええ、わかっていますとも、ルース」

ティムは、いつも理事長に接するときには決して絶やさない笑顔を作って、ごく落ち着いた様子で対応した。

「あなたの質問に国連は誠実に答えてくれましたか？」

ティムの問いに「いいえ」とルースは即答した。

「いま調査中だからしばらく待ってほしい、とかなんとか、ごまかしてばかり。暗幕を掛けたのはほんのいっときのことで、すでに外したから問題はない、なんて言い訳をしていたそうよ。――問題ない、ですって？　ねえヨーコ、あなた、どう思う？」

ルースは普段はもの静かで優雅な物腰の婦人であり、それゆえに並々ならぬ存在感がある。しかし、ひとたび彼女の逆鱗《げきりん》に触れればいかなる要職にある人物だとて歯が立たないと、瑤子も噂には聞いていた。MoMAの館長であるアラン・エドワーズも、もちろんティム・ブラウンも、ルースがいつも機嫌よく理事長の役割を果たしてくれるよう最大限に気を遣っている。

ロックフェラー家は、世界最大の石油トラストであったスタンダード・オイルの創始者、ジョン・D・ロックフェラーと、弟でシティグループ創業者のひとりであるウィリアム・ロックフェラーによって、世界的な財閥に発展したファミリーである。ルースの父、ネルソン・ロックフェラーは、かつてアメリカ合衆国副大統領も務めた有力者であった。

MoMAとロックフェラー家の繋《つな》がりは、美術館の創立時、一九二九年にまで遡《さかのぼ》る。ジョン・D・ロックフェラーの長男であるジョン・D・ロックフェラー二世の夫人、アビー・アルドリッチ・ロックフェラーが、「ニューヨークにモダン・アートの殿堂を創る」と、当時の社交界きっての名士夫人、リリー・P・ブリス、メアリー・クイン・サリヴァンとともに発案したのがMoMA設立のきっかけとなった。以来、ロックフェラー家は代々MoMAの要職に就任し、その発展を支えてきた。

ルースはロックフェラー財団の理事を務め、ＭｏＭＡの理事長も十年近く務めていた。ＭｏＭＡに対しては有形無形の支援を行い、資金援助も惜しまなかった。ゆえに、ルースをＭｏＭＡに繋ぎ止めておくことは館長のアランにとっては最重要事項であった。

また、美術に造詣が深いルースは、キュレーターたちとも直接こと細かなやり取りを日常的に行っていたので、チーフ・キュレーターであるティムもまた、ルースに呼び出されれば、たとえ地の果てにいようとも飛んで帰る心構えだった。瑶子とてそうであることは言うまでもない。

瑶子のよく知るルース・ロックフェラーは、知的で気品あふれる穏やかな老婦人であった。幸運すぎることだったが、ルースは瑶子のピカソ研究を誰よりも高く評価し、また、「日本人であり女性である」という、アート界においてはマイノリティとも呼べる事実を踏まえ、むしろ大いに後押ししてくれていた。

夫に先立たれ、子供もいないルースは、自分の持てる資産と情熱のすべてを芸術・文化の支援とそれにまつわる教育活動、そして反差別運動《アンチ・ヘイト・アクティビティ》に捧げる意気込みを持っていた。彼女はまた自由主義者《リベラリスト》としても有名であった。そんなこともあって、瑶子に特別に目をかけていたのである。

ルースからの支援の見返りとして瑤子ができることといえば、良質な展覧会の企画をすることと、絶え間なくピカソ研究をし続けること以外になかった。どこまでも凛《りん》としているのである。

ルースに接して、瑤子は、真に高貴な女性とはどういうものなのかを知った。どこまでも凛《りん》としているのである。

そのルースが、「暗幕のゲルニカ」の一件で、明らかに動揺し、怒りをあらわにしている。そんな彼女を見るのは、瑤子にとって初めてだった。

「私の友人のニューヨーク・タイムズの記者、カイル・アダムスも、誰が、なぜ、なんのために、〈ゲルニカ〉に暗幕を掛けたのか、いち早く国連の広報部に問い合わせたそうです。でも、やはり明確な回答は得られなかったと……」

瑤子は、ティムと同じようにできるだけ冷静な様子を繕って言った。ここでルースと一緒に動揺してはまずいと悟ったのだ。

ルースは口をきゅっと結んで視線を落とした。深い皺《しわ》が口元に影を作っていた。三人は、それきり揃《そろ》って沈黙した。

やがて、ルースは顔を上げると、きっとした目つきでひと思いに言った。

「……この私が〈ゲルニカ〉に暗幕を掛ける指示をしたという噂が流れているそうよ」

瑤子は思わず息をのんだ。ティムのほうへ顔を向けると、ティムもこちらを見ている。

――スケープゴートは、ルースと私……というわけですね。

瑤子の心の声が聞こえたかのように、ティムは、黙ったままでかすかにうなずいた。

「あのタペストリーは、もともとは父・ネルソンの所有だったけれど、遺産相続で現在は私の名義になっています。けれどそれを知っているのは、当家の弁護士と国連の管財課の職員だけよ。……たったいま、あなたたちふたりが加わったけれどね」

ルースは憔悴《しょうすい》し切ったような口調で言った。

「ルース・ロックフェラーは、表ではリベラリストを気取っているくせに、実はイラクへの武力行使をホワイトハウスにけしかけている、国務長官のスピーチの背後に自分の〈ゲルニカ〉が掛かっていたらイメージが悪い、だから極秘で暗幕を被せる指示を出していた。そんな根も葉もない噂がインターネットに流れている、とてもプリントアウトできる量ではないと、秘書が悲鳴を上げていたわ……」

大きなため息をついて、ルースは力なくソファに腰を下ろした。

「なんてこと……」瑤子は声を震わせた。

でっち上げにもほどがある。ルースは、むしろはっきりとアメリカの武力行使に反対を唱えているというのに。

「……あまりにもひどい。そこまで言われては、ＭｏＭＡとしても看過できかねます」

声を荒らげてティムが言った。

「すぐに館長《アラン》からホワイトハウスの広報部に連絡をしてもらうようにします。そんな噂を流されてはたまらない」

ティムがデスクの上にある内線電話の受話器を取り上げた。「いいえ、結構です」とルースがそれを制した。

「せっかくだけどね、ティム。共和党の上院議員にも、大統領の側近にも、ＦＢＩにも、当家はいくらでもホットラインがあるわ。その気になれば、誰がそんな噂を流したのか、ほんの数時間で突き止めることもできるでしょう。けれど、私はもう、そんなことにはいささかも興味がないのです」

確かにほんの数分前までは、めったに見ないほど、ルースは憔悴していた。けれど彼女は、もう立ち直っていた。

いつものように毅然《きぜん》として、ルースはティムを、続いて瑤子をみつめた。それから、なんの迷いもない口調で言い放った。

「国連のタペストリーは即刻撤去します。金輪際、あの場所には戻しません」

瑤子はたちまち凍りついた。

ルースの怒りは本物だった。自分に断りなく〈ゲルニカ〉に暗幕を掛けたことに対する報復として撤去する。それは当然の結論かもしれなかった。

しかし、このタイミングでタペストリーを撤去してしまっては、かえってまずい。今度は、誰が〈ゲルニカ〉を撤去したのか、ということになる。それがルース・ロックフェラーであると知られたら、暗幕を被せるだけでは中途半端《はんぱ》だから撤去したのか、やはり〈ゲルニカ〉を消し去ったのはルース・ロックフェラーだったのだ、そしてMoMAだったのだ——ということになりかねない。拙速は避けなければ。

「待ってください、ルース。それでは何の解決にもなりません」

瑤子は思い切って言った。

「タペストリーを撤去することより、どういう経緯で暗幕が掛けられたのか、それを指示した張本人が誰かを特定することが先決です。そうすることで嫌疑を晴らさなければ——」

「張本人は誰かなんてこと、もうとっくにわかっててよ。そうじゃなくて？」

ごくていねいな言い回しで、ルースが瑤子の言葉をさえぎった。

「指示を出したのはホワイトハウス、私をスケープゴートに仕立て上げたのは彼らの回し者よ。マスコミだってそんなこと百も承知でしょう。けれど、イラクへの武力行使が決まった以上、それを暴くのはまずい。マスコミにも大衆にも、攻撃するスケープゴートが必要なのよ」

ルースは瑤子をまっすぐに見て言った。

「心配は無用よ。私はどうにでも自分を守れます。けれど……ヨーコ、彼らがほんとうに標的にするのは——おそらく、あなたよ」

ルースの予想は的を射ていた。

ロックフェラー家はホワイトハウスにも通じている。ルースに対してあまりにも極端なバッシングをすれば報復されるだろうと、噂を流した「回し者」たちはわかっている。ゆえに、冤罪《えんざい》の生《い》け贄《にえ》に祭り上げるのにもっとふさわしい人物を用意しなければならない。それは「日本人女性」というマイノリティの立場で、「ピカソの戦争」展を企画しているキュレーター、八神瑤子である。

八神瑤子には、アメリカ政府がイラクへの武力行使に踏み切るのを支持する理由がある。それは、彼女の夫が9・11に巻き込まれたという事実。アメリカによるテロリストへの報復を、実は彼女は誰よりも望んでいる。ゆえに、彼女は〈ゲルニカ〉を暗幕の下に沈めるべく、極秘に動いたのだ――。

「そんな……」瑤子はかすれた声をのどの奥から絞り出した。

「それは、それはつまり……このままじゃ、展覧会の開催もあやうくなる……ということですか」

ティムが低く唸《うな》った。

「……そういうことになりそうだな。〈ゲルニカ〉に暗幕を被せておきながら、『ピカソの戦争』もないだろう」

そんな。――そんな、ばかな。

これこそが、私が人生を懸けて成し遂げるべきこと。イーサンのためにも。

そう思い続けて、どうにか走り続けてきたのに。

ルースがソファから立ち上がって、真っ青になって立ち尽くす瑤子のそばへと歩み寄った。

瑤子の震える両手を取って固く握りしめると、ルースは言った。

「しっかりしなさい、ヨーコ。これはあなたの使命だと思って、このさき、全精力を傾けて、たったひとつのことを実現しなさい。いいわね」

瑤子は、焦点の合わない瞳《ひとみ》をルースに向けた。

ルースは力強い声で瑤子に告げた。

「マドリッドに行きなさい、ヨーコ。タペストリーなんかじゃなく、本物の〈ゲルニカ〉をニューヨークへ連れて帰るのよ。そして、MoMAで展示するのです」

闘いなさい、ヨーコ。——ピカソと共に。

第三章　涙

一九三七年六月五日　パリ

カフェ「ドゥ・マゴ」のテラス席、いちばん奥まったテーブルで、ドラ・マールはプリントした写真を、一枚一枚、丹念に吟味していた。

朝九時。夜を徹してカンヴァスに向かい合っていたピカソは、つい一時間まえ、ベッドに倒れ込むようにして眠りについた。逆にドラは三時間ほど眠ったのちに目を覚ました。どさりと大木が倒れてきたかと思ったのだ。はっとして隣を見ると、ピカソがいびきをかいて眠りこけていた。

この一ヶ月近く、自宅の暗室へ写真をプリントしに帰る以外は、グランゾーギュスタンのピカソのアトリエにこもって、毎日毎日、昼も夜も制作に立ち会ってきた。パリ万博スペイン館の展示品の目玉となる巨大絵画〈ゲルニカ〉の制作に。そして、その過程を撮影し続けてきた。

こうしてカフェのテーブルの上に束になって置いてあるのはその写真の一部である。作品はまだ制作途中ではあったが、完成はもう間もなくのことだ。カメラのファインダーを通して見るそれは著しい進化を遂げていた。

進化。――そう、進化というほかはない。

カンヴァスの中で誕生した絵はまるで生き物のようだった。一本の線から始まり、めまぐるしくかたちを変え、進化し続ける生物。五月上旬に生まれ落ちた素描は、やがて血肉を与えられ、とてつもない怪物に変容しつつあった。

ピカソとドラのあいだで、いつしかその作品は〈ゲルニカ〉と呼ばれるようになっていた。

ピカソは自分の作品に題名をつけたことがない。彼の作品に題名をつけるのは画商の仕事だった。

ピカソは次々に絵を描き、ときに彫刻を造って、署名と日付を必ず入れる。アンブロワーズ・ヴォラール、ダニエル・カーンワイラーといった画商たちがひっきりなしに訪ねてきて、新しい作品をチェックし、タイトルを決め、制作年月日とともにリストに収める。画家自身はタイトルには無関心で、それを心得ている画商たちからは「どういうタイトルがいいか」と訊《き》かれたこともない。

タイトルとはこのまえ描いた絵とさっき描いた絵が違うものだということを画商たちが記録するためのもの、というくらいにしかピカソは考えておらず、さして深い意味を持っているとも思っていないようだったし、特別に重んじてもいないようだった。

しかし、今度の作品は違った。

ドラが〈ゲルニカ〉と呼んだその瞬間から、その絵は〈ゲルニカ〉となった。それ以外の題名は考えられなかった。

白い下塗り《ジェッソ》が施された画面に細い線で下書きが入れられたのを見たとき、そしてそれをカメラに最初に収めたとき、すでにドラにはこの作品がモノクロームの大画面に仕上げられる予感があった。名もなきゲルニカの民衆が強いられることになった絶望と悲しみは、生々しい血の色をあえて消し去った画面にこそ色濃く漂うはずだ。

ドラの予感通り、ピカソのパレットを黒と白の絵の具が占領していった。微妙な色調の黒、青や黄がかすかに混じった白。単調ではない、深みと繊細さを備えた黒と白が絶妙な配合で作られていった。

カンヴァスの上に織りなされる「ゲルニカ」の惨劇は、日を追うごとに刻々と変容を遂げていった。

下絵の段階で最初にカメラに収まったときから三週間後にいたるまで、一貫してカンヴァスに登場し続けている主要人物と動物がいくつかあった。死せる子供を抱いて泣き叫ぶ母親。横たわる兵士。振り返る牡牛。もがき苦しむ馬。駆け出す女。窓から身を乗り出してランプをかざす女。天を仰ぐ女。これらの人物と動物が、徐々にかたちを変え、表情を変えて、カンヴァスの中をのたうち回った。

一方で、最初は描かれていたのに途中で消えたものもある。下絵の段階では、中心に位置して強い縦軸を作っていた固く拳《こぶし》を握って突き上げられた腕は、三度目にドラがレンズを向けたときには消えていた。共産党のシンボルともとれる突き上げられた拳がなくなったことで、画面から政治色が消えた。

大きく表現が変わったのは、中心の上部に登場した太陽だ。下絵の段階では現れていなかった太陽は、二度目の撮影のときには突き上げられた拳の背景として、ぎらぎらと光を放っていた。しかし三度目の撮影の際には、それは太陽ではなく、アーモンド形の大きな目のようなかたちに変化していた。空中で炸裂《さくれつ》する爆弾のようにも見えるし、同時に、悲劇のすべてを俯瞰《ふかん》する神の目にも見える。あるいは、残酷な世界を照らし出す人為的で巨大な照明のようにも。

中心部で悶絶《もんぜつ》する死にかけた馬の表現も劇的に変わった。下絵のときにはいまにも大地に頽《くずお》れそうになっていた馬は、次第に体を起こしてゆき、いまや天に向かって口を開け、鋭くいなないている。そして、その広げた口から飛び出したかのような鳥が一羽、闇《やみ》に埋もれて瀕死《ひんし》の叫び声を上げている。

画面下部に横たわる兵士も、顔の向きを右から左へと変え、地に伏していた体を仰向けにし、いままさに絶命の瞬間を迎えていた。

六度目、七度目の撮影の際には、それぞれモノクロームの画面に奇妙なコラージュが貼《は》り付けてもあった。色のある壁紙——赤い千鳥格子《ごうし》、明るい花模様、紫と金色、チェック柄など——引き裂かれた服の切れ端のような、あるいはテーブルクロスのようなイメージを喚起させるために付けたのだろうか。ドラは、ファインダーを覗《のぞ》きながら、どうもこれはまずい展開だと思ったが、何も言わなかった。しばらくすると、これらのコラージュは跡形もなく剝《は》がされていた。

そして——いま。

〈ゲルニカ〉は完成まであと一歩というところまでこぎつけた。ピカソがアトリエに籠城《ろうじょう》し、巨大なカンヴァスに向かい始めてから、すでに六百時間が経《た》っていた。

ドラは、作品が何度も脱皮し変態を繰り返す様子をカメラに収めながら、同時に、制作中のピカソの姿も撮影してきた。

ピカソの体と手は、大海のようなカンヴァスの上をすさまじい勢いで泳いだ。描き、塗り、消し、貼り付け、剝がし、盛り上げ、潰《つぶ》し、広げ、散らかし、収束させていく。その展開は一見めちゃくちゃなようでありながら、画面には常に秩序が保たれていた。見事な均衡があり、厳しいルールがあった。ピカソは、自らが生み出している絵の中の秩序、均衡、ルールに、どこまでも忠実だった。

ドラは、ピカソがまるでコウモリのように超音波を出して、カンヴァスの上を滑空しているような気さえした。さもなければ、いったいどうやって3・5メートル×7・8メートルもの巨大な平面に、たったひとりで挑むことができるだろうか？

とにかく、もう間もなく——ひょっとすると、今日にでも——世紀の超大作〈ゲルニカ〉は完成するはずだ。

そう、今日にでも完成させなければならないと、ピカソも内心焦《あせ》っているはずなのだ。なぜなら、パリ万博はもう始まっているのだから。

五月二十五日、万博は公式のオープニングを迎えた。ほとんどの国のパビリオンが完成し、華々しく披露される中で、スペイン館はオープンに向けて最後の追い込みを続けていた。内戦に苦しむ共和国政府は、資金難や作業員の不足などが重なって、どうしても公式開催日に間に合わせることができなかった。そして何よりも、館の目玉、パブロ・ピカソの大作が完成していなかった。

しかし、本件の窓口になっている在仏スペイン大使館から激しく催促されるようなことはなかった。とにかくピカソが本気で制作に取り組んでいることはわかっている、そしてそれは傑作になることは間違いない、だったら焦らず騒がず完成を待とうじゃないか。そう腹をくくっているようだった。

昨晩、ピカソがスペイン館の建築家であるホセ・ルイ・セルトに電話をしているのを、ドラは近くで聞いていた。ほぼ完成した、とピカソは言っていた。しかしその声に晴れやかさはなかった。そして、しばし沈黙したあと、言葉を続けた。――これで完成なのかどうか、まだよくわからんのだ……。

ピカソが迷っている。

ドラにはそれが不思議でもあり、かすかに愉快でもあった。

芸術に限っていうならば、ピカソは不遜《ふそん》で、傲慢《ごうまん》で、徹底的で、恐れを知らぬ男。憎らしいほど自信満々で、立ち止まりもせず、顧みることもない。

それが芸術に対するピカソの一貫した態度であるはずなのに。

〈ゲルニカ〉に対してだけは明らかに違っている。

あの作品の前では、パブロ・ピカソは「ひとりの人間」なのだ。

そう気がつくと、ドラの胸には息苦しいような愛しさがこみ上げてくるのだった。

いままで撮り溜《た》めた写真のプリントの吟味をひと通り終えると、その束をテーブルの上で揃《そろ》えて、冷めたコーヒーを飲み干した。

一度アパルトマンへ帰って、新しいフィルムを取ってこよう。

今日こそは記念日になるかもしれないのだ。完成した〈ゲルニカ〉を我がカメラに収める記念日に。

立ち上がろうとして、ふと、斜め前の席に座っている青年に目が留まった。

「ドゥ・マゴ」のテラス席は三列になっていて、いちばん通り側の席、つまり、サンジェルマン・デ・プレ教会の真向かいの席にその青年は座っていた。

つややかな黒髪を櫛目《くしめ》が見えるほどきちんと分け、左手首にはカルティエの腕時計「サントス」が光っている。糊《のり》がきいた真っ白なシャツに、仕立てのいい麻のジャケット。袖口《そでぐち》にちらりと覗くカフスは漆黒のオニキス。

端正な横顔は、初夏の明るい日差しを避けるかのように沈鬱《ちんうつ》な表情を浮かべてうつむいている。その目線の先には、ピカソも毎日目を通している新聞「ユマニテ」があった。

「ユマニテ」にはスペイン内戦の続報とショッキングな写真の数々が掲載され、ゲルニカが空爆されてからというもの、共和国軍が反乱軍に日に日に追い詰められていくさまを無慈悲なほどに伝えていた。パリ万博が開幕したという華々しいニュースが同じ紙面に並ぶのを、ピカソは砂を噛《か》むような表情で眺めていた。

その青年は身なりからしてかなり裕福であると見てとれた。黒髪と濃い眉《まゆ》、豊かなまつげの横顔はラテン系の血を感じさせた。

彼の容姿とどことなく思い詰めたような様子がドラの気を引いた。ドラは立ち去るのをやめて、籐《とう》の椅子《いす》に座り直し、話しかけようかどうしようか、何か面白い展開になるかもしれないと、いたずらっぽい気持ちが頭をもたげるのを感じながら、彼を観察していた。

と、そのとき。

ぽたりと大粒の涙がひとつ、新聞の上に落ちるのを、ドラは見てしまった。

――あら、まあ、困ったこと。

泣いてるのね？　坊や。ひょっとして、祖国に残してきたママンと離ればなれで、寂しい思いをしているのかしら。

しょうがないわね、なぐさめてあげなくちゃ。

「こんにちは、セニョール《オラ》。タバコの火を貸してくださらない？」

さりげなく背後に近づいて、ドラは声をかけた。スペイン語で。

はっとしたように青年が振り向いた。潤《うる》んだ黒い瞳《ひとみ》、どこかしらピカソに似ている目がドラを見上げた。

ドラはタバコを指にはさんで、「ここ、座っていいかしら」と言いながら、答えを聞くまえに隣の席に座った。

「なぜ僕がスペイン人だとわかったのですか」

カルティエ製の金色のライターを差し出して、青年が言った。

「スペイン人と付き合っているからよ」

タバコに火をつけてもらってから、ドラが答えた。

「その方はフランスへ亡命したのですか……戦禍《せんか》を避けて」

生真面目《きまじめ》な様子で青年が尋ねた。

「亡命ってわけじゃないけど……もう帰らないって言ってるわ。もしも、このさきスペインがフランコの手に陥落《おち》たらね」

青年はがっくりと肩を落とした。まるで、たったいま反乱軍がスペイン全土を掌握したというニュースを聞かされたかのように。

「あなた、亡命者なの？」

ドラが訊き返した。

「いいえ、違います。僕は……家族とともに、一時的に避難をしているだけです」

生真面目な様子を崩さずに、青年が答えた。

「ああ、そう」

ドラはわざとそっけなく相づちを打った。

「ってことは、あなたは、つまり……祖国に残ってファシストと闘う、という選択をしなかったわけね」

意地悪く言ってみた。青年は唇を嚙んで、またうつむいてしまった。

ドラはため息とともに煙を吐き出すと、

「どのみち、あなたはもうスペインには帰れないわ。ファシスト政権のもとで生活するのが趣味じゃなければね」

ゲルニカが空爆されてまもなく、バスクの最後の拠点ビルバオが陥落した。反乱軍は着々とスペイン全土を掌握しつつあった。残酷なようでも、自分の言っていることが現実となる日は近いとドラは予感していた。

「あなたの言う通りだ。僕らはもう、帰れないかもしれない。……いや、帰れるはずがない。どんな顔をして帰れるというんだ。……彼女を置き去りにしておきながら」

どうやら恋人を置いてきてしまったようだ。ドラはテーブルに頰杖《ほおづえ》をついて、微笑を口元に浮かべた。

仕方がない。この坊やの話をもうちょっと聞いてあげようか。

「恋人がいたのね」ドラはやさしい声で尋ねた。

「どうして一緒にパリへ来なかったの」

「両親に秘密で付き合っていたんです」青年は力の失《う》せた声で答えた。

「僕には、親が決めた許嫁《いいなずけ》がいて……でも、僕は、別の女性に恋してしまった」

青年の名はパルド・イグナシオといった。

パルドの恋人はスペイン人の父とイギリス人の母を持つうつくしい女性、レナ。英語の家庭教師として、マドリッドにあるイグナシオ家に出入りをしていたという。四歳年上のレナに、十六歳のパルドは夢中になった。許されないとわかっていても、深く愛し合うようになった。パルドはレナに変わらぬ愛を誓ったが、レナは、自分たちに未来はない、いずれ別れるときがくる、と言い続けていた。あなたを愛している、けれど同時にあきらめてもいると。互いの気持ちが深まれば深まるほど、絶望は増すばかりだった。そして、どうにもならないと思えば思うほど、互いを求め合う気持ちは強く、激しくなるのだった。

秘密の恋が始まって一年後、スペイン内戦が勃発《ぼっぱつ》した。パルドの父は、即刻フランスへの疎開《そかい》を決めた。父は実業家であり、ヨーロッパ各地に不動産を所有している。パリに一家で移住するのはなんら難しいことではなかった。

当時十七歳で、一家の唯一《ゆいいつ》の男子であり、まもなく家督を継ぐ立場にあったパルドには、父の決定を拒否する術はなかった。しかし、スペインを出てしまったら、このさき二度と再びレナと会うことはないだろう。せめて彼女が両親とともにイギリスへ渡ってくれるようにとパルドは望んだが、レナの答えは信じ難いものだった。

――志願して、人民戦線に加わるわ。それが、私に残されたたったひとつの進むべき道だから。

パルドとはもう会えないと悟った瞬間に、彼女は自分の命をスペイン共和国に捧《ささ》げると決めたのだ。

――パルド、あなたには未来がある。私のことは忘れて、何があっても生き延びて。幸せになってちょうだい。

さようなら、愛しい人――。

すっかり打ち明けてしまってから、パルドはポケットから白いハンカチを取り出し、こみ上げる涙を拭《ぬぐ》った。

「彼女は命を危険にさらして前線で闘っているのに……こうしてパリで安穏と生きて

いる自分が許せないのです。すぐにでもスペインへ飛んで帰りたい。けれど、できない。なんて弱い人間なんだ、僕は。いっそ死んでしまいたい……」

ドラはタバコを指にはさんで頬杖をついたまま、青年の話に聴き入っていたが、心中、これはまたたいした上玉をみつけたものだと、普通でない男をいつも見出してしまう自分の能力に密《ひそ》かに感嘆していた。

パルド・イグナシオ。このいかにも女々しい色男は、なんとスペイン屈指の名門一族、イグナシオ公爵《こうしゃく》家の長男ではないか。

イグナシオ家といえば、ヨーロッパの名門中の名門であるハプスブルク家の血脈で、スペイン王家にも繋《つな》がっている。父は資産家だとパルドは何気なく言っているが、とてつもないレベルの資産家だ。

永遠に報われぬ恋。生きる望みを捨てかけている、とてつもない資産家の息子。その恋人はいまや人民戦線の女性兵士となって、行方もわからない——。

こういうの、格別に面白がるのよね。——あのひとは。

「ねえ、あなたのパリのお屋敷にはどんな絵が掛けてあるの？」

唐突にドラが訊いた。パルドは潤んだ目を再びドラに向けた。

「絵のひとつやふたつ、掛けてあるはずでしょ。どんな画家の絵？」

パルドは戸惑った表情になったが、

「ええ、まあ。ゴヤとかベラスケスとかムリーリョのものが、いくつか……セザンヌやモネもあります」

特別なことではない、というふうに答えた。ドラも、「あら、そう」と平静を装《よそお》いながら、続けて訊いた。

「――パブロ・ピカソは？」

パルドは、そこで初めて弱々しい笑顔を見せた。

「ええ、もちろん。僕がいちばん敬愛する画家です」

グランゾーギュスタンのアトリエのドアを、コン、コン、きっかり二回、ノックする音がした。

ローライフレックスのカメラを三脚から外そうとしていたドラは、ドアのほうを振り向いた。

「来たわ。彼よ」

壁際《かべぎわ》に佇《たたず》んでいたピカソは、タバコを口にくわえたまま言った。

「入れてやれ」

カツカツとヒールの音を響かせてドアに近づくと、来訪者の名を尋ねることもなく、鍵《かぎ》を外してドアノブを回した。軋《きし》んだ音を立てて開いたドアの向こうに、仕立てのいいスーツを着たパルド・イグナシオが立っていた。

「こんにちは、ドラ。お招きありがとうございます」

パルドがスペイン語で言った。声が震えている。ドラは微笑を浮かべた。

「待ってたわ。さあ、入って」

パルドは、緊張した面持ちでアトリエに歩み入った。そして、メデューサに魔法をかけられたかのように、ほんの一瞬で岩のごとく固まってしまった。

アトリエの突き当たりの壁に巨大な一枚の絵が掛かっていた。

それは、有史以来、人類が目にしたありとあらゆる絵画の中で、もっとも強烈、鮮烈で、憎しみと悲しみに溢《あふ》れ、つかみかかるように迫りくる絵であった。

レオナルド・ダ・ヴィンチの「最後の晩餐《ばんさん》」、ラファエッロの「アテナイの学堂」、ダヴィッドの「ナポレオンの戴冠式《たいかんしき》」、ゴヤの「一八〇八年五月三日　プリンシペ・ピオの丘での銃殺」。大画面の絵画は過去にも存在する。しかし、この一作は、そのどれともまったく違う。

モノクロームの舞台に繰り広げられる、戦争の惨劇。兵隊も戦車も武器も殺し合いも描かれてはいない。それでも、これは紛れもなく、戦争の場面だ。

死んだ子供を抱いて泣き叫ぶ母親。戦慄《せんりつ》して振り返る牡牛。折れた剣を握りしめて息絶えた兵士。

腹を切り裂かれ、いななきわめく馬。灯火を掲げて窓から乗り出す女。驚いて駆け出す女。両手を高く上げて天を仰ぐ女。燃え上がる炎。開きかけたドア。

惨劇のすべてをみつめる神の目のような、殺戮《さつりく》を無慈悲に照らし出す照明のような、太陽のような、空中で破裂した爆弾のような——閃光《せんこう》。

牡牛の目からは、赤い涙がひと粒、こぼれ落ちている。血の涙だ。牡牛は振り向いてしまった。見てはいけないものを見てしまったのだ。赤い涙は傷ついた魂が流した血。暗黒の世界にただひといろの赤。その痛々しさ。

爆発音、阿鼻叫喚《あびきようかん》、そして、それらのあとに訪れた静寂。いっさいの命が奪われた死の町。

——いったい、ここはどこだ？　私たちの命を奪ったのは誰だ？

生きているのか、死んでいるのか。それさえもわからない。

ここは地獄だ。人間が作り出し、人間を突き落とした、神のいない、裁きのない地獄——。

「息をしてちょうだい、パルド」

ドラが言った。

彫像のように固まっていたパルドは、ふうっと大きく息をついた。海の底へと深く潜り、命からがら水面へ戻ってきた、という感じで。

それから、壁際に立っていた人物——この絵を生んだスペインが誇る天才画家の存在にようやく気がついた。

「はじめまして……お目にかかれて光栄です」

パルドはおぼつかない足取りで画家に歩み寄り、なおも震える声で挨拶《あいさつ》をした。ピカソはくわえタバコのままでパルドと握手を交わした。

パルドは頬を紅潮させて、ピカソをまっすぐに見た。何か言いたげだが、うまく言葉が出てこない様子だった。その目にはうっすらと涙が浮かんでいた。

「すみません、あの……」パルドは、やっとのことで潤んだ声を出した。

「何と言ったらいいか……あまりにも、衝撃的で……」

「何も言わんでいい」ピカソが返した。

「これを見た瞬間の沈黙が君の感想だ。そうだろう？」

そう言いながら、巨大な絵に向かってつかつかと近づいていった。

ついに〈ゲルニカ〉が完成した。そして、ドラは、ついさっき制作過程の最後の一枚を撮影し終えたところだった。

スペイン大使館の関係者、画廊関係者、親しい友人知人が、明日にもアトリエへやってくる。ささやかな祝宴ののちに、カンヴァスは木枠《ストレッチャー》から外され、丸められて、いよいよパリ万博のスペイン館へと運び入れられるのだ。

ピカソの五十五年の人生の中で、また画家となって創作した全作品の中で、おそらく最高傑作となるであろう一点。また、美術史上、もっとも強烈に戦争と平和の意義を問うであろう作品。

これは剣ではない。いかなる兵器でもない。

いってみれば、暗い色の絵の具が塗られたカンヴァス。単なる一枚の絵に過ぎない。

しかし、剣よりも、いかなる兵器よりも、強く、鋭く、深く、人間の胸をえぐる。

世界を変える力を秘めた、一枚の絵。

その絵を見せる最初の人物として、ピカソは、そしてドラは、パルドを選んだ。

永遠に結ばれることのない恋人が兵士として前線で戦っている――というパルドの抱えた事情が、ピカソを動かした。彼がイグナシオ家の跡取り息子であることも、ピカソの作品を少なからず所有していることも、関係なかった。

カンヴァスのすぐ前に立つと、ピカソは巨大な画面を見上げた。それから、この瞬間がくるのを待っていたかのように、画面の何ヶ所かに付けてあったコラージュ——制作途中に、気まぐれに貼り付けていた千鳥格子や花模様の、色のついた壁紙——を、一枚、一枚、おもむろに剝ぎ取っていった。

その様子を、ドラとパルドは固唾《かたず》を飲んで見守った。

数時間まえ、ピカソは、絵が完成したと言って、ドラをアトリエへ呼んだ。いささかの隙《すき》もない絶妙な構図、画面を満たす緊張感に、ドラは、初めて下絵を見た瞬間と同様、足下から震えが駆け上がってくるのを感じた。

が、不可解な点もあった。二度ほど画面に現れて、結局は消えたはずのコラージュが、またもや貼り付けられていたのだ。

どう見てもバランスを欠くわざとらしいそれに、ドラはピカソの演出を見て取った。おそらく、明日五日のお披露目のときまでそのままにしておいて、皆の目の前で剝がして見せるのだろう。ピカソは、画家にしか許されないそういういたずらを好むのだ。

ただ、牡牛の涙、紙で作られたひと粒の赤い涙は、陰鬱《いんうつ》なモノクロームの画面の中にあって強く視線を引きつけた。それは多分に感傷的すぎる演出だった。同時に、わかりやすく感動的でもあった。廃墟《はいきょ》の中に生き残った一輪の花のようにも見えるから。

ドラの想像通り、コラージュはすべて剥がされた。想像と違っていたのは、その演出が明日のためではなく、いま、自分とパルドのふたりのために為《な》されたことだった。そのことがドラの胸を痛いくらいに痺《しび》れさせた。

血のようにも花のようにも見えた赤い涙のひと粒を、最後に剥がし取ると、ピカソはそれをズボンのポケットに突っ込んだ。

後に残されたのは、しんと静まり返ったモノクロームの海。

赤い涙が剝ぎ取られた後には、果てしない絶望の画面が滔々《とうとう》と広がっていた。

「……それで完成なの？」

ドラは両腕を組んで訊いてみた。自分で自分の体をしっかりと抱きしめながら。

全身が粟立っていた。突風に吹き飛ばされそうだった。カンヴァスの中から激しい風が吹きつけていた。

タバコに火をつけると、煙を長々と吐き出してから、ピカソは言った。

「撮れよ。最後の一枚を」

ドラは、三脚に載せたままのローライフレックスのところへ移動した。ほとんど叫び出しそうな気分だった。

パルドは絵の前で呆然《ぼうぜん》と立ち尽くしていた。言葉も出ない。動くこともできない。

完全に絵に憑かれてしまったかのようだった。

「おい、こっちへ来いよ」

再び壁際に佇んで、ピカソが声をかけた。

「そこにいたら、君も作品の一部として写されちまうぞ」

はっと我に返って、パルドがあわててピカソの近くへと移動した。画面から完全にパルドが消えた瞬間を逃さずに、ドラは息を殺してシャッターを切った。

パシャ。

パルドも息を潜めて絵をみつめている。ふと、ピカソがポケットに突っ込んでいた手を出して、握りしめた拳をパルドに差し出した。

「これを君に渡しておこう」

パルドは不思議そうなまなざしをピカソに向けた。ピカソはタバコをくわえた口を奇妙に歪めて笑った。

「この絵が万博で展示されたら、これを持って出かけるんだ。誰も見ていない瞬間を見計らって、牡牛の目の下にこっそり付けてみるといい」

パルドの手のひらの上に載せられたのは、ピカソが紙で作ったごく小さな「作品」。

——ひと粒の赤い涙だった。

二〇〇三年三月二十日　マドリッド

ニューヨーク、ジョン・F・ケネディ国際空港を二十一時十五分の定刻通り出発したマドリッド行きアメリカン航空595２便の客室内は、プライヴェート・ジェットではないかと見まごうほどがらがらに空いていた。

エコノミークラスのキャビンで、瑤子は真ん中の列四席を独占し、のびのびと横になることができた。枕を三つ重ね、足の先まですっぽりと二重に毛布を被せて、アイマスクを着け、眠る準備をした。マドリッドには翌朝の十時三十五分に到着する。五、六時間眠って起きればもうマドリッドだ。瑤子は、JFK空港からマドリッドへ飛ぶときいつもこの夜間便《ミッドナイト・フライト》を利用した。目覚めればそこはもう思い出がいっぱいに詰まった街マドリッド――という感じがとても好きだった。

仕事を終えてから搭乗し、機内食も残さずに食べて、あとは寝るばかりだった。が、なかなか眠れない。アイマスクを外して読書灯をつけた。

いつもはぐっすり眠れるフライトなのに、そのときに限って眠れない理由はふたつあった。

機内があまりにもがらがらに空き過ぎている、というのが第一の理由だ。キャビンには瑶子を含め乗客はたった五人。こうも人がいないとかえって落ち着かない。

なぜこんなにも空いているのか。答えはこの飛行機がアメリカン航空だから。海外渡航をする人々はテロを警戒してアメリカの航空会社の利用を避けていた。9・11の同時多発テロで、テロリストにまんまと犯行の凶器に変えられてしまったのはアメリカン航空とユナイテッド航空の旅客機だった。

三月十九日、おりしもアメリカ軍を中心とした有志連合が、ついにイラク攻撃を開始した。ジョン・テイラー大統領が、「悪の枢軸《すうじく》」と名指しし、大量破壊兵器を匿《かく》し持っている疑いを払拭《ふっしょく》できないとして、国連安全保障理事会の決議を待たずに、イラクに先制攻撃となる空爆を仕掛けたのが三月十七日。アメリカが独裁者と看做《みな》すイラク大統領、エブラヒーム・フスマンに四十八時間以内の国外退去を言い渡し、全面攻撃の最終通告とした。フスマンがこれに応《こた》えなかったため、有志連合は「イラクの自由作戦」を開始したのだった。

この攻撃にはフランス、ドイツ、ロシア、中国などが強硬に反対する一方、イギリス、オーストラリア、ポーランドが参加した。善か悪か、テロリストに反対か加担するのか。世界を二分する「戦争」の火蓋《ひぶた》がついに切られたのだ——アメリカは「戦争」という言葉を使うことを慎重に避け、「テロとの戦い」と言い続けていたが。

そんな背景もあって、アメリカの航空会社の便は、見事にほぼ空席というわけだ。

眠れないもうひとつの理由は、マドリッドに到着してすぐに極めて重要なミーティングが控えていることだった。

十時間後に瑤子が訪問するのは、スペイン国立レイナ・ソフィア芸術センター。ピカソの〈ゲルニカ〉が展示・保存されている美術館だ。女性館長のアダ・コメリャスは、瑤子のインターン時代の恩師であり、同館の開設準備室に勤務していたときの上司でもある。ピカソ研究の第一人者で、瑤子がもっとも敬愛する美術史家だ。

マドリッドに赴けば、用事があってもなくても、いつもアダに会いにいった。仕事が行き詰まったときには相談に乗ってくれたし、ＭｏＭＡのキュレーターの職に就くことができたのもアダの強力な後押しがあったからこそだった。９・１１の惨事で夫のイーサンを亡《な》くしたときも、いち早く連絡をくれ、ともに悲しみ、励ましてくれた。アダに会うのは、瑤子にとって、いつであろうと人生のもっとも喜ばしい時間だった。

しかし、今回ばかりはいつもと違っていた。

重過ぎる使命を負ってアダに会わなければならない。何度掛け合ったところで、絶対に無理だと言い切られたこと――〈ゲルニカ〉の貸し出し交渉に再度挑戦するのだ。

もっとも館長が「ノー」といえば、もう引き下がるほかない。残念ではあったが、アダの結論を覆《くつがえ》すことはできないと、瑤子にはよくわかっていた。

ところが――。

もう一度〈ゲルニカ〉に挑みなさい、と瑤子は命じられた。ほかでもない、瑤子のもうひとりの恩人、MoMA理事長であるルース・ロックフェラーに。

――借り出す、なんて悠長なことを言っている場合じゃないわ。奪うのよ。

そのくらいの覚悟で、もう一度、コメリャス館長との交渉に臨みなさい。

瑤子は、足下に置いていたバッグから一冊の本を取り出した。アダ・コメリャスが執筆した「Picasso Por Dora」(ドラによるピカソ)というタイトルの本。学生時代に初めて読んでから、繰り返し繰り返し読み続けてきた宝物のような一冊。

ピカソは制作過程をほとんど誰にも見せなかったことで知られる。が、〈ゲルニカ〉だけは別だった。

パリ万博スペイン館に展示される目玉作品として、ピカソは〈ゲルニカ〉を制作した。制作日数は三十五日間。その昼と夜のすべてを、当時、ピカソの恋人だった写真家のドラ・マールがフィルムに収めていたのだ。

ニューヨーク大学で美術史を学び始めた十八歳のとき、瑤子は英訳されたこの本と出会った。つまり、それが、アダ・コメリャスというピカソ研究者との出会いとなったのだった。

ピカソに強く惹《ひ》かれながらも〈ゲルニカ〉を避けてきた瑤子は、アダの著作の中でその制作過程の全容を知った。ドラ・マールのカメラワークは特段に芸術的ではないものの、ピカソの創作の秘密を暴《あば》くにはじゅうぶん大胆だった。モノクロームの写真からは、とてつもない傑作が生まれつつある過程をともにしたドラの緊張と興奮が伝わってくる。

瑤子は、ドラが撮り下ろした一連の写真、そしてアダの誠実かつ情熱溢れる文章によって、〈ゲルニカ〉の前で固く閉ざされていた鉄の扉がふっと開くのを感じた。扉の向こうには不思議な光が射《さ》していた。

アダの本に出会わなかったら。……そして、ドラが写真を撮っていなかったら。

自分はもっと違う人生を生きていたに違いない。

ピカソの底力とアートのすばらしさを教えてくれたふたりの女性。ドラ・マール、そしてアダ・コメリャス。彼女たちこそが自分の人生を導いてくれたのだ。

この気持ちを、アダにもう一度真正面からぶつけてみよう。

会って、ただ自分の気持ちを伝える――世界的な美術館の百戦錬磨のキュレーターらしからぬ、いかにも愚直な方法。

けれど、いまの瑤子にはそれ以外にはなんら切り札がないのだった。


二月七日、夕刻。

瑤子は、ニューヨーク・タイムズの記者、カイル・アダムスとともに国連本部内の広報センターにいた。

国連に出入りする人間は厳しく管理されている。国連担当であるカイルは、記者専用の入場パスを所持していた。そして、瑤子のためのゲスト・パスもいち早く手配してくれた。

「国連といえども人間の集まりだからね。長年出入りしていれば、ゲスト・パスをすんなり手に入れるコネも自然とできるってわけさ」

パスを瑤子に渡しながら、カイルは片目をつぶってみせた。

瑤子は、家族とともにニューヨークに在住していた小学生の頃、課外授業で国連本部内のガイドツアーに参加したことはあったが、一般人の出入りが禁止されている広報センターには初めて足を踏み入れた。

ほんとうは、ほんの二日まえに暗幕を被《かぶ》せられた〈ゲルニカ〉のタペストリーが展示されている安保理会議場のロビーに行ってみたかったのだが、「暗幕事件」以降話題の場所《ホット・スポット》となっているタペストリーの前に、こちらもまた話題の人物となっているMoMAの「ピカソの戦争」展キュレーター、ヨーコ・ヤガミがのこのこと現れたりしたら、ロビーに詰めている記者たちの恰好《かっこう》の餌食《えじき》にされてしまう。もう暗幕が外されているのは自分が確認しているから、とにかくそっちに行くのはやめて広報部に押しかけよう、とカイルが提案し、彼が日頃から懇意にしているという広報部スタッフのサラ・テソンのオフィスへと出向いたのだった。

カイルに紹介されたサラは、瑤子と握手を交わすと、まだ何も訊かれないうちに、

「〈ゲルニカ〉に暗幕を被せたのは私よ」

さっさと白状した。あまりにも一瞬で答えが出てきたので、瑤子は面食らってしまった。

「随分と正直者なんだな、君は」

カイルが苦笑すると、

「あなたがMoMAのキュレーターを連れてきたとなれば、訊《き》きたいことはただひとつってことくらい、すぐにわかるわ」

　サラも笑って応えた。

「おとといからずっと問い合わせが途切れないのよ。私としてはすごく責任を感じているところ。こんな大騒ぎになるとは思わなかったもの」

　もうとっくに暗幕は外されて、タペストリーは元通りになっている。国連広報部としては、問い合わせに対しては暗幕をかけた当事者が誠実に応対することで、さっさと「幕引き」にしたいと考えているようだった。

「なるほど。じゃあ君が脚立に上って、あの黒い幕をタペストリーに被せた……ってわけか」

　いかにも得心したかのようにカイルが言うと、「それは違うわね」とサラは訂正した。

「正確には、私が指示して、作業員《カーペンター・スタッフ》がふたりがかりで、二台の脚立を使って、黒い幕ではなく、濃紺の布を……」

「誰が手を動かしたか、ということが問題じゃないんです」

　サラの言葉を瑤子がさえぎった。

「誰の指図で、なんのために、あのタイミングで〈ゲルニカ〉に暗幕をかけなければならなかったのか。私たちが——テレビであのシーンを目撃した世界じゅうの人々が知りたいのは、そこなんです」

「あれは君の判断でやったことなのか、サラ？　だとしたら、なぜ？」

カイルが問うた。

「パワー長官がスピーチをした数分間だけ〈ゲルニカ〉に暗幕を掛けたんだろう？　君が指図したと言うなら、なぜそんな指示を出す必要があったんだ？　あの作品に幕が被せられたなんてことは、あの場所に展示されて以来一度だってなかった。前代未聞《みもん》なんだよ。だから騒ぎになってるってことは、君もわかってるはずだろう？」

サラは、一瞬言葉に窮したが、「ずいぶんおおげさなのね」とかえって開き直った口調になった。

「『作品』とあなたは言うけど、別にあれはピカソのオリジナル作品じゃなくて、職人が作った複製品《コピー》でしょ。布一枚を被せたからって、そんなに問題になることなの？」

「それは認識違いよ」すかさず瑤子が反論した。

「あのタペストリーは、ネルソン・ロックフェラーの依頼を生前のピカソが了承し、ピカソ自身の監修のもとにオリジナルをほぼ完璧《かんぺき》に再現して作られたものです。当時は世界に一点しかなく、『オリジナル』といってもいいタペストリーでした。ピカソが手を動かさなかったから、あるいは原画がほかに存在するからといって、作品ではないとはいえません。れっきとしたアートワークです」

サラは返す言葉がないようだった。

「MoMAのキュレーターで、かつピカソの専門家が相手じゃ、私の分が悪すぎるわね」

そう言って肩をすくめた。それから、素早く内線電話の受話器を取り上げるとボタンを押した。

「……サラです。ちょっといいですか。いまこちらに、ニューヨーク・タイムズのカイル・アダムスと、彼のゲストが来ていまして……MoMAのキュレーター、ヨーコ・ヤガミです。……ええ、『タペストリー』の件で……」

短い会話を終えると、サラは受話器を置いて言った。

「広報部長のジェイク・ハワードが三十分後にあなたたちと会ってもいいと言っているわ。ただし、五分だけよ。おわかりでしょうけど、彼、目下猛烈に忙しいから」

世界はいま非常事態に直面している、タペストリーごときにかかずらっている場合ではないのだと言いたげな口調だった。それでも上司につないでくれたことを、カイルと瑤子は感謝して、サラのオフィスを後にした。

国連の広報部長、ジェイク・ハワードのオフィスは、国連本部内ではなく、数ブロック先のオフィスビルの七階にあった。

瑶子とカイルはきっかり三十分後に訪問したのだが、受付近くのベンチで三十分以上待たされた。ようやくオフィスに通されたものの、ジェイクはデスクの上で鳴り続ける電話に次々に出ては切り、出ては切りして、そこでまた十分以上が経過した。しまいには電話に出るのをやめて、正面の椅子に座ったふたりに向かって「やあ、ようこそ」と挨拶《あいさつ》した。

「はじめまして。ニューヨーク・タイムズのカイル・アダムスです」

「MoMAのヨーコ・ヤガミです。お時間をいただき、ありがとうございます」

ふたりはジェイクと握手をかわした。ブルーのシャツにボルドーのネクタイを締めたジェイクは、白髪混じりの前髪を面倒くさそうにかき上げながら言った。

「時間がないんでね。用件だけ聞かせてもらいましょうか」

「では、率直に、ひとつだけ質問します」カイルがすぐさま切り出した。

「〈ゲルニカ〉のタペストリーに暗幕を掛けよとサラ・テソンに指示したのは、あなたですか？」

ジェイクは、またその質問か、とでもいうように、鼻でため息をついた。そして、

「ええ、そうです」とごく短く答えた。

「なぜですか？」間髪を容れずにカイルが訊くと、

「質問はひとつだけじゃなかったのですか？」ジェイクが訊き返した。

「では、私から伺います」瑤子がすぐに言った。

「あの作品は、現在、当館の理事長であるルース・ロックフェラーの所有で、国連に長期寄託しているものです。作品を動かしたり、何か手を加えたりする場合は、所有者であるミセス・ロックフェラーの許可が必要になります。あなたは、その手続きを踏んだ上で暗幕を掛ける指示を出しましたか？」

ジェイクはたちまち答えに窮した。と、目の前で再び電話が鳴り響いた。広報部長は受話器を上げると、「すぐ折り返す」とだけ言って乱暴に受話器を置いた。それから瑤子を正面から見据えた。

「もちろん、許可が必要なことは知っていました。しかし、緊急を要する事態だったので……とっさに私が指示を出しました。それに関してはお詫《わ》びします。すぐにでも何か布を掛けるべきだと、個人的に……しかしながら広報的に判断したのです。ミセス・ロックフェラーも、きっとわかってくださると思うのですが……」

そこまで言って、言葉を濁した。

「緊急を要する事態？」カイルが反復した。

「パワー長官が『イラクへの武力行使に踏み切る』と発表する背景に〈ゲルニカ〉があってはまずい。……そういうことですか？　それはつまり、国連の広報部が、合衆国という一国家のために特別な配慮をした、というようにも取れますが？」

カイルの挑発にジェイクは乗ってこなかった。そのかわりに、いかにも気まずそうなまなざしを瑤子に向けると、

「あなたはピカソがご専門なのですか？」

唐突に訊いた。

「ええ。そうです」瑤子が答えると、

「では、あの絵――〈ゲルニカ〉の中にどういったものが描かれているか、つぶさに思い出すことはできますか？」

ジェイクの問いの真意を計りかねて、一瞬、瑤子は訝《いぶか》ったが、

「もちろんです。構図も、描かれている人も、動物も、背景も、配色も、何もかも思い浮かべられます」

そう言い切った。

実際、ほんとうのことだった。目をつぶれば――いや、目を開けていても、ありあ

りと、3・5メートル×7・8メートルの巨大な平面の隅々まで思い起こすことができた。

「では、いますぐに思い出してください。――〈ゲルニカ〉の中心にいる『馬』を」

ジェイクは、デスクの上に両手を組んで、やり手の弁護士のような面持ちで言った。

「会議場のロビーに掛かっている〈ゲルニカ〉のタペストリーの前に記者会見用の演説台《ポディウム》があります。絵の中の『馬』はほぼその真後ろに位置しています。ポディウムを前にして、演説者《スピーカー》が立ちますね。つまり、『馬』を背景にして――わかりますか？」

「ええ、わかります」

瑤子は、横長のカンヴァスの中で強烈な中心軸を成している「馬」を思い浮かべた。〈ゲルニカ〉において、この「馬」は非力な人民を象徴していると多くの研究者が指摘している。腹を切り裂かれ、いななきわめくことしかできぬ馬。恐れおののくその小さな丸い目は突然の空襲に茫然《ぼうぜん》となった人民の目そのものであると。

ジェイクは瑤子をじっとりとみつめて、問うた。

「馬の体の不適切な部分が描かれていることも、おわかりですか？」

「不適切？」カイルが訊き返した。

「何が不適切なのですか？」

「私はこちらの専門家に尋ねているんです。あなたには訊いていない」

ジェイクがぴしゃりと突っぱねた。

「しかし、まあ、これはご婦人にすべき質問じゃないな。……わかったところで、答えられないでしょう」

ふん、と鼻を鳴らして嗤《わら》った。しかし瑤子は、眉《まゆ》ひとつ動かさずはっきりと答えた。

「肛門と性器のことですか」

「その通り」ジェイクが両手をかざして、わざとらしく反応した。

「さすがはＭｏＭＡのキュレーターだ。何もかも頭に入っているようですね。あの『馬』が牝馬ということまでも、おわかりのようだ」

「ちょっと待ってくれ」カイルが割って入った。

「その馬の不適切な肛門だか性器だかが、どうしたって言うんです。パワー長官のスピーチとなんの関係があるんですか」

「別に、関係はありません」しれっとしてジェイクが言った。

「ただ、一国を代表する人物の顔の真後ろに不適切な部分が堂々と見えているというのは、いかがなものか……合衆国の国務長官だろうがフランスの外相だろうが、誰が何を演説しようとも、その顔の真後ろに尻の穴《アスホール》があったりしたら、テレビ映りも悪いし、国連の品位にかかわる。違いますか？」

詭弁《きべん》だ、とすぐに瑤子は悟った。いままでだってタペストリーは同じ場所に掛かっていたし、ポディウムはその前に位置していた。スピーカーの真後ろに馬の肛門が見えるからと問題になったことなど一度もない。

「だったら、ポディウムを動かせばいいじゃないですか」カイルが食いついた。

「それも当然、考えました。しかし、あのタペストリーは巨大だ。そして奔放だ。どこに移動しても、なんらかの不適切な部分がテレビカメラに映ってしまう。左へ動かせば牡牛の睾丸《こうがん》があるし、右へ動かせば女性の乳房があらわになっている。そうでしょう、ミズ・ヤガミ？」

瑤子は怒りの粒が体内にふつふつと湧き上がってくるのを感じていた。

ジェイクの言い訳はピカソの芸術への侮辱に等しかった。人間であれ牡牛であれ馬であれ、ピカソは生き物を描くとき、性器や肛門や乳房を抽象化しつつ強調して描く。特に性器は、目や口と同様、ピカソにとっては隠さずに描くべき重要な体の一部なのだ。しかし、ピカソが描くそれらは決して卑猥《ひわい》ではない。むしろ生き物の証《あかし》として、ごく自然に生き生きと絵の中に収まっている。

国連の広報部長たる者が、画家の特徴ともいえる表現にかこつけて聞き苦しい言い訳をしているのが、瑤子には我慢がならなかった。

コンコン、とドアをノックする音がして、秘書が顔を覗《のぞ》かせた。「次の来客がお見えです」とのひと言を得て、ジェイクはほっとしたような顔になった。

「少しはお役に立ちましたか。専門家相手に言葉足らずだったかもしれませんが」

立ち上がって瑤子と握手をかわしながら、ジェイクが言った。瑤子は口もとに苦い笑みを浮かべたが、なんとも応えられなかった。

「とんでもない食わせ者だな」

オフィスビルから表通りに出たとたん、カイルが舌打ちして言った。外はもうすっかり暗くなっていた。

「しかしまあ、これではっきりしたよ。国連広報部に圧力をかけているのは、どう考えてもホワイトハウスだ。間違いない」

瑤子は黙ったままだった。白い息を吐いて、カイルが続けた。

「それにしても、あんな見え透いた言い訳を準備しているとはね……ばかにしてるぜ、まったく。ピカソが聞いたら鼻で嗤うだろうよ。何が不適切なんだ、お前の体にもくっついてるじゃないか、ってな」

カイルは、わざと軽口をたたいた。

瑤子の気持ちは晴れなかった。国連広報部のトップに直接問い質した結果、誰が〈ゲルニカ〉に暗幕を掛けさせたのかという疑問はますます深まってしまった。が、どんな回答を得たにせよ、ルース・ロックフェラーにとにかく報告をしなければならない。

ルースはなんと言うだろうか。

当初、ルースは国連に寄託しているタペストリーを引き上げると主張していたが、彼女の激高はその程度では到底収まらなかった。

どうすれば、自分の顔とピカソの芸術との両方に泥を塗りつけた何者かに、ぐうの音も出ないほどやり返せるか。——とてつもない富と力を持つ者が報復を考えるときには容赦がないのだと、瑤子は初めて知った。——ルースに命じられたことによって。

「ピカソの戦争」展に合わせて、マドリッドにある本物の〈ゲルニカ〉を、なんとしても借りてきなさい。

——いいえ、借り出すなんて悠長なことを言っている場合じゃないわ。奪うのよ。

そのくらいの覚悟で、もう一度、コメリャス館長との交渉に臨みなさい。

国連も、ホワイトハウスも、いかなる国家権力も、芸術を暗幕の下に沈めることはできないと証明するのよ。

ええ、そうですとも。アートの真の力を見せつけるのです。

いいわね、ヨーコ。奪うのよ。──必ず。

第四章　泣く女

一九三七年七月三十日　ムージャン

その家は、小さな村の外れ、小高い丘の上に建っていた。南フランス、カンヌにほど近いムージャンという場所である。教会を中心にして、石造りの古い家々がぐるりとカタツムリの殻のかたちに街並を作っている。そここで夏の花が咲きこぼれ、石畳の小径を歩けばなんともいえぬかぐわしい香りが鼻をくすぐる。村人たちは全員知り合いといっていい。誰かと行き交うたびに、ボンジュール、サ・ヴァ？　と挨拶《あいさつ》を交わす。

南に面した窓を大きく開け放つと、ずっと遠くにコート・ダジュールの海岸線が見える。夕方の涼やかな風が吹き込んでくる窓辺に佇《たたず》んで、ドラは赤いマニキュアの指先でタバコを挟み、銀色のライターで火をつけた。

ピカソと付き合い始めて、二度目の夏を迎えていた。

ムージャンの夏の家へ来たのは、ドラにはこれが初めてだった。外観はなかなかモダンなデザインで、家の中はすっきりとしているものの、柱や暖炉には小金持趣味《プチ・ブル》の凝った装飾が施されている。田舎風の素朴な椅子《いす》と骨董品《こっとうひん》屋でみつけたようなロココ風のテーブルが共存しているのだが、全体的にはまとまりがあり、極めて趣味がいい。雑然としているくせに、芸術の女神の根城のようなエレガントな雰囲気がある。

パリであれ、どこであれ、ピカソが住居と定めた場所はこんなふうに芸術の息吹《いぶき》が隅々まで満ち溢《あふ》れてしまうのがなんとも不思議だ。

——去年の夏、この窓辺にはあの女が座っていたんでしょうね。

ふうっと煙を吐き出して、ドラは声には出さずにつぶやいた。

遠い水平線に重なるようにして、あの女の顔が浮かび上がって見える。ふっくらとした若々しい顔。短く切ったつややかな金髪。青味がかったグレーの瞳《ひとみ》……。数週間まえに出会ってしまった、そのうつくしい瞳は、憎悪《ぞうお》の炎で揺らめいていた。

——出てってちょうだい！

女はドラに向かって金切り声を上げた。絞め殺される寸前の雌鶏《めんどり》のような声を。

——なんであんたがここにいるのよ？　ここはピカソのアトリエよ。他人が勝手に入って許される場所じゃないのよ！

さあ出てって、いますぐに！　何よ、その偉そうな顔は？　あんたいったい、何様のつもり？

私が彼の何なんだ、ですって？　ええ、いいわ、教えてあげましょうか。私は彼の妻じゃない。でも、私は彼の娘の母親なのよ！

「なんだ、ここにいたのか。散歩へ行ったきりかと思ってたよ」

開けっ放しにしていたドアの向こうから、ピカソが声をかけた。ドラは振り向かなかった。

その日、ピカソは朝からアトリエにこもりきりで、昼食時に小一時間ほど食堂に現れ、滞在中だけ雇っている村の料理人が用意した昼食を平らげ、ドラと短い会話を交わして、またアトリエへ戻ってしまった。ドラは手持ち無沙汰《ぶさた》で、ぶらぶらと村の中を散策したり、戯《たわむ》れに写真を撮ったりしていたが、すっかり飽きて、ぼんやりと窓の外の風景を眺めていたのだった。

パリから避暑のためにムージャンへやってきて一週間が経過した。毎日、誰や彼や来客があり、ドラはホステス役で忙しかったのだが、ふと来客が途切れた一日はなんとも退屈だった。

世界じゅうからさまざまな名士が夏の家に集い、その中心にピカソが座って、さらにその隣に「天才芸術家の女神《ミューズ》」として自分が座していることに、最初は興奮を覚えたし、また誇らしくも思った。が、そのうちに、胸の中にそこはかとない焦燥が募るのを感じ始めていた。

客人たちが偉大な芸術家にこびへつらい、ピカソが誰かについて悪態をつけば追従し、下卑た冗談を言えば大げさに笑って、彼の描く素描、たとえば紙ナプキンの裏に書いた性器をあらわにした雄犬の絵でも、とにかくなんでもいい、サイン付きの絵をどうにか一枚もらえまいかと下心を丸出しにして取り囲んでいるのが、ドラにはだんだん耐えられなくなってきた。

庭のテラスで、とある画廊主と詩人と評論家とが噂話《うわさ》をしているのを、偶然耳にしてしまった。

――あの女、鼻っ柱が強過ぎてどうもなあ。

――ああ、その通りだな。ピカソはなんであんな女がいいのかね。

――芸術家を気取って、鼻持ちならないね。マリー＝テレーズのほうがよっぽどかわい気があるじゃないか。おとなしは、マリーが娘を産んだって、奴《やっこ》さん、ずいぶん喜んでいたくせに。

――きっと、まるで正反対の女に惹《ひ》かれたんだろう。なんでも、あの女はシュルレアリスムのグループにいたんだってよ。いっぱしの芸術家気取りだね。生意気にカメラなんか引っ提げてさ。

——ピカソの前じゃどんな傑作を撮ったって霞《かす》むだろうに。気の毒なこった。

会話のすべてを聞いてから、ドラはつかつかとテラスへ歩み出た。三人の男たちはぎょっとした。ドラは、三つの引きつった顔に向かって言い放った。

——いい晩ね、皆さん。ピカソを誘って散歩へ出かけませんこと？　彼、一緒に歩く犬がいなくて、寂しがってたのよ。

「夕食はまだか」

振り向かぬままのドラの背中に近づきながら、ピカソが訊《き》いた。

「ええ、まだよ。この料理人は気が利《き》かなくてのろまだからね」

妙に棘《とげ》のある声でドラが答えた。ピカソは、ドラが着ている白いサンドレスの大きく開いた背中に接吻《せっぷん》して、

「じゃあ、それまでのあいだにうまそうな前菜を食うか」

サンドレスの両側の肩紐《ひも》をつまむと、するりと腕の下に落とした。たちまち形のいい乳房があらわになった。

「前菜じゃないわ。主菜よ」

妖《あや》しく目を光らせて、ドラが言った。ピカソは、口の端を持ち上げてにやりと笑った。

ムージャンの別荘へ避暑に出かける数週間まえ、六月末のある午後。

ドラは、ピカソとともに、グランゾーギュスタン通りのアトリエで、運搬人たちの到着を待っていた。

〈ゲルニカ〉が、ついに完成し、内輪でのお披露目も済んだ。パリ万博スペイン館の設計を担当したホセ・ルイ・セルト、パビリオンの副館長を務めることとなったスペイン大使館のマックス・アウブ、それにごく親しい友人たち十数名が招かれ、作品の誕生をともに祝った。

アトリエに一歩足を踏み入れた客人たちは、壁を倒さんばかりに広がっている巨大な絵画をひと目見て、一様に言葉を失っていた。なんとか気の利いた賞讃の言葉のひとつやふたつ言わなければと、皆、焦《あせ》っているようだったが、なんと賞讃していいのか、果たして賞讃してもいいのかどうかすらわからず、ただおろおろする。――それがこの絵を見た人たちの最初の反応であり、また、この絵が生まれながらにして持ち合わせた本質なのだった。

彼らが驚き、戸惑い、言葉を失う様子を眺めて、ピカソは実に満足そうだった。

ピカソは、作品が出来上がった直後は、疲れ果ててしまったのだろう、丸二日間泥のように眠った。それから、絵の具が乾くまでにあと二週間ほどは必要だ、二週間後にできるだけたくさんの運搬人をアトリエへよこしてくれとマックス・アウブに電話をした。そのあとは、さっさと新しいカンヴァスをイーゼルに立てかけて、別の作品の下絵に取りかかった。

その転換の早さに、ドラは内心驚いたが、カンヴァスを見てみると、〈ゲルニカ〉から乗り移ったかのようなモチーフが描かれているのをみつけた。死んだ子供を抱いて戸惑う女、泣き叫ぶ女——やはり、〈ゲルニカ〉の残像を拭《ぬぐ》いさることができないのだとわかって、ドラは、あらためてこの作品の持つ強烈なエネルギーを思い知ったのだった。

五月二十五日に万博が公式に始まってからすでに一ヶ月近くが過ぎていたその日、〈ゲルニカ〉はようやくスペイン館へ搬入される運びとなっていた。

いままでにないほど巨大な絵はそのままではトラックにも載せられない。木枠《ストレッチャー》を外してカンヴァスを絨毯《じゅうたん》のように丸め、トレーラーに固定して搬入する。そのためには、完全に絵の具が乾くのを待つほかはなかった。

ピカソは作品の間近に佇んで、タバコをくゆらせながら絵の具の状態を見ていた。ドラは、作品が木枠から外され、アトリエから運び出されるところまでを写真に収めようと、ローライフレックスを三脚に据えて、露出のチェックをしているところだった。

アトリエのドアをせわしなくノックする音がした。ドラは腕時計を見た。運搬人がやってくる時間までまだ二十分ほどもある。ずいぶん早い到着ね、と思いつつドアを開けると、現れたのは、金髪を短く切りそろえた若い女だった。

ドラは、一瞬にして、その女が誰かを悟った。

ピカソの愛人、マリー＝テレーズ・ワルテル。ドラと出会うまえ、そして出会ったあとも、繰り返しピカソのカンヴァスに現れた女。白い肌、短い金髪、青味がかったグレーの瞳。みずみずしい裸体をさらけ出し、官能的な姿態で描かれている、ピカソ作品の女主人公。

ドアの向こう側に見知らぬ女をみつけて、マリー＝テレーズは、はっと表情を強ばらせた。

マリー＝テレーズは、かれこれ十年間、「ピカソの愛人」の椅子に座り続けている。今年二歳になる娘、マヤの母親でもある。

ピカソには、オルガ・コクローヴァという妻があり、離婚を巡って長いあいだ揉《も》めていた。結局、十年ものあいだ離婚は成立せず、その間にマリー＝テレーズは子供を産み、ピカソはドラと関係を持った。

ドラは、ピカソの女性遍歴の泥沼の中の一人として自分が数えられるようになったことを忌々《いまいま》しく思っていた。「女好きの芸術家が次々乗り換える愛人のひとり」と看《み》做《な》されるのがたまらなく厭《いや》だったのだ。そのくせ、ピカソのいちばん近くの席に陣取り、彼の隣に眠るのは自分なのだと強く意識していた。そして「ピカソの隣」という特等席は永遠に自分のものであるのだと信じたかった。

マリー＝テレーズが、パリ郊外のボワジュルーの古城に娘とともに住み、ピカソがときどき会いにいっていることをドラは知っていた。ピカソはそれをべつだん隠しもしなかったし、そういう男なんだということを受け入れられなければ、特等席に座る権利は与えられないのだとわかっていた。――が、その日、ドアを開ける瞬間まで、マリー＝テレーズがどんな女なのか、ドラは知らずにいた。

「あんた、誰よ？」

氷のように冷たいまなざしを向けながら、マリー＝テレーズが訊いた。

「ここはピカソのアトリエでしょう？　なんで私が知らない女がいるの？」

ドラは息を詰めたままマリーをにらみ返した。画家の聖域に一歩も踏み入らせたくはなかった。

「なんだ、マリーか。ずいぶん突然だな。まあ、入れ」

背後で、ピカソがいつになく鷹揚《おうよう》な声で言った。

マリーは、ドアの前に立ちふさがるドラの横を忌々しそうに通って、つかつかとアトリエに踏み入った。そして、壁を覆《おお》い尽くす大作には目もくれず、ピカソに向かって言った。

「ここんとこボワジュルーへ来ないと思ったら……アトリエに女を連れ込んでいたのね。最低だわ！」

ピカソは、顔色ひとつ変えずにタバコをくゆらせている。ドラはハイヒールの靴音を響かせてマリーの背後に近寄ると、怒気を含んだ声で言った。

「出てってちょうだい。いまからこの作品を搬出するのよ。邪魔だからさっさと帰りなさいよ」

マリーは、きっとして振り向くと、「あら、出てくのはあんたのほうじゃないの？」と言い返した。

「私はこの人の子供の母親なのよ。この人と私は特別な関係なの。彼のいる場所は私がいるべき場所よ。ここには私がいて当然でしょう？　どこの誰だかわからないような女が我がもの顔でいるなんて、お門違いもいいとこだわ。出ていくのはあんたよ。さあ、いますぐ出てってちょうだい」

ドラは、ふん、と鼻を鳴らして、「冗談でしょ」と嗤った。

「私はあんた以上にこのアトリエにいるべき理由があるのよ。あんたの軽いおつむじゃ説明したってわかりっこないでしょうけどね。……子供がなんだっていうの？　あんたは『母親』かもしれないけど、もう『女』じゃないわ。あんたはね、彼にとっては過去の愛人のひとりなのよ。彼がいまご執心なのは、この私よ」

「ふざけないでよ。この泥棒猫！」

マリーが金切り声を上げた。そして、猛然とつかみかかろうとした。

ドラは、とっさにマリーの色の失せた頰をぴしゃりと平手で打った。マリーは、ひっと喉《のど》を鳴らしたが、すぐにぴしゃりとドラの頰を打ち返した。

ふたりはそれからしばらくのあいだ、小突き合い、互いの髪の毛や肩をつかんで、口汚くののしり合った。ピカソは、そのあいだじゅう、何も言わずにふたりの女の小競《こぜ》り合いを傍観していた。無骨な指先に挟んだタバコが全部灰になって床にこぼれ落ちてしまっても、その場を動かず、ただじっと女たちが言い争うのを眺めるばかりだった。

「ちょっと、パブロ。突っ立ってないで、いい加減、なんとか言ってちょうだいよ！」

小競り合いに疲れたマリーがピカソに向かって言った。

「あなた、この女と私とどっちをとるの。いますぐ答えてちょうだい。でなきゃ、私……」

ブルーグレーの瞳にみるみる涙が浮かんだ。どうにか持ちこたえていた涙腺《るいせん》が決壊したのだろう、マリーは少女のように泣きじゃくって、ピカソの胸に飛び込み、すがった。ピカソは仕方なさそうにマリーの肩をさすり、ちらりとドラに目配せして、決まり悪そうな苦笑いを浮かべた。

ドラはいたたまれずに顔を逸《そ》らして、〈ゲルニカ〉のほうを向いた。

画面の左手、死んだ子供を抱いて泣き叫ぶ女がふと目にとまった。

悔し涙が込み上げた。けれど、泣くまいと――涙は、こんなときに流すものではないのだと自分に言い聞かせて、ドラは奥歯を噛《か》んだのだった。

現代生活における芸術と技術――とのテーマを掲げて始まったパリ万国博覧会では、

セーヌ河右岸のトロカデロ庭園と左岸のエッフェル塔を結ぶ広々とした遊歩道を挟んで、各国のパビリオンが居並んでいた。世界から四十四ヶ国が参加、ソビエト館、ドイツ館、イタリア館などの列強国のパビリオンと肩を並べるようにして、セルト設計のスペイン館がようやくそのドアを開けることとなった。ソビエト館とドイツ館、どちらも威圧的なデザインで、互いに睨《にら》み合うように屹立《きつりつ》しているのにくらべると、スペイン館はいかにも地味な風体だった。セルトは三十五歳の若手建築家ではあったが、本拠地としているバルセロナでは数多くの設計を手掛け、スペイン国内では定評があった。もちろん共和国側についていたセルトは、フランコ将軍率いる反乱軍と、それを支援するナチス・ドイツの蛮行に断固抗議する意をこめて、パビリオンはできるだけ質素に造り、展示物を際立《きわだ》たせる舞台装置に徹すると決めていた。結果、スペイン館は列強のパビリオンとは比べるべくもない、そっけないほど簡素な建築として仕上がったのだった。

しかし、展示作品は他の館よりもはるかに充実したものを揃《そろ》えられたとの自負が関係者にはあった。作品の制作にあたったのは、画家のホアン・ミロ、彫刻家のフリオ・ゴンザレス、アルベルト・サンチェス、ミロの友人で共和国支援を表明しているアメリカ人彫刻家のアレクサンダー・カルダー。そしてパブロ・ピカソ——。

開幕から一ヶ月が経《た》ち、当初の混雑は大分緩和されてはきたものの、新しいもの、珍しいものをひと目見たいという好奇心旺盛《おうせい》な来場者で各パビリオンはにぎわっていた。

そして、いよいよスペイン館が開館する運びとなった。ピカソの制作が遅れに遅れたせいではあったが、むしろ人々の関心を引きつける恰好《かっこう》のタイミングとなったのではないかと、大使館関係者は一様に期待を高まらせた。

六月末、いよいよ〈ゲルニカ〉が公開される日。

万博テーマ展の展示会場となっているシャイヨー宮へと、ドラは急いでいた。

胸元があらわになったラベンダー色のシフォンのワンピースに大粒の真珠のネックレスをつけた。黒髪は結い上げ、羽飾りがついた黒い帽子を被《かぶ》り、いつもより濃いめにアイラインを入れ、真っ赤な口紅をつけた。黒いレースの手袋をはめたいでたちは遠目に見てもかなり際立つ。

宮殿前の入り口に、燕尾服《えんびふく》に白いタイを身につけたパルド・イグナシオが落ち着かない様子で佇んでいる。「おまたせ」と声をかけられ、顔を上げたパルドは、ほっとしたように白い歯をこぼした。

「よかった。もう、いらっしゃらないかと思いました。……今日はいちだんとお美しいですね」

そして、名門貴族の子息らしく、ごく自然に腕を差し出した。ドラは、ふふ、と笑って、その腕に右手を添えた。

「出掛ける直前にストッキングが破れちゃったの。それで、新しいのを買いにいったりして……」

「ああ、そうだったんですね」とパルドはドラのほっそりとした足をちらと見て、顔を赤くした。青年の初々《ういうい》しい様子はドラの目には新鮮に映った。

十六歳のときに年上の家庭教師と永遠の愛を誓い合ったきり、ほかの女を知らないのよね、彼。……惜しいこと。

身も心も何もかも、ピカソを自分に縛りつけておきたいと渇望《かつぼう》しているくせに、世間知らずな若者に悪戯《いたずら》をしてみたいという思いがふと胸をよぎる。が、ほかの男と火遊びなどして油断をすれば、たちまちあの小憎らしい女、マリー＝テレーズにピカソを取り返されてしまうかもしれない。――いや、それだけは避けたい。

「展示は大変だったでしょうね。あんなに大きな作品だもの」

スペイン館へ向かいながら、パルドがつぶやいた。

「ええ、とても大変だったわ」ドラがそれを受けて言った。

「でもまあ、今回やってみて、ちょっとした『いいこと』がわかったわ」

「『いいこと』？　なんですか？」

ドラは、ふふ、とまた笑った。

「あんな大きな作品でも、木枠を外せば絨毯みたいに丸めて持ち運びができる——ってことよ」

エッフェル塔へとまっすぐに続く遊歩道を歩いて、ふたりはスペイン館に到着した。午後から一般公開が予定されているパビリオンに、大勢の関係者、招待客、マスコミが詰めかけていた。まもなく公式の開館式典が行われるのだ。ピカソは主賓としてすでに会場内にいるはずだ。

ドラは、記念すべきイベントでのエスコート役としてパルドに声をかけた。

——あの坊や、きっと何かに使えるわよ。

初めてパルドがピカソのアトリエへやってきた日の夜、ドラはピカソに言った。

パルドは、恋人の敵、フランコ政権を心底憎んでいる。反乱軍の暴挙を痛烈に批判するピカソに心酔している。そして、使っても使っても使い切れぬほどの資産がいずれ彼のものとなる。彼は極上の果実をつける木の苗だ。いまのうちに庭に植えておかなければ。

ところが、ピカソはいかにも不機嫌そうに返した。

——下衆《げす》なことを言うな。放っておけよ。

ピカソはパルドに興味を持っていないわけではない。その証拠に、完成した〈ゲルニカ〉の前でひと粒の「血の涙」を——正確には涙のかたちをした赤い色紙を彼に渡したではないか。

「ね、あれは持ってきたの？」

ごった返すパビリオンの中に入って〈ゲルニカ〉の展示室へ向かいながら、ドラがこっそりとパルドに訊いた。パルドは、「ええ、まあ……」と気まずそうに笑った。

「でも、やっぱり……できそうにありません。いくらピカソ本人に頼まれたからって、あの作品に手を加えることなど。……冷静に考えれば、それって立派な『犯罪』ですよ」

「あら、そうかしら」ドラは少々鼻白んだ。

——犯罪ですって？　牡牛の目に血の涙をくっつけることが？

じゃあ、フランコとナチスがゲルニカでしでかしたことは、なんだっていうの？

〈ゲルニカ〉は前庭に続く一階の展示室の大きな壁いちめんを占拠していた。

巨大な絵画の手前にはモーターと水銀を使ったカルダーの「モビール」作品が低い

モーター音を響かせて展示してあった。それを避けるようにして、黒山の人だかりが〈ゲルニカ〉の前にできていた。人々が口々に囁《ささや》き合う声が、ざわざわ、ざわざわと不穏なこだまになって響き渡っている。――そう、それは明らかに不穏な響きだった。〈ゲルニカ〉を初めて目にした人々が、衝撃を受け、怖じ気づいたとしても、それはごく自然な反応だとドラは思った。

ゲルニカ空爆の悲劇、それに対する非難。ファシズムへのあからさまな抵抗、反戦。うつくしいモデルも、風光明媚《めいび》な風景も、そこにはない。寓話も、神話も、物語も。画面を支配しているのは、戦争がもたらした闇《やみ》と、空爆が引き起こした惨劇。これほどリアルで、メッセージ性に富み、怒りと悲しみに満ちた絵画がかつてあっただろうか。

「ああ、いましたよ。ピカソが、あそこに……」

ドラよりも頭ひとつ大きいパルドが人混みの中にピカソをみつけた。ドラはパルドとともに人波を掻《か》き分けて、ピカソのほうへと近づいていった。

世界で最も有名な芸術家は、大勢の人々に囲まれて、一大傑作完成の祝辞を浴びているはずだった。

ところが――。

ドラは、はっとして足を止めた。

〈ゲルニカ〉のすぐ前にピカソは立っていた。その周りを軍服を着た男たちが囲んでいる。

——ドイツの駐在武官だ。

ざわざわ、ざわざわ。不穏なこだまが響き渡っていた原因はピカソがドイツの武官と向き合っていることにあった。

ピカソは右手にシャンパングラスを持ち、その指に火の点《つ》いたタバコを挟んでいた。

そして、〈ゲルニカ〉の画面に見入る武官たちの様子を、黙ってみつめていた。

やがて、武官のひとりが作品のごく近くに歩み寄った。ドラは、背中がひやりとするのを感じた。

——やめて！

思わず叫びそうになった。武官がカンヴァスにナイフを突き刺す幻影が、ほんの一瞬、網膜に浮かんだのだ。

しかし、男は、作品のすぐ横に貼《は》り出されているタイトルプレートを確認しただけだった。プレートには〈ゲルニカ〉と刻印してあった。

武官の男は軍靴の音を響かせてピカソに近づくと、言った。

「――この絵を描いたのは、貴様か」

ピカソは黒々と鋭く輝く目で武官を見据えた。この世の闇と光、すべての真実を見抜く智《ち》の結晶のような瞳で。そして、言った。

「いいや。この絵の作者は――あんたたちだ」

二〇〇三年三月二十日　マドリッド

マドリッド・バラハス空港は、午前中にもかかわらずいつものようなにぎわいはなかった。

到着ロビーに現れた瑤子は、トレンチコートの裾《すそ》を翻《ひるがえ》してタクシー乗り場へと直行した。

がっしりした体格の運転手がキャリーケースを片手で持ち上げてトランクに入れた。後部座席に乗ってすぐ、「ホテル・リッツまでお願いします」とスペイン語で語りかけると、バックミラーの中で、運転手が、おや、という顔をした。

「あんた、どっから来たんだい？　スペイン語うまいね」

「ニューヨークから。日本語も結構うまいのよ」軽口を返すと、

「ひょっとして、アメリカ人かい？」と重ねて訊いてきた。

「えらいことおっぱじめたね、あんたの国は。今度の戦争はスペインも加勢してるらしいじゃないか。なんだかよくわかんないけど、いまアメリカ側についたら、マドリ

ッドもテロリストの標的にされちまうんじゃないかって、おれたち市民はおっかなびっくりだよ」

どうやらマドリッドでも、アメリカを中心とする勢力がついにイラク攻撃を開始したという話題で持ち切りのようだ。そしてそれはアメリカ合衆国大統領が繰り返し強調している「テロとの闘い」ではなく、「アメリカが仕掛けた戦争」であると受け取られている。

――作品の貸出交渉をするには最悪のタイミングだな。

心の中でつぶやいて、瑤子は小さくため息をついた。

二十分ほどでタクシーはマドリッドの中心部にあるホテル・リッツに到着した。国賓も泊まれる最上級のホテルを――と国王アルフォンソ十三世の後押しで二十世紀の初めに創設されたこのホテルに、スペインのアート関係者との大事な交渉ごとがあるときに限って、瑤子は泊まるようにしていた。

アート関係者は往々にして、自分を訪ねてきた客人に「どちらにお泊まりですか？」と尋ねる。宿泊するホテルのランクでどの程度のポジションの人物なのかをさりげなく推し測るのだ。「リッツ」と「ホリデイ・イン」とではこちらに対する扱いも違ってくる。これも外交術のひとつなのだと、瑤子はアート界に身を置くうちに心得るようになった。

「おはようございます。セニョーラ・ヤガミ。リッツへおかえりなさいませ」

チェックイン・カウンターへ行くと、すっかり顔見知りのシニア・マネージャー、タデオ・ボテロが挨拶をした。ここのところ、ピカソ作品の貸出交渉で何度もマドリッドに来てはリッツに泊まっていたのだ。

「またお世話になるわ、タデオ。よろしくね」

タデオはコンピュータをチェックして、

「今回は二泊ですね、ありがとうございます。マドリッドのあとは、どちらかへ？」

「いいえ。残念ながらニューヨークへとんぼ返りよ」

「相変わらずお忙しいですね。しかし今回のご滞在では、ちょっとしたサプライズがありますよ」

「サプライズ？　何かしら」

「さて、それはお楽しみです。ホセ、ご案内を」

背後に控えていたベルボーイが、タデオから赤いタッセルがついたルームキーを受け取って、瑤子を階上へと案内した。

サプライズとは何であるか、そのあとすぐにわかった。

瑤子が通されたのは、予約をしたスタンダードタイプの部屋ではなく、スイート・ルームだった。赤を基調にしたエレガントな内装で、キングサイズのベッドルームと三方向に窓が開いたリビングルームがある。リビングの窓の向こうにはすぐ隣のレティーロ公園の木々が眺められる。世界中のVIPが泊まるのにふさわしい最高級の部屋だ。

このところ頻繁に泊まっていたからアップグレードしてくれたのだろうか。それにしても気前がよすぎやしないかと、瑤子はむしろ訝《いぶか》しく思った。

すぐにフロントのタデオに内線をかけて、

「ずいぶん豪華なサプライズね。どういうからくりなの？」

と問い質してみた。

『当ホテルの筆頭株主でもある、スペインが誇る名士からのプレゼントです。リビングのテーブルの上にメッセージがございますので、ご一読を』

タデオが慇懃《いんぎん》に答えた。受話器を置くと、瑤子はテーブルへと歩み寄った。ガラスのテーブルの上には、ワインクーラーに入れられた発泡酒《カヴァ》、バラと芙蓉《ふよう》の見事なアレンジメント、フルーツバスケットがあった。サルガデロスの真っ白な磁器の丸皿に封書が載せられている。瑤子はそれを取り上げるとすぐさま封を開いた。

親愛なるヨーコ・ヤガミ
本日、私の屋敷へご招待いたします。
アダ・コメリャスとの面談のまえに必ずお立ち寄りください。
パルド・イグナシオ

はっとした。

パルド・イグナシオ。

——まさか。

背後で電話が鳴り響いた。瑤子はあわてて受話器を上げた。タデオからのコールだった。

『メッセージはお読みになりましたか？』

瑤子は、ため息と一緒に「ええ」と答えた。

「確かにスペインきっての名士ね。でも、その方がなぜ私に？」

『それはご本人にお尋ねください』タデオは受話器の向こうで笑った。

『ホテルの正面にイグナシオ家からのお迎えの車が到着しています。お支度はよろしいですか？』

有無を言わせぬタイミングであった。結局、トレンチコートを脱ぐ間もなく、瑶子はイグナシオ家からの迎えの車、黒塗りのメルセデスの後部座席に乗り込んだ。

「ここからどのくらいかかるんでしょうか」

発車してすぐに運転手に尋ねると、

「十五分ほどです、セニョーラ。その間どうぞおくつろぎを」

ていねいな返事であった。

――どうしよう。

瑶子はバッグの中から携帯電話を取り出して、急いで電話番号を検索した。

とにかく、アダ・コメリャスに連絡を入れなければならない。面談の約束時間は三十分後に迫っている。とても間に合わない。

いったい、どういうことなの。――あのパルド・イグナシオに、いきなり「拉致《らち》」されてしまうとは。

ひょっとすると、アダが何か知っているかもしれない。

アダの携帯に電話をしたが、留守番電話に切り替わってしまった。留守電の応答メッセージが流れる数秒間、瑶子は言い訳を考えた。ピーッと発信音が聞こえてきた。

「アダ、瑤子です。ホテルへの到着が遅れてしまって……約束の時間に間に合いそうにありません。一時間後にまた電話します」

とっさに嘘《うそ》をついて、通信を終え、電源を切った。携帯をバッグに戻す手の内側が汗でじっとりと湿っている。

メッセージカードに「その名前」をみつけたときから、瑤子の胸は高鳴り続けていた。

パルド・イグナシオ。――スペイン屈指の名門、イグナシオ家の当主、公爵《こうしゃく》。世界有数の資産家であり、世界でもっとも著名なアート・コレクターでもある。知られざるピカソ・コレクションを隠し持っているとの噂もあるが、誰も目にしたことはない。プラド美術館、レイナ・ソフィア芸術センターの名誉理事を務め、毎年莫大《ばくだい》な寄付を行っている。スペインの文化行政にひとかたならぬ影響力を持つため、「影の文化大臣」とも言われている――伝説の人物。

瑤子はプラド美術館でのインターン時代に、一度だけ、遠目に彼を見かけたことがあった。

華やかな場所を嫌うとされているパルドは、オープニング・レセプションなどにはめったに姿を現さなかったが、一九九一年、プラド美術館で行われた〈ゲルニカ〉のスペイン返還十周年を祝う式典に現れたのだ。

その当日、瑤子は裏方スタッフとして館内を忙しく走り回っていたのだが、大勢のSPにものものしく囲まれ、式典会場へ急ぐ人物がいた。てっきり首相が現れたのかと思ったが、それがパルド・イグナシオだった。すらりと背が高く、眼光鋭い老人。風のようにさあっと通り過ぎていった。そのすぐ後に、まるで従者のようにして、スペインの首相が小走りについていった。

あれが伝説の「美の巨人」であるとあとから知らされて、瑤子は興奮した。伝説ではなく、ほんとうに存在していたのだと。

また、パルド・イグナシオは〈ゲルニカ〉のスペイン返還を実現させたキーパーソンであるという噂も耳にした。

〈ゲルニカ〉の返還は、送り出すMoMAと受け入れるプラド美術館、二館の単純な交渉によって成立したのではなかった。手探りしつつ民主化への道をようやく歩み始めたスペインと、世界の覇者となり超大国となったアメリカ、「至宝」を賭けたふたつの国の駆け引きにほかならなかった。当時のアメリカ合衆国大統領が「渡すな」と密かにMoMAに申し入れたとの話もある。スペイン側でも政府が動いたのだが、その背後にはパルド・イグナシオがいたと複数の関係者から聞かされた。

伝説が伝説を生んでいるだけかもしれないが、火のないところに煙は立たない。彼が一枚嚙《か》んでいたとてなんら不思議はない。

それほどまでの大物が、まさかこんなかたちで接触《コンタクト》してくるなんて。

——私の来訪を、なぜ知っていたんだろう。

車窓を流れていく高級住宅街の風景を眺めながら、瑤子は考えを巡らせた。

メッセージには、アダ・コメリャスとの面談のまえに——とあった。つまり、自分の来訪の目的までをパルドはすでに知っているのだ。

この突然のコンタクトが自分にとって吉なのか凶なのか、わからない。ただ、たまらなく胸騒ぎがした。

ガウディ風のデザインが施された鉄門が現れ、車が減速すると、門扉《もんぴ》がきしみながら自動で開いた。常緑の木々がこんもりと生い茂る庭の奥に石造りの瀟洒《しょうしゃ》な館が現れた。車寄せでは、公爵家のスタッフが三名、客人の到着を待ち受けていた。車から降りた瑤子は、すぐさま彼らに伴われて館の中へと入っていった。

廊下のあちこちに、十七世紀から十八世紀にスペインで描かれたとおぼしき静物画や肖像画が飾られている。輝く銀器に盛られたみずみずしい果物、豪華なドレスに身を包んで黒い瞳をじっとこちらに向ける貴婦人。エル・グレコ、ベラスケス、ムリーリョ、さらにはゴヤの筆らしき作品が何点かあり、瑤子は何度も立ち止まりかけた。

天井からはシャンデリアが吊《つ》るされ、クリスタルが幾千の光を放っている。床に敷き詰められた千花文様のペルシャ絨毯、天井まで届く高い窓。周囲を覆い尽くす赤い絹の壁布には、百合《ゆり》と蜜蜂《みつばち》の紋章らしき模様が入っている。

確かに、この館の主はとてつもない資産の持ち主のようだ。そして美的センスも半端《はんぱ》ではない。

館のいちばん奥まったところにある応接室に瑤子は通された。そこで彼女を待っていたのは意外な人物だった。

瑤子が部屋の中へと歩み入ると、ロイヤルブルーのソファに座っていた銀髪の女性が立ち上がった。――アダ・コメリャスだった。

「……アダ？」

瑤子はその場に立ちすくんだ。アダは微笑を浮かべて近づくと、いつも会ったときにはそうするように、親しみを込めて瑤子の両肩を抱き、頰を寄せた。

「留守電聞いたわ。到着が遅れたって言っていたから、来ないかと思った」

「ごめんなさい、あの……」瑤子は口ごもった。

「まさか、こんなことになるとは思わなかったから……つい……」

切羽詰まっていたとはいえ、最も尊敬する恩人に嘘をついてしまったのだ。ただただ恥ずかしかった。瑤子は言葉を続けられずに赤くなってうつむいた。

瑤子の両手を握って、「いいのよ」とアダは思いやり深い声で言った。

「私があなたの立場であったら、きっと同じように言い訳をしたでしょう。重要な面談のまえに、いやおうなく連れ去られてしまったんですからね。――パルド・イグナシオに」

瑤子は顔を上げてアダの目を見た。

「私が今日マドリッドに来ることを、あなたが彼に伝えたのですか？」

アダは静かに首を横に振った。

「いいえ。――私も、今朝突然呼び出されたのよ。ヨーコ・ヤガミとの面談のまえに屋敷に来るようにって」

と、そのとき。ふたりの背後で、別室へと続くドアが、ぎい……と音を立てて開いた。

ドアの向こうに背の高い白髪の男性が現れた。深い皺《しわ》の刻まれた顔、鋭いまなざし。

瑤子は、はっとした。

――パルド・イグナシオ公爵。

ずっと以前にちらりと見かけただけなのに、風貌《ふうぼう》、目つき、そして全身から醸《かも》し出されるオーラのすべてが、初めて見たときの印象のままだった。おそらくいまは八十代だろう。しかし、ピンクのシャツに臙脂色《えんじいろ》のアスコットタイ、なめらかなウールの黒いスーツを着込んだ姿は若々しい。右手に持った杖《つえ》に頼りながらもしっかりした足取りで、パルドはゆっくりとふたりに近づいた。

「ごきげんよう、パルド。おひさしぶりですわね」

アダが挨拶《あいさつ》をして、公爵と軽く抱擁をかわした。それから、瑶子の肩に手を置いて、

「ご紹介します。こちら、いまもっとも注目されているピカソの研究者、ヨーコ・ヤガミ」

そう紹介してくれた。

瑶子は右手を差し出して、

「はじめまして。お目にかかれて光栄です」と挨拶をした。

パルドは瑶子と握手を交わしながら、

「ようこそ。突然の招待で、さぞや驚いただろうね」

そう言って、ふっと笑った。瑶子は、「ええ、とても」と正直に答えた。

「ご招待いただいたこともですが、ホテルの部屋までアップグレードしていただきま

して……身に余る贈り物です」

「なに、たいしたことではない」とパルドは言った。

「マドリッドの印象が悪くならないようにとの配慮だよ」

「悪くなりようがありません」瑤子が返した。

「私はこの街に住んでいましたし、プラド美術館でインターンも務めていました。

……夫とも、この街で出会いました。マドリッドは、私にとって、世界で最もすばらしく、最も愛する街です」

パルドはじっと瑤子をみつめている。瑤子も、伝説の「美の巨人」の黒い瞳《ひとみ》を臆《おく》さずにみつめ返した。

ちらりとも目を逸《そ》らさずに、パルドは言った。

「今日、君がアダと面談する予定だと――ルース・ロックフェラーから聞かされた。議題は、とあるピカソの作品について。間違いないかな？」

いきなり問われて、心臓が止まりそうになった。

――ルースが？

ほんの一瞬、戸惑ったが、すぐに頭の中で回路が繋《つな》がった。

なるほど、そういうことだったのね。

ルースとパルド、双方とも世界的に知られる資産家である。そして、どちらも有力美術館の理事長や名誉理事を務めており、美術界にひとかたならぬ影響力を持つ「美の巨人」だ。ふたりは互いに知らぬ仲ではないのだろう。

〈ゲルニカ〉を、なんとしてもレイナ・ソフィアから引き出してMoMAで展示する——というのが、今回のマドリッド訪問でルースが瑤子に課した使命だった。〈ゲルニカ〉貸出に関しては、すでに「不可」との返事を得ているにもかかわらず。

しかし、いくたび交渉しても正攻法でいく限り結論は変わらないとわかっていたのだろう。だからこそ、ルースは奥の手を使って後押ししようとしているのだ。

その「奥の手」とは、いま、瑤子の目の前に立っているこの人物。パルド・イグナシオだ。

おそらく、ルースはパルドに事情を説明して、〈ゲルニカ〉の貸出許可を出すことをアダに働きかけるよう協力要請したのだ。

〈ゲルニカ〉は、スペインへの返還後、国立美術館の所蔵品、つまり国の所有となっている。しかも、長い時間と複雑な経緯を経てようやく還ってきた問題作であり、スペインの民主化の象徴ともいえる作品だ。たとえMoMAには四十年以上も〈ゲルニカ〉を守り続けてもらった恩義があるとはいえ、簡単に貸し出せるものではない。

そうだ。ルースは最初からそうわかっていたはずだ。

だからこそ、最強の「協力者」を動かす手はずを整えたのだ。

――パルドは私の味方なんだわ。だからこそ、私が貸出交渉をするまえに、アダとともにここへ招いてくれた……。

瑤子はそう理解して、ほっと肩の力を抜いた。心の中でルースに感謝せずにはいられなかった。

――これで、ようやくまともに交渉のテーブルに着ける。

女性たちの背中に紳士らしく手を回して、パルドはふたりを窓際にある大きな丸いテーブルへと誘った。

「さあ、ふたりともこちらへ……昼食はもうお済みかな？　チョコレートつきのチュロスはいかがかね？　それとも、トルティージャは？」

「一応、飛行機の中で済ませてきました。……ああ、でも、トルティージャをいただきます。いちばんの好物なので……」

弾んだ声で瑤子は答えた。

ふいに、夫のイーサンが「最後の朝食」にトルティージャサンドを食べていたことを思い出した。あれ以来、トルティージャを口にすることはなかったのだが、急に食べてみたくなった。公爵家のキッチンから出てくるトルティージャはさぞかし美味だろう。

白い麻のクロスがかけられたテーブルの中央には、ホテル・リッツのスイート・ルームのテーブルに届けられていたのと同じように、バラと芙蓉の花が花瓶にこんもりと形よく盛られ芳香を放っている。サルガデロスの真っ白な磁器の丸皿、よく磨かれた銀のカトラリー。リッツをそのまま邸宅に写し取ったかのような洗練されたしつらえだ。

三人はロブマイヤーの優美なグラスに注がれたカヴァで乾杯をした。冷たい泡が時差ぼけの残る頭にしみ入るようで、心地よかった。

昼食のあいだは和やかな空気が流れた。話し手はもっぱら瑤子だった。主にマドリッド時代の思い出話が中心だったが、気分が高揚していたうえに、意外にもパルドは聞き上手で、楽しげな表情で聴き入ってくれたこともあり、すっかり打ち解けて話すことができた。アダもおだやかな笑みを浮かべて、まるで自慢の娘をみつめるように、黙って瑤子にやさしげなまなざしを注いでいた。

ふんわりと焼き上がった絶品のトルティージャ、生ハム、ソーセージ《モルシージャ》、ラスク、ホットチョコレートつきのチュロス、数々の料理が食卓を豊かに彩《いろど》った。食後のミルク《カフェ・》入りコーヒー《コン・レチェ》を飲み終えたところで、ちらりと腕時計を見ると、二時間が経過していた。

ふと、瑤子は、それまでの会話に〈ゲルニカ〉の一語が一度も出てこなかったことに気がついた。

――なぜ？

私が〈ゲルニカ〉貸出の交渉にきていると、ふたりともわかっているはずなのに。

このままでは、〈ゲルニカ〉を話題にすることもなく帰ることになってしまう。

おかしなことになってしまった――。

ふいに会話が途切れた瞬間、「さて」とパルドがナプキンを皿の上に置いた。

「君がマドリッドを心から愛してくれていることはすっかり確認できた。お招きした甲斐《かい》があったな。ルースにくれぐれもよろしく伝えてほしい」

ではこれで、と言いながら、立ち上がろうとした。

「待ってください。――肝心のお話をまだしていません」

瑤子は思わず大きな声を出した。パルドは立ったままで瑤子を見た。

「お願いです。もう一度お座りいただけますか、公爵？」

できるだけていねいに瑤子は言った。パルドは黙したままで座り直した。アダも口をつぐんだまま瑤子をみつめている。その顔からはおだやかな微笑が消えていた。

さっきまでの和やかな昼食の風景が幻のように立ち消えた。瑤子は、テーブルの周りの空気が一気に緊張するのを感じた。再び悪い予感が疾風のように胸の中に吹き込んでくる。

その予感を振り払うように、瑤子はきっぱりと顔を上げると、パルドとアダ、ふたりの目を見て言った。

「どうかお願いです。——私が企画を担当しているMoMAで開催されるピカソの展覧会へ、〈ゲルニカ〉をご貸与いただけませんでしょうか」

パルドも、アダも、不気味なほど表情を変えずに瑤子をみつめ返している。不穏な沈黙が三人を包み込んだ。瑤子は息をのんでふたりからの返答を待った。

「……断る」

パルドがはっきりと言った。えっ、と瑤子は思わず声を出した。

瑤子から目を逸らさずに、パルドは続けた。

「昨夜、ルースから電話があった。明日、MoMAで再び〈ゲルニカ〉を一時的に展示できるように協力してほしいとね。明日、ヨーコ・ヤガミがアダ・コメリャスに貸出交渉にいくから後押ししてほしいと。……私はなんとも答えなかった。が、結論は初めから出ていたよ。──『NO《ノー》』だ」

驚きに言葉を詰まらせる瑤子をなおもみつめて、パルドはおごそかに言った。

「いいかね、ヨーコ。君からルースに伝えてほしい。〈ゲルニカ〉をマドリッドから動かすことは永遠に不可能だと」

あの作品を狙《ねら》っているのは美術館関係者ばかりではない、とパルドは言った。彼のまなざしには鋭い光が戻っていた。

一瞬でも、一メートルでも、いまの場所から動かせば、〈ゲルニカ〉は奪取の危険にさらされる。

そしてパルドは言った。美術史上最大の問題作を狙っているのはテロリストたちなのだ──と。

第五章 何処へ

一九三七年九月十日 パリ

出かける支度がすっかり整い、最後に黒いつば広の帽子を被《かぶ》って、ドラは自宅のアパルトマンの部屋を出ようとしていた。

ドアを開けかけて、ふと、居間へ引き返す。暖炉の上の壁に取り付けてある金色のフレームの大きな鏡を覗《のぞ》き込んで、唇から口紅がはみ出していないか、もう一度念入りに確かめた。手にしていた黒いビロードのポーチを開けて、香水の小瓶を取り出す。指先で耳の後ろにすばやく香りの滴《しずく》をつけると、豊かなバラの香りが広がって、なんとはなしに官能的な気分が立ち上ってくる。

手首に巻いたカルティエの時計を見ると、午後二時をとっくに過ぎている。あらいけない、坊やを待たせちゃ可哀想《かわいそう》だわ、と思いつつ、自分を待ち受けているのがピカソ以外の男であるということに自然と胸が高鳴るのだった。

サンジェルマン大通りまで出ると、午後の日差しがまぶしかった。が、夏の輝きはとうに失《う》せ、街路樹のプラタナスの葉は色褪《いろあ》せ始めていた。

ピカソとともにひと夏をムージャンで過ごし、つい数日まえにパリに帰ってきたばかりだった。のんびりとした避暑地での生活は悪くはなかったが、ひっきりなしに客人の来訪があり、いささかうんざりしていたし、素朴な村にはなんの華やぎもなかった。初めのうちこそ田舎の風景などを漫然とカメラに収めたりしていたが、そのうちに何もしなくなってしまった。そして、ただ無為に時間を過ごしていた。

ピカソは好きなように制作していたし、客人とのおしゃべりも気分転換に楽しんでいたようだった。寝て、起きて、食べて、描いて、しゃべって、そして気まぐれにドラを抱いた。長い時間を一緒に過ごすうちに、ドラはなんらスリルを感じなくなっていた。

出会った頃のピカソ、そして〈ゲルニカ〉を描き始め、描き続けていたときのピカソには、あんなにもはらはらさせられ、また、体じゅうが疼《うず》くほど彼を求めてやまなかったのに。

けれど、パリに戻ってきて、いったん自分のアパルトマンに帰ると、また落ち着かない気分が蘇ってきた。

ひょっとすると、こうしているあいだにも、ピカソはマリー＝テレーズに会いにいっているかもしれない。いや、それとも、街なかをうろついて、自分をみつけたときのように「次の女」を見出そうとしているかもしれない。

そう思うといたたまれなくなった。が、このいたたまれなくなる感じがいっそ好きだった。

会いたいと思っても、すぐにアトリエへ押しかけたりしない。自分から求めたりしない。ピカソと付き合ううちに、自分の気持ちを安売りしないことこそがピカソを引きつけておくためには重要なのだと、ドラはすでに習得していた。

そうは言っても、くすぶっているばかりではつまらない。気晴らしに、ピカソではない男に接近してみるのもおもしろいだろう。

「お待たせ。いつも約束の時間通りに来てくれてるのね」

サンジェルマン・デ・プレ教会を目の前に眺めるカフェ「ドゥ・マゴ」のテラス席でドラを待っていたのは、パルド・イグナシオだった。

「時間通りじゃありませんよ。いつだって、待ち合わせ時間の十分まえには到着しています。レディをお待たせするわけにはいきませんから」

ドラの手の甲に接吻《せっぷん》して、パルドがそう返した。ドラは満足そうに微笑《ほほえ》むと、イヤリングを揺らしてパルドの隣の席に座った。

「いかがでしたか。避暑地での暮らしは」

パルドの質問に、タバコをくわえながら「つまんなかったわよ」と即答した。

「田舎は性に合わないわ。やっぱりパリでなくちゃ」

「そうでしたか」

ドラのタバコの先に自分のライターで火をつけながら、パルドが苦笑した。

「しかし、夏のあいだはパリもつまらなかった。ここのテラスに陣取っていたのも田舎者ばかりで……万博を見にきたんでしょうね、きっと」

ふうっと煙を吐き出すと、ドラはパルドの端正な横顔を見て尋ねた。

「この一ヶ月、スペイン館はどんな感じだったの？」

自分たちが避暑に出かけているあいだスペイン館の様子を見にいってほしいと、パルドに頼んでおいた。〈ゲルニカ〉が一般の鑑賞者にいったいどんなふうに受け止められているのか。口にこそ出さないものの、ピカソはただその一点を気にしているに違いなかったからだ。

「ええ、まあ……来場者数はそこそこという感じだったようです。ムージャンのほうへは、大使館から何か伝わってきませんでしたか」

パルドは生真面目《きまじめ》な表情で訊《き》き返した。

「そうね。特には……」

もの憂《う》げな様子でドラが答えた。

実際は、大使館やスペイン館関係者が次第に不満を募らせ、隠しようがなくなってきているという情報は、パリからの来客によってもたらされていた。もっとも、ほとんどの客人が、ピカソの前ではお愛想を言うのに忙しく、〈ゲルニカ〉に対する中傷や批判的な噂《うわさ》などはかなり薄めて伝えるに過ぎなかったが。

スペイン館がオープンした直後、ドラは、スペインからの実質的な亡命者であるイグナシオ公爵《こうしゃく》家の嫡男、パルドを、一部の関係者に極秘で紹介していた。パルドの父のイグナシオ公爵は、すでに少なからぬ資金を共和国政府のために都合していたが、それを公表してはいなかった。ドイツ軍関係者の出入りもあるパリで、共和国支援の立場を派手に喧伝《けんでん》する利点は何もなかったからだ。そんなこともあり、ドラがパルドを紹介したのも、ごく一部の限られた関係者――建築家のセルト、スペイン大使、マックス・アウブ、ルイ・アラゴンなど――であった。

ピカソに心酔し、またその目下の恋人であるドラを姉のように慕うパルドは、ドラに頼まれた通り、ふたりがパリを留守にしていた夏のあいだ、万博のスペイン館へ日参した。そして、ドラに紹介された人々と親交を重ねて、〈ゲルニカ〉が関係者および世間にどう受け入れられているのか、あるいは受け入れられていないのかを、注意深く観察してきた。

氷の入ったグラスとリモナーデの瓶がそれぞれふたつ、テーブルに運ばれてきた。

パルドはふたつのグラスにリモナーデを注ぎながら、

「冷たい飲み物《ボワソン・フロワッド》を頼んでしまったけど、テラスで飲むには温かい飲み物《ボワソン・ショード》のほうがよかったかもしれないですね……」

スペイン語にフランス語を混ぜて言った。ドラは黙ってリモナーデをひと口飲むと、

「〈ゲルニカ〉の評判、よくないのね」

念を押すように言った。

パルドは、一瞬、視線を宙に泳がせたが、

「ええ。その通りです」

観念したように応えた。

「予想に反して、スペイン館における〈ゲルニカ〉の展示については、主要新聞にはまったく取り上げられませんでしたし……関係者も落胆しているようでした」

事実、〈ゲルニカ〉はマスコミにほとんど取り上げられなかった。これにはドラも

肩すかしを食らった気分だった。

いまや世界で最も著名な芸術家、パブロ・ピカソが、全身全霊をこめ、フランコとナチスの無差別攻撃に対する抗議をこれほどまでに辛辣《しんらつ》に描き出したのだ。会場にやってきた人々は誰もが驚愕《きょうがく》し、怒り、涙を流し、また共和国政府に同調することだろう。スペイン共和国が、その人民が、破滅の危険にさらされていることに同情し、世論が大きく動き出す可能性もある。——その可能性を関係者の誰もが信じていた。主要新聞は満を持して万博に登場したこの作品の写真を一面にでかでかと載せるはずだと。

ところが、どういうわけか新聞は〈ゲルニカ〉の展示に興味を示さなかった。スペイン内戦について報道し続け、ゲルニカ空爆の際も国内ではいち早く情報を発信した「ユマニテ」でさえ、スペイン館の開館を伝えたものの、〈ゲルニカ〉については一行も紙面を割かなかった。

ゆえに、万博会場へやってくる人々は、何かの媒体によってその評判を知ることもなかっただろうし、会場に足を運んだとしても、〈ゲルニカ〉の前では奇妙に黙りこくって、興奮してすぐさま誰かに伝えようという雰囲気はなかった——とパルドは語った。

「それに、ちょうどスペイン館がオープンしたあと、七月になってからですが、ナチスがドイツ国内で『退廃芸術展』とやらを始めたとかで……モダン・アートに対して過激な攻撃を仕掛けているらしいんです。その流れで、スペイン館の展示は見るに値しない、無視せよ、というような誹謗《ひぼう》中傷のパンフレットをドイツ館で配っていて……その影響もないとは言えないんでしょうが……」

「退廃芸術展、ですって？」

ドラが訊《き》き返すと、パルドは眉間《みけん》に皺《しわ》を寄せてうなずいた。

ナチスの総統、アドルフ・ヒトラーは、新時代の芸術——つまり、伝統的な絵画や彫刻に背を向けたモダン・アートを「退廃的であり、ユダヤ人とボルシェビキの手による忌《い》まわしきもの」と断罪し、ドイツ国内の美術館に収蔵されていた十九世紀末から二十世紀初頭にかけてのモダン・アートの数々——ドイツ人芸術家のものばかりではなく、フランス印象派や後期印象派、そしてピカソの作品も含まれていた——をすべて没収した。そして、彼が正当な芸術であると認めた純粋なドイツ人による伝統的で「健全な」作品を陳列した「ドイツ芸術の家」の開館と同時に、これら「退廃芸術」を集めた展覧会を開催したという。

ヴァン・ゴッホの作品を額から外してむき身のカンヴァスのまま天井からつり下げ

たり、ユダヤ系ロシア人画家、マルク・シャガールの作品を薄汚い壁に貼《は》り出したりと、異様な展示方法がかえって人々の評判を呼んだらしい。

ドラは、ふんと鼻を鳴らした。

「ばかばかしい。そんな子供だましみたいなことをやったって、〈ゲルニカ〉を貶《おとし》めることなんかできっこないわ」

「当然です。僕もそう思います」パルドがすぐさま相づちを打った。

「ですが……ドイツの連中は、あのオープニング・レセプションの日に、ピカソが自分たちに向かって言ったことを根に持っているんですよ」

スペイン館で〈ゲルニカ〉が公開された、その日。

その全貌《ぜんぼう》を初めて大衆の前に現した〈ゲルニカ〉の前で、敵陣視察とばかりにやってきたドイツの駐在武官たちと、ピカソは向かい合っていた。

武官のひとりが、ピカソに尋ねた。

――この絵を描いたのは、貴様か？

ピカソはたじろぎもせずに答えた。

――いいや。この絵の作者は、あんたたちだ。

このやりとりに会場は騒然となった。

ピカソの勇気あるひと言に拍手喝采《かっさい》を送りたい人々が少なからずいたはずだ。けれど彼らはぐっとこらえた。〈ゲルニカ〉の前でドイツと闘うことができるのは、この世界中でたったひとり、パブロ・ピカソだけだったからだ。

あの胸がすく瞬間。

ドラは、はっきりと意識した。

私はこの男と心中してもいい――と。

そう、あの瞬間は――あの瞬間だけは――確かにそう思ったのだ。

「〈ゲルニカ〉に関してマスコミが動かなかったのは、ひょっとするとナチスの働きかけもあったかもしれません。……考えたくはないですが」

パルドは沈んだ声色でそう言った。

舌打ちしたい気分をこらえて、ドラは平静を装《よそお》った。

「関係者はどうなの？」

「……不満らしいです。彼らは、もっと熱狂的にあの作品が受け入れられると考えていたようで……会期が終わるのを待たずして、展示をやめたほうがいいんじゃないか……とまで言っていました」

「展示をやめるですって？　正気なの？」

思わず大声を出してしまった。周辺の客がふたりのほうを振り向いた。ドラは忌々《いまいま》しそうにタバコを灰皿の中で揉《も》み消した。

「そんなとんでもないことを言ったのは、いったい誰よ」

パルドは自分が失言したかのように、申し訳なさそうな表情を浮かべて答えた。

「……ルイ・アラゴンです」

さあっと血の気が引いた。ドラはそのまま黙りこくった。

――まさか。

フランス人のシュルレアリスム作家であるルイ・アラゴンは、ピカソの友人であり、万博スペイン館に展示するための目玉作品を制作できる芸術家はピカソ以外にいないと、ピカソをスペイン共和国大使館につないだ張本人だ。

〈ゲルニカ〉が完成するまでは、あれほどいまかいまかと待ち続けてやきもきしていたくせに。

しかしながら、確かに、アトリエでのお披露目会のとき、アラゴンはひとり浮かない顔をしていた。作品が醸《かも》し出す悲劇的な雰囲気にすっかり同調しているのかと、あのときは思ったのだが……。

「アラゴンいわく、万博のテーマ『現代生活における芸術と技術』にそぐわないんじゃないかと。スペイン館は、もっと政治教育に役立つような、美術の役割をきちんとわきまえた『魂の職人』による作品を展示すべきじゃないかと……そうでないものは外したほうがいいと。それが〈ゲルニカ〉であるとは、はっきりと口にしませんでしたが……」

パルドの報告をドラは辛抱強く聞いていたが、聞けば聞くほど焦燥が募ってきた。

――どういうこと？

あれほどの傑作が受け入れられないなんて……そんなはずないわ。

大使館はどうしたのよ。もっと必死に動員かけなくちゃだめじゃないの。もっとたくさんの人に見てもらわなくちゃ。あの絵の真価をきちんと伝えてもらわなくちゃならないのに。

いったいルイはどうしたっていうの、ルイ・アラゴンは？　ピカソの友だちじゃないの？　否定的な意見を言ってる場合じゃないでしょう。あの人こそ、もっと必死にいろいろなところに働きかけるべきよ。

ルイだけじゃないわ。セルトも、スペイン大使もよ。あの作品を見たとき、初めこそ言葉を失っていたけれど「世紀の傑作だ」って泣きそうになっていたじゃない。

「これで祖国を救える」なんて言って、大喜びだったくせに。

全部、おべんちゃらだったってわけ？

ひどい話ね。ええ、ひどすぎるわ。

あんなに……そうよ、あんなに必死になって……ピカソはあの作品を描き上げたのに……。

「全体的には期待外れなことは否《いな》めませんでしたが……それでも、見にきた人たちの中には〈ゲルニカ〉のすごさを実感している人もいました」

ドラの顔がだんだん険しくなるのを感じたのだろうか、パルドは、報告の最後に会場で見かけた親子連れの話を聞かせてくれた。

パルドがスペイン館の中庭にあるテーブル席に座り、会場の往来を眺めていると、ひとりの若い母親が子供を連れてやってきた。

母親は、テラスの奥の展示室の壁に掛かっている〈ゲルニカ〉に目をやって、いったい何が描かれているのかわからないわ、と不安そうな声で子供に語りかけた——いや、あるいは独り言だったのかもしれないが。

——なんとまあ、恐ろしいこと！　背筋を蜘蛛《くも》が這《は》うみたいに、ぞっとする。不思議だわね、まるで体を切り裂かれるみたいな感じがして……。戦争って、ほんとうにいやだ。……スペインがかわいそう。

そこまで聞いて、ドラは顔を上げてパルドを見た。

パルドは弱々しい微笑を浮かべて、つぶやいた。

「ピカソのメッセージは、ちゃんと人々に届いています。僕は、そう思う」

そして、もっともっと世界中のより多くの人たちに届けなくては——。


一九三七年十一月二十五日。

パリの主要な大通りを豊かな緑で彩《いろど》っていたプラタナスの街路樹は、すっかりその葉を落としていた。

シャンゼリゼ大通りには早々とクリスマス市が立ち、ガラス製のツリーのオーナメントやキャンドルを買い求める人々でにぎわっている。空気はきんと冷えて、吐く息は白く見えたが、クリスマスを待ちわびる人々の顔は輝いていた。——あるいは、すぐそこに迫っている不気味な軍靴の音をいっときでも忘れたくて、誰もがここに繰り出しているのかもしれない。

その日、六ヶ月にわたって開催された現代文明と文化の祭典、パリ万国博覧会が幕を閉じた。

最終日、スペイン館に展示された状態の〈ゲルニカ〉をもう一度だけ見にいこうと、ふと思い立って、ドラはひとり地下鉄に乗った。しかし、万博会場の最寄《もよ》り駅のトロカデロで降りずに、手前のシャンゼリゼ駅で降りてしまった。なんとなく、もう行かなくてもいいような気になってしまっていた。

賛否両論ある中で、結局〈ゲルニカ〉は、スペイン館がオープンした初日から最終日まで同じ会場の同じ壁に展示され続けた。

もちろん、一部の美術評論家やジャーナリストや画家仲間のあいだでは〈ゲルニカ〉は絶賛された。「ピカソがゴヤになって帰ってきた」と評した者もいた。スペインは、苦境に立たされているこの時期、幾千万の武器にも匹敵するこの一点を得たことを誇りに思うべきだと、熱っぽく語る者も少なからず存在した。

その一方で、ピカソと〈ゲルニカ〉を激しく攻撃する者も出始めた。驚くべきことに、スペイン大使館の関係者で、公然と「撤去すべきだ」と言い出す者もいた。

〈ゲルニカ〉とタイトルがつけられてはいるけれど、ゲルニカを特定できる何かが描かれているわけではなく、また、この絵のメッセージはゲルニカ空爆に対する抗議だというけれど、戦争の惨禍《さんか》や無差別攻撃が具体的に描かれているわけでもない。つまり、この絵は結局何が言いたいのか、何が目的で描かれたのか、誰にもわからないし、誰の心にも届かないじゃないか。

確かに、この絵はピカソが描いた。けれど彼は内戦で窮地に追い込まれている共和国の同胞たちを励まし、奮い立たせる別の何かを描くべきだったんじゃないか。なんの意味もなさないこんな絵を押しつけられて、スペイン大使館は黙ったままでいいのか――。

それでも〈ゲルニカ〉は最後までスペイン館に留まり続けた。

本気で撤去しようものなら、スペインが世界に誇る芸術家であるピカソとスペイン共和国の不仲が噂されてしまう。そうなってはフランコやナチスが喜ぶだけだ。小枝を投げ入れればたちまち火が付く熱した木炭のように、巨大な絵画は同じ壁の上で鼓動し続けた。

会期終了後、この世紀の問題作はいったいどうなってしまうのか。

ドラにはまったくわからなかった。

ピカソは、作品をアトリエに返してもらう必要はないと言う。

しかし、フランコ率いる反乱軍に追い詰められているスペイン共和国は、実際のところ、これほどまでに巨大な作品を収めるべき場所を持ってはいない。いますぐにスペイン国内の美術館へ――たとえそれがプラド美術館であろうと――作品を送り出すことは危険極まりない。かといって、フランス国内に倉庫を借りて保存するかといえば、そんな無駄な金は一フランたりとて共和国政府にはないのだ。

〈ゲルニカ〉は、いったいどこへ行くのか——。

クリスマスの飾りつけがきらめく市場の中を、コートの襟を立て、ドラはひとり、あてどもなくさまよっていた。

大通りの彼方に凱旋門《がいせんもん》が浮かび上がっていた。その向こうに、茜色《あかねいろ》の雲をたなびかせて冷たい冬空が広がっているのが見えた。

二〇〇三年三月二十一日　ビルバオ

瑤子がようやくホテルの部屋に落ち着いたのは、夜十一時近くのことだった。

雨が降り始めていた。その中をビルバオ空港からタクシーで移動してきた。六年まえにオープンした美術館、グッゲンハイム・ビルバオの真向かいにあるモダンなホテルがその夜の宿泊先だった。

雨の匂《にお》いのするトレンチコートを脱いで、ベッドの上に投げた。窓に近づくと、ぴっちり下がった電動式のブラインドを開ける。水滴が流れ落ちる窓ガラスの向こうに、妖《あや》しい光を放つ飛行船にも似た美術館の巨大な建築が現れた。

アメリカ建築界の奇才、フランク・ゲイリー設計のグッゲンハイム・ビルバオ。街の中心部を流れるネルビオン川沿いに建造されたそれは、ニューヨークに本拠地を持つ世界的なモダン・アートの美術館、ソロモン・R・グッゲンハイムの分館である。チタニウムの銀色の板がうねりを作り出す、押し寄せる怒濤にも似たフォルム。その佇《たたず》まいは――いや、「佇まい」などではない、それは氷結した爆発のように見えた

——圧倒的であり、周辺の環境に溶け込んでいるとはとても言い難いものだった。むしろ力ずくで周りを自らに同調させるかのような。それでいて、けっして粗野ではなく、きわめて優美な「動」を演出しているのだった。

夜の雨の中、うずくまって休息するモンスターにも見える美術館を瑤子はしばし凝視した。疲れが体の隅々までを痺《しび》れさせるようだった。

バスルームへ行って、バスタブの水栓のハンドルをひねった。浴槽の底を熱い湯が勢いよく叩《たた》くのを見るとはなしに眺めるうちに、アダ・コメリャスの言葉——あきらめなさい、というひと言が耳の奥に蘇る。

思いがけずその日の午餐《ごさん》を共にしたパルド・イグナシオの邸《やしき》を辞して、瑤子はアダとともにホテル・リッツへ戻ってきた。部屋まで一緒に来ると、落胆の色を隠し切れない瑤子の肩を抱いて、アダはごく静かな声で語りかけた。

——あきらめなさい、ヨーコ。

なんとしても〈ゲルニカ〉をMoMAでの展覧会に借り出したいという、あなたの気持ちは痛いほどわかるわ。世界じゅうのどの都市よりも、テロで傷ついたニューヨークこそが〈ゲルニカ〉を必要としていることも。

けれど、パルド・イグナシオ公爵が言った通り、あの作品をレイナ・ソフィアから動かすことは永遠に不可能なのよ。

あなたもじゅうぶん知っているはず。〈ゲルニカ〉の状態《コンディション》は最悪で、輸送すれば絵の具の剝落《はくらく》や亀裂《きれつ》が起こり得る。あれほどまでに重要な文化財を動かすことは、あまりにもリスキーだということを。

ただ……パルドが言っていた通り……コンディション以上にリスキーなのは、あの作品を「奪還」しようと狙《ねら》っているグループがスペイン国内に存在している、ということなのよ。あの作品がほんの一メートルでもいま展示してある場所から動かせると知ったら……ほら動かせるじゃないか、だったらこっちへよこせ、と声高に主張する輩《やから》が存在しているの。

そのグループの名前は「Euzkadi Ta Askatasuna」(ETA《エタ》＝バスク祖国と自由)。バスクの独立を叫ぶ過激なテロリストの組織。

彼らは、バスク独立の象徴として、また世界の耳目をバスクに集めるためにも、〈ゲルニカ〉をバスクに「奪還」すると主張しているのよ。

〈ゲルニカ〉貸出の最終決定権を持っているのは、パルドが名誉理事を務めるレイナ・ソフィアの理事会。そして理事会は、ETAに「奪還」のチャンスを与えないためにも、〈ゲルニカ〉は、いかなる国、いかなる施設、いかなる機関に対しても、ほぼ永久に貸出をしないと決めているのです。

たとえあなたがどんなに懇願しても、パルドと懇意にしているルース・ロックフェラーが直訴しようとも、〈ゲルニカ〉を動かすことは不可能なのよ。

わかってちょうだい、ヨーコ。

このことは、私たちのあいだで、もう二度と協議のテーブルに載ることはないわ――。


――ほぼ永久に、とアダは言った。

永久に貸出をしない、とは言わなかった。つまり――。

たとえ一パーセントでも可能性はある、ということなのだ。

ETAの存在は、もちろん瑤子も知っている。中央政府の要人の暗殺や無差別爆破テロなど、残虐《ざんぎゃく》で容赦ない行為に走る過激なテロリスト集団だ。

かつて独裁政権を樹立したフランコ将軍の統治下で、中央への抵抗運動を行う組織として一九五〇年代末に結成された。過去四十年間に彼らが仕掛けた無差別テロによる犠牲者は七百人とも八百人ともいわれている。フランコ亡《な》きあと民主化に大きく舵《かじ》を切ったスペイン中央政府に対しては、バスクを本格的に独立させよと迫り続けてきた。いまなお活動を停止する様子はなく、アメリカやEUもテロ組織としてマークしている。

その彼らが〈ゲルニカ〉を狙っていようとは。瑤子もさすがにそこまでとは考えてもみなかった。

アダと別れたあと、瑤子はソファに身を投げ、ぐったりとうなだれて、しばらく思案した。

マドリッドでの交渉の報告を、ニューヨークのルース・ロックフェラーはいまかいまかと待ちわびているはずだ。すぐにでもメールを……いや、電話をしなければならない。

電話をして、なんと言うべきか。

だめでした、試合終了《ゲーム・オーヴァー》です、とでも？

そうだ。ゲーム・オーヴァー。……終わったのだ。アダ・コメリャスどころか、パルド・イグナシオにまで貸出を拒否されては、もうあとがない。

そこまで考えて、瑤子は顔を上げた。

いったい、バスクで何が起こっているのか。どういう状況になっているのか。

——確かめてみたい。

ニューヨークにはあさって帰る予定だ。ルースにはすぐに電話で報告せずに、顔を見てきちんと話したほうがいい。

彼女に説明するためにも、バスクでの〈ゲルニカ〉を巡る状況を自分で確かめなければ。

瑤子はバッグの中から携帯電話を取り出した。電話番号を検索する。ビルバオに、ひとり、頼れる人物がいた。

――ホアン。……つながるだろうか。

すぐに電話をかけた。かつて瑤子がレイナ・ソフィアに勤務していた頃の同僚で、いまではスペインを代表する修復家となったホアン・ホセ・ガルドスに。

五回のコールで電話はつながった。

『やあヨーコ、ひさしぶりだね。どこからかけてるんだい？』

昔と変わらず陽気な声に、瑤子はほっと頬を緩めた。

「ひさしぶりね、ホアン。いまマドリッドなのよ。実は……急なんだけど、所用があって……今夜、そっちへ行こうと思ってるの。明日にでも会えるかしら？」

そうして、瑤子は、マドリッドからビルバオ行き国内線の最終便に乗ったのだった。

瑤子がビルバオにやってきたのは、一九九七年、グッゲンハイム・ビルバオのオープニング・レセプションに参加するために訪問して以来、六年ぶりだった。

グッゲンハイム・ビルバオの母体であるソロモン・R・グッゲンハイム美術館は、鉱山王として知られるソロモン・R・グッゲンハイムが蒐集《しゅうしゅう》したモダン・アートコレクションを礎《いしずえ》に一九三九年に開館された。MoMAの設立から十年後のことである。

現在、マンハッタンの五番街《フィフス・アヴェニュー》沿いに佇むコーヒーカップのかたちを思わせるユニークな建築は、二十世紀の建築界の巨匠のひとりに数えられるアメリカ人建築家、フランク・ロイド・ライトの設計であり、ニューヨークの文化的アイコンにもなっている。

コレクションの内容や質の高さ、すぐれた展覧会を次々に企画するという点においてはMoMAに勝るとも劣らない。しかし決定的に違うのは、そのアグレッシブともいえる世界進出戦略である。

MoMAであれグッゲンハイムであれ、膨大なコレクションを所蔵する美術館であればどこもそうなのだが、展示室《ギャラリー》で公開できる作品はごく限られている。ほとんどは収蔵庫に眠りっぱなしというのが実情だ。グッゲンハイムはここに目をつけた。世界各地に「分館」を造り、眠っている収蔵品をそこで展示する。あるいはニューヨーク発の独自の企画展《ハウス・プログラム》を世界巡回する受け皿にする。そうすれば、各国の美術館との面倒な交渉は避けられる。さらには、国際的に著名な「グッゲンハイム」の冠をいただいた美術館であれば、世界中から人々が訪れる。経済効果が見込まれ、地域の活性化につながる――というのが、グッゲンハイムがぶち上げたとてつもない世界戦略だったのだ。

この構想が正式に発表されたときには、確かに画期的な考え方であり、新世紀に向けて美術館の新たな役割を提示するものかもしれないと瑤子は感心した。が、同時に、実現させるためには途方もない労力が必要になるだろう、とも。

労力ばかりではない。政治力、交渉力、忍耐力、そしてきわどい駆け引きをする狡《こう》猾《かつ》さも必要だ。分館設立の場所の候補として、上海、東京、アラブ諸国、メキシコ、そしてスペインのビルバオなどが挙がっているようだが、各国各地域には独自の伝統、文化、風俗、慣習がある。そして交渉相手は国、自治体、個人の資産家など多岐にわたる。アメリカ型美術館の戦法を一方的に突き付けていくだけでは受け入れられないだろう。いかにコレクションが秀《ひい》でているとはいえ、はたしてアメリカの一美術館がそんな大事業を成し得るのだろうか。

旗振り役となっている館長のトニー・クックは、確かに交渉に長けた人物として知られる。しかし一筋縄ではいかない、頓挫《とんざ》する確率のほうが高いと、瑤子を含む美術関係者はにらんでいた。

ところが、いったいどういう手法で乗り切ったのか、トニー・クックは、バスク自治州政府との交渉に成功し、見事グッゲンハイム・ビルバオを建設、開館してしまった。

これには世界の美術関係者が驚きを禁じ得なかった。確かにバスク地方にはこれといった文化施設はない。世界的に著名な美術館を誘致できれば大いに話題になる。バスク自治州政府にとっては魅力的な提案だったことだろう。

それにしても、実現させるにはとてつもない資金を要する。グッゲンハイムにとっても、バスク自治州政府にとっても、きわめて難しいプロジェクトであることは間違いなかった。

にもかかわらず、クックは、バスク自治州政府から、美術館の建設用地と開設資金、そのほかグッゲンハイム側に有利な条件を引き出すことに成功した。

一九九七年十月十七日、グッゲンハイム・ビルバオ開館の前日。スペイン王室、政府の関係者、世界中の名士、美術関係者を迎えて、オープニング・レセプションが行われた。ＭｏＭＡ理事長のルース・ロックフェラー、館長のアラン・エドワーズ、チーフ・キュレーターのティム・ブラウンとともに、瑤子もレセプションに招かれた。

ルースもアランもティムも、そして瑤子も、銀の甲冑《かっちゅう》に身を包んだモンスターのごとき建築をひと目見て言葉を失った。展示を見る以前に、なんといっても建築に圧倒されてしまった。トニー・クックは得意満面でMoMA一行を迎え入れた。

口にこそ出しはしないが、十年ほどまえに館長に就任して以来、クックはMoMAをライバル視してきた。二マイルと離れていない位置関係で、互いにモダン・アートの最高峰の美術館を標榜している。コレクターの寄贈や協賛金の獲得を巡って常に火花を散らしてきた間柄だ。MoMAには決して成し遂げられなかった「分館」をついに完成させて、クックはさぞかし鼻高々であったろう。

レセプションには、MoMAの前チーフ・キュレーターで、現在はハーバード大学教授を務めるトム・ブラウンも来ていた。ピカソ研究の世界的な権威である彼に、瑤子はもちろん、かつての部下であったティムも――名前が一文字違いのせいで、とんでもない冒険に……そう、トラブルじゃなくて冒険に巻き込まれたんだよ、と教えてくれた――尊敬の念を抱いていた。

――ところで、トニー・クックがどうやってバスク自治州政府を丸め込んだと思う？

レセプション会場の片隅で、カクテルグラスを傾けながら、ティムと瑤子に向かってトムが尋ねた。

——交渉力でしょうね、悔しいけど。

とても自分たちにはできないと、そのときばかりは負けを認めてティムが答えた。

ところが、トムの見解は違った。彼は、急にひそひそ声になって言ったのだ。

——〈ゲルニカ〉だよ。

——〈ゲルニカ〉？

ティムと瑤子は同時に返した。トムは銀縁眼鏡の奥の瞳《ひとみ》をきらりと光らせた。

——まあこれはあくまでも想像だが……トニー・クックは、バスク自治州政府に〈ゲルニカ〉が中央から「返還」されたときに展示する器を準備しよう、と持ちかけた可能性がある。さもなければ、こんなクレイジーな「箱」を造るためにバスク自治州政府が莫大《ばくだい》な資金を提供するとは思えないよ。

君たちも知っての通り、〈ゲルニカ〉がＭｏＭＡからマドリッドへ返還されてからずっと、あれはバスクでこそ展示すべきだ、あの作品はバスク人のものだ、という主張がバスク地方一帯から上がり続けているだろう。しかし当然、中央がみすみす渡すわけはない。貴重な作品を展示する場所もないのに戯言をいうなと突っぱねてきた。

バスク自治州政府はいまいましく思っていたに違いない。展示場所さえあれば——美術館さえあれば正々堂々とこっちへよこせと主張できるのに、とね。

——なるほど。じゃあトニー・クックは「〈ゲルニカ〉奪還」というバスク自治州政府の悲願につけこんで美術館建設を持ちかけたのかもしれない……というわけか。ティムが思わず唸《うな》った。瑤子は胸の鼓動が早くなるのを感じた。

……「〈ゲルニカ〉奪還」ですって？

バスク自治州政府とグッゲンハイムが組んで？

つまり——かつてはMoMAが所蔵していた〈ゲルニカ〉を、いまはグッゲンハイムが狙っている——ということなのだろうか。

と、そのとき。

——やあヨーコ、よく来てくれたね。

背後から声をかけられた。どきっとして、瑤子は振り向いた。

目の前に立っていたのは、ホアン・ホセ・ガルドスだった。

かつて瑤子がレイナ・ソフィア芸術センター開設準備室に勤務していたとき、修復担当として勤めていた同僚だ。抜きん出た技術の持ち主で、めきめき頭角を現し、同館の修復部長に昇格した直後にグッゲンハイム・ビルバオに引き抜かれ、こちらの修復部長に就任したのだった。

——オープニングおめでとう、ホアン。聞きしに勝るすばらしい美術館ね。

瑤子はホアンと抱擁した。ありがとう、と返して、ホアンは心底うれしそうな笑顔を見せた。

瑤子にはその笑顔の意味がわかる気がした。

なぜなら——ホアンはバスク人だから。

自分の故郷に不釣り合いなほど立派な美術館ができたことを、さぞや誇らしく思っているに違いない。

世界に誇れる美術館、完璧《かんぺき》な温湿度調整が可能で、万全のセキュリティが張り巡らされた広々とした見事な展示室を持った美術館が。

瑤子は元同僚をトムとティムに紹介した。お祝いの言葉を口にしながら、ふたりはホアンと握手を交わした。当然のように、さっきまで噂していた〈ゲルニカ〉の一件に触れることはなかった。

しかし——。

「〈ゲルニカ〉奪還」、そのひと言がいつまでも瑤子の胸の中にくすぶり続けていた。

朝まで残っていた雨が出かける頃にはすっかり上がっていた。

グッゲンハイム・ビルバオは銀色の表面を朝日に反射させてまばゆく照り輝いている。美術館のエントランスへと続く石張りの長いアプローチを、瑤子はトレンチコートの裾《すそ》を翻《ひるがえ》しながら足早に歩いていった。

「やあ、よく来てくれたね、ヨーコ。君がちょくちょくマドリッドに来ていることはレイナ・ソフィアの連中から聞いてたけど……こっちまで足を延ばしてくれるなんて、ちょっとしたサプライズだよ」

ホアン・ホセ・ガルドスはスタッフエントランスで瑤子を出迎えてくれた。六年ぶりに会った元同僚のふたりは、親しみのこもった抱擁を交わした。

美術館前に広々としたパティオがあった。その一角のカフェテリアのテーブルにふたりは腰を落ち着けた。

「ご主人のことは、ほんとうに残念だったね。その、なんと言ったらいいか……」

ホアンもまた、9・11の惨事の直後、瑤子の安否を気遣ってメールを送ってくれたひとりだった。瑤子は微笑を浮かべて「ありがとう、ホアン」と礼を述べた。

「立ち直るのは簡単なことではなかったわ。でも、彼の死を無駄にしないためにも、私は社会的な意義のある展覧会を作っていこうと決心したのよ。平和のメッセージを込めた展覧会を……」

「それが『ピカソの戦争』展ってことか」

ホアンがずばりと言った。瑤子は「ええ、その通り」と答えた。

「私にとっては初めての大規模なピカソ展になるの。……9・11以降、世界は負の連鎖に陥ってしまった。アメリカも、とうとうイラクに攻撃を仕掛けたわ。『テロとの闘い』と言われているけど、事態はもっと複雑よ」

自分は一介のキュレーターであり、なんら政治的発言はできないし、するつもりもない。

しかし、一アーティストであったピカソが、ゲルニカ空爆を一枚の絵で非難し、世界中の人々の反戦の意識を喚起し得たことを思えば、アートの力は武器よりも強いと言えるかもしれない。

「私は、ピカソの力――アートの力をこの展覧会で試してみたい。そして世界に問いかけたいと思っているの」

きっぱりと、瑤子は言った。

ホアンは、パティオの石造りの床が照り返す瑤子の顔をまぶしそうにみつめていたが、

「それはつまり、〈ゲルニカ〉を君の展覧会で――もう一度ＭｏＭＡで展示したい、ということ？」

そう訊いた。瑤子はうなずいた。

「当然、アダは断っただろうね」

「ええ、お察しの通りよ。……けれど、私、絶対にあきらめたくない。……いいえ、あきらめない。この展覧会に〈ゲルニカ〉を展示することはピカソの意志に通じるものだと信じているわ」

はっきりと瑤子は言った。そしてそれは亡き夫の死を無駄にしないことにも通じる――とも言いたかったが、それは黙っておいた。

ホアンはテーブルの上に頬杖をついて、ふむ、と小さく唸った。

「常識的に考えて貸出は無理だろう。作品のコンディションは最悪だからな。ちょっとでも動かせば、たちまち絵の具が剝離《はくり》して……」

「ほんとうのことを教えて、ホアン」

瑤子は力のこもった口調でホアンの言葉をさえぎった。

「あなたはレイナ・ソフィアにいたときに、何年もかけて〈ゲルニカ〉のコンディション・チェックに当たってきたわね。――あの作品を動かせないのは作品のコンディションだけが理由じゃない。そうでしょう？」

瑤子の真剣なまなざしをみつめ返して、ホアンは「ああ、そうとも」と返した。

「確かにコンディションは最悪だ。けれど、現在の技術と細心の注意をもってすれば、レイナ・ソフィアの壁から動かすことは決して不可能じゃない。ただ、あの作品を動かせば、さまざまなリスクが生じるのは間違いない。関係者は未然にそのリスクを避けたいだけなんだ」

そこまで言うと、ふっつりと口を閉じてしまった。瑤子もまた黙りこくった。

ふたりのテーブルの近くを団体のアジア人観光客がガイドに連れられてぞろぞろと美術館に向かって歩いていった。朝日にきらめく美術館を眺めて、人々は口々に驚きの声を上げ、さかんに写真を撮っている。遠ざかる一群を見送ってから、瑤子は口を開いた。

「この美術館ができて、ビルバオはずいぶん活気づいたんでしょうね」

ホアンは、デミタスカップをソーサーの上でゆらゆらと揺らしながら、「その通りだよ」と言った。

「まさか僕の故郷がここまで世界的に知られるようになるとはね。正直、驚きだったよ」

美術館を建設し運営するのには、確かに莫大な経費がかかった。バスク自治州政府がそのほとんどを負担したわけだが、この六年間でそれを超える経済効果が得られた。関係者は皆満足している、とホアンは語った。

瑤子はホアンの話にじっと耳を傾けていたが、やがて言った。

「バスク自治州政府の関係者は、ほんとうに満足しているの？　……何かが足りない、と思ってはいないの？」

ホアンは視線をぴたりと瑤子の目に合わせた。瑤子はまっすぐにホアンをみつめ返した。再び、沈黙がふたりのあいだに広がった。

「それを知ってどうするんだ？」

ややあって、ホアンが訊いた。

「さっき、あなたが言った通りよ。〈ゲルニカ〉を動かすためには、あらゆるリスクを未然に防がなければとうていかなわない。だから、どういうリスクがあるのかを私は知りたいの」

瑤子はホアンから目を逸《そ》らさずに答えた。

「〈ゲルニカ〉をバスクへ奪還しようと画策している一部のバスク人が存在すると、アダから聞かされたわ。〈ゲルニカ〉をＭｏＭＡに貸し出したら、いままで『作品保存の観点から輸送不可能、一メートルでも動かせば絵の具が剝離するリスクを避けられない』としてきたレイナ・ソフィアの論理《ロジック》が崩れてしまう。だから展覧会には貸し出すことはできない。そう言われたの。……つまり、彼らが恐れているのは、輸送そのもの以上に、バスク側に『輸送可能である』と見られてしまうこと。そして、〈ゲルニカ〉をバスク独立の旗印にしたいと狙っている一部の過激な勢力に、手荒な真似《まね》をする隙《すき》を与えてしまうこと……」

ホアンは瑤子の言葉に聴き入っていたが、冷めたエスプレッソを飲み干すと、カップをかちゃりとソーサーに戻した。そして、くすっと笑い声を立てた。

「ずいぶん大げさなんだな。君の話を聞いていると、今日か明日にでもテロリストがレイナ・ソフィアに催涙弾を投げ込んで〈ゲルニカ〉を奪って逃げてしまう気がしてくるよ」

「私は大まじめよ」

ホアンの軽口を瑤子がさえぎった。

「教えて、ホアン。そういう勢力はほんとうに存在しているの？」

元同僚はふいに視線を逸らした。その目に戸惑いの色が浮かんでいるのを瑤子は見逃さなかった。

と、そのとき、テーブルの上に置いていたホアンの携帯が鳴った。ホアンはそれを取り上げてフラップを開いた。

「ああ……すぐかけ直す」と短い通話を終えて、ホアンは立ち上がった。

「もう行かなくちゃならない。なんだかんだとばたばたしていてね。……せっかく来てくれたのに、君とランチもできないなんて、残念だ」

瑤子も立ち上がった。

「またゆっくり来るわ。今度こそ、ランチをしましょう」

「ああ、いいね。タパスのうまい店に連れていくよ。約束だ。君の時間が許せば、いまやっている展覧会を見ていってくれるかい？　正面の受付で僕の名前を言ってくれたら入れるから」

「ええ、ぜひ。ありがとう」

ふたりは、美術館の正面入り口付近まで一緒に歩いていくと、そこでもう一度親しみのこもった抱擁を交わして、左右に別れた。

美術館のエントランスから中に入る直前に瑤子は振り向いた。

ホアンが携帯電話を耳に当てている後ろ姿が遠くに見えた。その背景に抜けるような青空が広がっていた。瑤子は目を細めてまぶしい空を見上げた。

ほんの数十キロ先にあるゲルニカの上空も、きっと晴れ渡っていることだろう。
そんなことをふと思って、瑤子は美術館のドアを押して入っていった。

第六章 出航

一九三九年一月二十七日 パリ

ドアが激しくノックされる音で、ドラは目を覚ました。

居間の長椅子《いす》でうたた寝をしてしまった。ひとつ身震いをして体を起こす。古本や紙屑《くず》やタバコの空き箱、さまざまなオブジェが雑然と積まれたテーブルの上の金色の置き時計を見ると、午後十時過ぎだった。誰よこんな遅くに、と舌打ちして立ち上がると、ナイトガウンを羽織って足早に玄関へと歩いていった。

ドアの向こうに現れたのは、パルド・イグナシオの青白い顔だった。ピカソの自宅を訪ねるときには、良家の子息らしく、中折れ帽を手に取って優雅に挨拶《あいさつ》をする彼が、帽子を被《かぶ》ったまま肩で息をして立ち尽くしている。

「パルド。……驚いた、帰ってきたの？」

ドアを大きく開けて、ドラはパルドを中へ通した。パルドはコートも脱がずに居間へと歩み入ると、すぐさま振り返って言った。

「ノルマンディーからの最終列車で、さっきサン・ラザール駅に着いたところです。荷物は邸《やしき》へ運ばせて、僕は車でここへ直行しました」

ドラは居間のドアを後ろ手に閉めてその場に佇《たたず》んだ。パルドは落ち着かない様子で、ドラに向かって続けて訊《き》いた。

「……ピカソはどうしていますか」

ドラは肩をすくめてため息をついた。

「どうもこうも……どうしようもないわ。手がつけられないほど落ち込んでる。きのうから寝室にこもったきりで食事もとらないのよ。……いまいましいニュースのせいでね」

パルドは唇を嚙《か》んで下を向いた。床には紙屑やオレンジの皮、木炭の切れ端などが散乱している。足下に一月二十七日付の新聞が引き裂かれて捨てられてあった。それを拾い上げると、パルドは紙面に視線を落とした。

バルセロナ陥落
カタルーニャの抵抗、ついに終焉　フランコ軍、スペイン全土制圧へ

「なんてことだ……ああ、神よ……」

新聞を握りつぶすと、絶望的な口調でつぶやいた。

ドラはテーブルの上からジタンの箱を取り上げて、タバコを一本くわえ、マッチを擦って火をつけた。

ドラも昨夜から何も食べていなかった。タバコばかり吸ってほとんど吐きそうだったが、そうでもしていなければいてもたってもいられない気分だった。

「いつ知ったの、バルセロナ陥落のニュースを？」

ドラの問いに、うなだれたままでパルドが答えた。

「今朝……船がル・アーブル港に到着してすぐ、迎えの者に聞かされました。ほんとうはオンフルールに二、三泊してからパリへ戻るつもりだったんですが……ピカソがどうしているかと気が気じゃなくて……」

パルドはニューヨークから戻ったばかりであった。

とてつもなく重要な使命《ミッション》を負って渡米した彼は、ニューヨーク近代美術館《MoMA》の館長、アルフレッド・H・バーJr.との交渉を無事に終えて、その報告を兼ね、近々ピカソを訪問する予定だった。

いい報せがありますよ、帰ったらすぐに報告に上がります——と、マンハッタンのハドソン・リバーの埠頭《ふとう》から出航する直前に、パルドがドラに宛《あ》てて電報を送った。去年のクリスマス直後のことだ。

それから約一ヶ月、新年を船上で迎え、軍靴の響きがいっそう高まるヨーロッパへと彼は帰ってきたのだった。

スペイン内戦を逃れて、一家でパリへ移住して二年半。パルドは二十歳になっていた。

そして、パリ万国博覧会のスペイン館に展示された〈ゲルニカ〉を、フランスとスペイン以外の国々に巡回させるために力を尽くしているところであった。

一九三七年十一月末、「現代生活における芸術と技術」をテーマに掲げたパリ万国博覧会が幕を閉じた。

十九世紀からたびたび行われてきたパリ万博がそうであったように、本来であれば、各国が独自の芸術や技術を世界に向けて披露する絶好のチャンスであり、明るい未来を予見する祭典になったはずであったが、その年の万博には異様な雰囲気が漂っていた。

ヨーロッパの覇権を虎視眈々《こしたんたん》と狙うナチス・ドイツ、ドイツに同調しファシズム政策を押し進めるイタリア、そして内戦で苦しむスペイン、それぞれのパビリオンが睨《にら》み合うように屹立《きつりつ》して、一触即発の空気を孕《はら》んでいたのだ。

そんな中、スペイン館の超目玉展示品として〈ゲルニカ〉は公開された。

これを見た人々の反応は実にさまざまだった。言葉をなくし、立ち尽くす人。何も見なかったと言わんばかりに足早に立ち去る人。最初から見ようとしない人。こんなものを人目にさらして何になるんだと抗議をする人。反応の多様さは、この作品が包含している事態の複雑さ——つまり、いま世界が直面している事態の複雑さ、危うさをそのまま表しているのだった。

不気味過ぎる、不穏だと、すぐさま撤去を求める声も上がった。ドラが驚いたのは、その声がスペイン共和国大使館の内部からも聞こえてきたことだ。

会期中、大使館が密《ひそ》かに〈ゲルニカ〉撤去を検討していたことはピカソの耳に入ることはなかった。ドラの耳もとにまでは届いたが、決してピカソに知られてはならないと、ドラが水際《みずぎわ》で押しとどめたのだ。

ファシストに蹂躙《じゅうりん》されている祖国の情況を憂慮してやまないピカソなのだ、共和国政府の要望に応《こた》えて渾身《こんしん》の力で描き切った一作が内部の不評を買っているなどと知ったら、どれほど落胆するかわからない。

〈ゲルニカ〉へのさまざまな反応をドラに伝えていたのはパルド・イグナシオであった。そして、ドラとともにピカソを守り、〈ゲルニカ〉のメッセージをさらに世界に向けて伝えなければならないと主張したのもパルドであった。

ドラを介してスペイン館の関係者と知り合って以来、パルドは、その出自も手伝って、またたくまに彼らと親しくなった。誰もがパルドには好意的に接し、秘密の話も漏らすようになった。パルドはそれをこっそりと余すところなくドラに伝えた。

――万博の会期中は当然のこと、万博が終わっても〈ゲルニカ〉は展示され続けるべきだと僕は思います。フランス国内のみならず、もっと世界中の色々な国で。

万博が終盤に入った頃、パルドはドラに自分の思いを打ち明けた。

――あの作品がスペイン館に展示されてから、毎日毎日、何時間も僕はみつめた。みつめ続けました。そして、見えてきたんです。ピカソのほんとうの気持ちが、あの絵の中に。

――ほんとうの気持ち？

ドラが訊き返すと、パルドはうなずいて、静かに語った。

――あの絵は〈ゲルニカ〉とタイトルが付けられているけれど、ピカソはナチスのゲルニカ空爆……つまりスペイン内戦だけを批判しているわけじゃない。個人の欲望や国益やイデオロギーや、あるいは宗教的対立……さまざまな目的や理由から、人類は戦争を繰り返してきた。その愚かしさをこそ批判しているのではないかと。

私たちの国には、ゴヤという偉大な画家がいました。彼もまた、有名な戦争画を描いている。「一八〇八年五月三日 プリンシペ・ピオの丘での銃殺」――マドリッド市民の暴動をフランス軍が鎮圧し、四百人以上を銃殺刑に処したという悲惨な出来事を、怒りとともにカンヴァスに残しました。僕は、ピカソの脳裡《のうり》にはあの一枚の絵が浮かんでいたのではないかと思います。

けれど、ピカソはゴヤを超えて、もっと普遍的に、戦争の恐ろしさ、愚かしさを〈ゲルニカ〉に込めたのだと思う。彼は、単なる負の記録としてあの一作を描いたわけではない。あの絵は、画家の――つまり僕たち人類の抵抗なのです。

戦争をやめない一方で、戦争に苦しみ続けるのもまた人類なのです。苦しみから逃れるためには、戦争をやめるほかはないのです。

無慈悲で無差別な殺戮は、ゲルニカのみならず、世界のどこででも起こり得ることであり、明日にも、来年にも、もっとずっと未来にも起こり得る悲劇です。

もうやめろ、とピカソは叫んでいる。

殺すな。戦争をするな。負の連鎖を断ち切れ。取り返しがつかなくなるまえに——と。

あの絵は反戦の旗印です。ピカソの挑戦であり、宣言なのです。

僕は、世界中の人々があの絵を目撃するべきだと思います。そして、あの絵の中から聞こえてくるピカソの叫びを聞くべきだと。

そうするために——僕は働きたいのです。

二十歳の青年の瞳《ひとみ》は、理念の灯火を燃やしてきらきらと輝いていた。

変わったな、とドラは思った。

出会った頃と比べて、パルドは明らかに変わった。恋人が兵士として人民戦線に加わってしまったと泣き暮らしていたあの頃とは。彼の精神は鋼《はがね》のように強くなったのだ。

ピカソの描いた一枚の絵が——〈ゲルニカ〉が、愚かな人類の未来を変えることができるのかどうか、わからない。

けれど、ひとりの青年をこうまで変えた。

それだけは事実なのだ。

万博閉幕後、スペイン館で展示されていた作品の数々——ホアン・ミロの壁画やアルベルト・サンチェスの彫像など——は梱包《こんぽう》され、スペインの港町、バレンシアへ海路運ばれることとなった。その頃はまだ反乱軍の手にかかっていなかったバレンシアならば当面安全であろうとスペイン大使館は踏んだのだが、戦乱のごたごたを避けることはできず、送り出された作品のほとんどは輸送中に紛失してしまった。

〈ゲルニカ〉はこの積み荷の中に入れられていなかった。まったく奇跡的なことだった。〈ゲルニカ〉が本国へ送られなかった理由は一切公表されなかったし、ピカソ自身もなんら言及しなかったが、パルドが——イグナシオ家が水面下で大使館へ働きかけたのだと、ドラにはわかっていた。

木枠《ストレッチャー》から外され、丸められた状態で、〈ゲルニカ〉は、万博会場からグランゾーギュスタンのピカソのアトリエへと帰ってきた。

ドラは、ピカソとともに、巨大な筒状のカンヴァスがアトリエ内に運び込まれるのを見守った。

搬入が終了したあとに、運搬人が作品の梱包を解こうとするのを、待ってくれ、とピカソが止めた。

——そのままでいいんだ。その絵はこれから旅をするんだから。

直後にパルドがアトリエへ姿を現した。ピカソとドラの顔を見ると、青年は笑顔になって告げた。

――この絵は、まず、スカンジナビアの四ヶ国を旅します。それから、ヨーロッパ各国へ。そして、うまくいけばアメリカへも。

僕が動きます。どうか見守っていてください。世界中の人々に「ピカソの戦争」を目撃してもらいます。

フランコと、ナチスと戦う、そして戦争そのものと戦う――「僕たちの戦争」を。

一九三九年一月二十六日、共和国軍が最後の牙城《がじょう》として必死に守ってきたバルセロナがついに陥落した。

そのほぼ十ヶ月まえの一九三八年三月中旬、ドイツとイタリアの連合爆撃部隊によってバルセロナは激しい空爆の標的となった。千三百名以上が死亡、二千人以上が負傷し、美しかった街は見る影もなく、歴史的建造物は爆弾によって損壊を余儀なくされた。

ゲルニカの悲劇が再び繰り返されてしまった。

青春時代を過ごし、いまなお家族がいる街が空爆にさらされたことを知ったピカソは憤然とした。〈ゲルニカ〉の制作費として共和国政府から支払われた十五万フランをただちにスペイン難民救済基金に寄付したが、焼け石に水であるとわかっていた。もっと有効に、具体的に、目に見えるかたちで祖国を救済する手だてはないのか。ピカソは行き詰まり、焦《あせ》っていた。

バルセロナ空襲があって間もなく、〈ゲルニカ〉が、スカンジナビア四ヶ国で開催されていた「フランスを代表する美術家四人展」での展示から戻ってきた。四ヶ国を旅して帰ってきたこの作品を今度はイギリスへ送り出すべく、パルドがイギリス側のピカソの支援者たちに働きかけた。そして、ひるまずに〈ゲルニカ〉のメッセージを発信し続けましょうと、焦燥を募らせるピカソを懸命に励ました。

この作品をイギリス各地へ巡回させ、共和国政府とパブロ・ピカソはファシストに決して屈しないという態度を明確にする。ファシストと戦争に反対するすべての人々からの義援金を募る。それこそが〈ゲルニカ〉巡回展の最大の使命であるとパルドは強調した。

それから数ヶ月を経て、〈ゲルニカ〉のイギリス巡回展が実施された。パルドの狙い通り、この企画は大きな反響を呼び起こした。

ロンドンでは、義援金ばかりでなく、共和国軍の兵士に送るための靴が集められた。

〈ゲルニカ〉のカンヴァスの前にうずたかく積まれた靴は数千足に及び、展示の終了とともにスペインへと発送された。

作品に対しては、やはり賛辞ばかりが贈られたわけではなかった。「何が描いてあるかわからない」「不気味で見るに耐えない」「刺激が強過ぎる」と反発する声も少なからず上がった。その一方で、美術史上もっとも激しく率直な方法で戦争を痛烈に批判しているこの作品のすごさを高く評価する声も続々と寄せられ、若い芸術家たちは生涯逃れられないほどの衝撃を受けることとなった。

パルドは頻繁にパリとイギリスを行き来し、巡回展を仕切った。ドラは彼の驚くべき成長ぶりに目を見張った。不可能を可能に変える行動力と交渉力と熱意、そして財力を、弱冠二十歳のこの青年は持ち合わせていたのだ。

これがパルドの真の姿だったんだわ。

イギリスでの展示の状況をパルドが報告してくるたびに、ドラは深い感動を覚えた。イギリスでの巡回展は一年近く続けられることになっていた。その間にも、スペイン内戦の状況は刻々と変わっていった。

反乱軍は共和国軍をどんどん追い詰めていく。共和国軍の劣勢が明らかになっていくにつれ、ピカソの憤《いきどお》りと焦燥は日増しに色濃くなっていった。

――ナチスが来る。

祖国ばかりか、パリさえもファシストの手に落ちるとの妄想に取り憑《つ》かれたピカソは、夜も眠れないほど苦悩した。パリ郊外に住んでいるマリー＝テレーズと娘のところへ行ったきり、何日も帰ってこないこともあった。

ピカソが帰らないいくつもの夜をひとりで過ごしながら、ドラは、不穏な黒い炎が自分の中でめらめらと燃え盛るのを感じた。

食事も取らずに酒に溺《おぼ》れ、みるみる体重が落ちていった。様子を見にきたパルドは、ドラのやつれた顔を見て、声も出せなかった。

――逃がしてちょうだい。もっと遠くへ。

ドラはパルドに訴えた。

――逃がすって……誰をですか？

パルドの問いに、ドラは暗い微笑を浮かべて答えた。

――あの絵よ。イギリスの巡回展が終わっても、〈ゲルニカ〉をここへは戻さないで。それがピカソのたったひとつの望みなの。

ピカソがそう口に出して言ったわけではなかった。けれど、ドラにはわかっていた。ナチスがパリへ決して攻め入らないとは、もう誰にも言うことができない。そんな状況下であの作品をここへ戻すのは極めて危険だ。

輸送の途中で略奪されるか、破壊される可能性はきわめて高い。

なんとしてもあの作品を守らなければ――。

――任せてください。〈ゲルニカ〉を逃がします。……アメリカへ。

イギリスの次はアメリカへ送り出すほかない。パルドは最初からそう踏んでいたのだった。

折しも、マンハッタンの西五十三丁目に新しい美術館施設がオープン間近であった。これに目をつけたパルドは、この交渉を成立させるべくニューヨークへ渡っていった。

一九三八年十一月下旬のことである。

そして――。

ニューヨークからの航海を終え、ル・アーブル港に帰り着いたパルドを待ち構えていたのは、バルセロナ陥落のニュースだった。

矢も盾もたまらずに、パリ行きの最終列車に乗って、パルドはピカソの――ドラのもとへと帰ってきた。ピカソが寝室にこもりきりになっていると知って、パルドもまた落胆を隠せなかった。

ドラはグラスにコニャックを注いで、無言でパルドに差し出した。パルドはそれを受け取ると、一気にあおって、大きく息をついた。

ドラは短くなったタバコを灰皿で揉み消して、パルドの険しい表情をみつめながら言った。

「フランコはまもなくスペインを制圧……ナチスはポーランド侵攻、続いてパリに攻め入るだろう。ピカソはこのところ毎日、そんなことをつぶやいているわ。どこか遠くへ行きたいってね。自分が無理なら、せめて作品だけでも……疎開《そかい》させたいと」

もしも本気でパリから逃げる瞬間がきたら――おそらく、ピカソが一緒に連れて出るのはあの女、マリー＝テレーズと娘だろう。自分ではないのだ。そう思えば、悔し涙が込み上げてくる。

しかし、パルドの前で泣くわけにはいかない。ぐっと奥歯を噛んで、ドラは続けた。

「まえにあなたに言った通りよ。全部の作品を疎開させるのは難しいだろうけど、少なくとも、あの絵――〈ゲルニカ〉だけは、なんとしても逃がさなくちゃならないわ」

あの絵は、ナチスの暴挙を永遠に画布に刻みつけた、何千発もの爆弾に匹敵する一作だ。

万が一にもあの絵がナチスの手に渡ったら――引き裂かれ、踏みつけられ、めちゃくちゃに蹂躙されるだろう。

そんなことをさせるわけにはいかない。画家の命にも等しい作品にファシストの汚れた手が触れることなど、決して許すわけにはいかないのだ。

そうだ。アメリカならば——きっとあの作品を守ってくれるだろう。

次々に画期的な展覧会を仕掛けているというＭｏＭＡならば、疎開先にふさわしいんじゃないか。

まさにその交渉のために、パルドはニューヨークに出向いていたのだ。

「訊かせてちょうだい。……ＭｏＭＡは〈ゲルニカ〉を受け入れてくれるの？」

パルドはドラをじっとみつめ返すと、静かにうなずいた。

——このさき、何があろうとも……たとえ世界が戦争に突入しても、〈ゲルニカ〉を守ってほしいのです。

パルドの申し入れを受け入れたのは、ＭｏＭＡの初代館長、アルフレッド・バーJr.。そして、ＭｏＭＡの理事長を務めるネルソン・ロックフェラーであった。

こうして、〈ゲルニカ〉はパリに戻ることなく、マンハッタンのハドソン・リバーの埠頭を目指して、再び海を渡っていくことになった。

二〇〇三年三月二十二日　ニューヨーク

マドリッド・バラハス空港を十七時ちょうどに出発したアメリカン航空５９５３便は、到着予定時刻より少し遅れて、十九時三十分にニューヨーク、ジョン・Ｆ・ケネディ国際空港に到着した。

マドリッド行きのフライト同様、帰りの機内もまた、貸し切りかと思われるほどにがらがらだった。トレンチコートを羽織った瑶子は、機内持ち込みのキャリーケースを後ろ手に引きながら、足早に到着ロビーへと進んだ。

空港の施設内では、あちこちに防弾チョッキを着た警官が佇み、通行人に向かって目を光らせている。民主主義国家の国際空港らしからぬ異様な光景は、ニューヨークを発《た》ってから戻ってくるまでのわずか三日間で、さらにものものしさを増したように思われた。

アメリカ軍を中心とした有志連合が「イラクの自由」と命名した作戦をイラクに仕掛けてから――つまり、イラク市街に公然と空爆を仕掛けてから丸三日が経過した。

イラク空爆の瞬間は衛星中継され、全世界が固唾《かたず》をのんで見守る中、作戦は粛々と実行に移された。瑤子もニューヨークの自宅のテレビで、また、マドリッドのホテルのテレビで、繰り返し再生されるその映像を目にした。

真夜中、静まり返った市街地に突然ひらめくまばゆい光。まるで周到に演出された映画のワンシーンのようだった。とても現実世界で起こっているとは信じられないような——コンピュータ・グラフィックで加工され、インターネットで気軽に閲覧できる実によくできた絵空事のように、瑤子の目には映った。

しかし、それは間違いなく破壊を巻き起こした瞬間の映像であり、公表されてはいないものの、一般市民の命をひょっとすると奪い去ったかもしれない現実の空爆の記録なのだった。

携帯の留守番電話に、ルース・ロックフェラーの秘書、デイジーからのメッセージが入っていた。『JFKに到着後、すぐに連絡ください』。イエローキャブに乗り込むと、「マンハッタンへ」とだけドライバーに告げて、瑤子はすぐさまデイジーに電話をかけた。

「MoMAの瑤子です。さきほどJFKに到着しました。ミセス・ロックフェラーは……」

言い終わらないうちにデイジーが応えた。

『すぐに自宅へ来てほしいとミセス・ロックフェラーからの伝言です』

やはりルースは自分の帰りを待ち構えていたのだ、と瑤子は悟った。

「いまキャブに乗ったところなので、ご自宅に直行するとしても、九時を回ってしまいますが……」

『何時になっても構わないとミセス・ロックフェラーは言っています。とにかくそのままいらしてください』

有無を言わさぬ調子だった。通話を切ると、瑤子はドライバーに「東七十九丁目、五番街とマディソン街のあいだへお願いします」と告げた。それから、小さくため息をついてシートにもたれかかった。

——結局、自分のマドリッド行きは〈ゲルニカ〉貸与に関してなんら進展をもたらさなかった。

レイナ・ソフィアの館長、アダ・コメリャスには、はっきりと「あきらめなさい」と言われてしまった。

そして、ルースの采配《さいはい》で幸運にも会うことができた大人物、パルド・イグナシオ公爵《こうしゃく》。伝説のコレクターにして〈ゲルニカ〉貸与の鍵《かぎ》を握る彼を説得できさえすれば、この交渉は成功する。そんな希望をもって、ルースは瑤子と公爵との面談に賭けたのだ。しかし――。

交渉は失敗に終わった。

いや、あれは交渉のテーブルに着いたとすらいえない。アート界の大御所同士、おそらくは旧知の仲である ルースに頼まれて自分に会ってくれはしたものの、公爵は最初から答えを用意していたのだ。「NO」というただひと言を。

それにしても、〈ゲルニカ〉を貸し出せない理由は作品保護のためばかりではないのだと知らされたのは、衝撃だった。

〈ゲルニカ〉は自分たちのものだと主張するバスク人たち。そして、力ずくででも奪い取ろうと、虎視眈々と狙うテロリストの一群の存在――。

人類の至宝ともいうべき文化財が政争の具にされてしまっている事実に、瑤子の胸はかき乱された。

いずれにせよ、ルースにはすべて話して善後策を練るほかない。

五番街沿いにある高級アパートメントの入り口で、瑤子はイエローキャブを降りた。ドアマンがうやうやしくドアを開ける。こぢんまりとしているものの、そこはかとなく気品が漂うエントトランスロビー。レセプションに座っているセキュリティスタッフに来意を告げると、すぐに内線で連絡をしてくれた。しばらく待っていると、黒いニットとタイトスカートを身につけたデイジーが現れた。

「遅くにすみません」瑤子があいさつをすると、

「いいえ。ミセス・ロックフェラーはずっとあなたがいらっしゃるのをお待ちかねでしたわ」

そう言って瑤子をエレベーターへといざなった。

ルースは一年のうち三分の二をこのアパートで暮らしている。残り三分の一は、ロング・アイランドやマーサズ・ヴィンヤードの別荘、ワシントンDCやボストンの豪勢な邸宅を渡り歩いているのだった。マンハッタンの高級アパートはワンフロアすべてがルースの私邸となっていた。

玄関先でメイドが瑤子を出迎えた。トレンチコートとキャリーケースをメイドに預けると、いくつもある応接室のひとつに通された。

マントルピースの上の壁に、ジャスパー・ジョーンズの「フラッグ」シリーズの中の代表的な一点が掛けられているのが目に入った。こんなふうに、この私邸は、ルース・ロックフェラーが選び抜いたモダン・アートのコレクションが壁いちめんに飾られている。さながら秘密の美術館のようだった。

「おかえりなさい、ヨーコ」

ベージュのカシミアニットに白いパンツ姿のルースが現れて、瑤子のもとに歩み寄った。そして、いつにも増して情感込めて抱きしめてくれた。

その抱擁を受けて、瑤子は、何も報告せずともルースは今回の交渉が不調に終わったことをすでに察知しているのだと思った。

「すみません。すぐにでも電話をすべきところを……どうしてもお目にかかって報告をしたいと思いまして」

率直に詫《わ》びると、

「わかっているわ」

ルースは短く応えた。ふたりはソファに並んで腰掛けた。

「パルドはどんな様子だったの」

瑤子は膝《ひざ》の上の両手をぎゅっと握った。

「まさか、あの伝説のアート界の巨人に……イグナシオ公爵に直接お会いできるとは夢にも思いませんでした。……ご配慮に感謝します、ルース。けれど……」

いったいどう話したらいいのか。それでも瑤子は、戸惑いつつ事の顚末《てんまつ》を説明した。

最大限の努力をしたつもりだが、〈ゲルニカ〉を借りられないという結論は、変えようがなかった。

「――やはり、彼は貸与を拒否したのね」

静かな声でルースが言った。瑤子は思わず目を伏せた。

「申し訳ありません。私の力不足で……」

あとは言葉にならなかった。ルースは手を伸ばして、うなだれる瑤子の肩にそっと触れた。

「いいえ、ヨーコ。あなたのせいじゃないわ。……パルドには、『NO』というほかなかったのよ」

〈ゲルニカ〉の重要性、そして、あの作品をレイナ・ソフィアの壁から動かすことの難しさを誰よりも知っているのは、パルド・イグナシオである。

ルースはそう言った。

そして、いまこそニューヨークであの作品を展示しなければならない意義をいちばんよく理解しているのも彼なのだ――と。

瑤子は顔を上げてルースを見た。

「どういう意味ですか？」

ルースは、微笑を口もとに浮かべて答えた。

「かつて、〈ゲルニカ〉を戦禍《せんか》から逃すために大西洋を渡らせてMoMAへ持ち込んだのは——パルド・イグナシオだったからよ」

突風を真正面から受けたかのように、瑤子は、はっとした。

——パルド・イグナシオが……〈ゲルニカ〉をMoMAへ避難させた？

まったくの初耳だった。

博士論文を〈ゲルニカ〉で書いた瑤子は、〈ゲルニカ〉にまつわる主だった資料はほぼすべてに目を通していた。しかしながら、そのどこにもパルド・イグナシオの名前は出てこなかったはずだ。

いったい、どういうことなのだろうか。

「〈ゲルニカ〉は反戦のシンボルであり、『ピカソの戦争』の象徴である。そしてそれは『私たちの戦争』の象徴でもある。……パルドは、以前、私にそう言っていたわ。そして、あの作品をMoMAに託したの」

ルースはかすかに遠い目をして言った。

ピカソの戦争。それはすなわち、私たちの戦争。

二十歳のパルド・イグナシオは、十一歳のルース・ロックフェラーに向かって語りかけた。

わかるかい？　ルース。

ピカソが、私たちが戦っている敵は——「戦争」そのものなんだ。

私たちの戦いは、この世界から戦争という名の暴力が、悪の連鎖がなくなる日まで続くんだよ——。

そうして、ルースは、瑤子にすべてを話してくれた。

およそ六十四年まえ、マンハッタンのハドソン・リバーの埠頭に到着した船から降り立ったひとりの青年が、アートが大好きな少女に向かって語りかけた言葉の数々を。

一九三九年五月一日早朝、マンハッタンのチェルシー埠頭に、フランスからの定期船「ノルマンディー号」が着岸した。

貨物が続々と陸揚げされるのと同時に、何百人もの乗客が次々と埠頭に降り立った。

十一歳のルース・ロックフェラーは、その日、初等学校《エレメンタリー・スクール》を休んで、ＭｏＭＡの館長、アルフレッド・バーJr.とともに、フランスからやってきた特別なゲストを迎えるため、埠頭へやってきた。

わざわざ学校を休んでまで出迎えにきたのには特別な理由があった。

ルースが夢中になっているアーティスト、パブロ・ピカソの「超大作」が到着する

――との情報を、当時MoMAの理事長を務めていた父、ネルソン・ロックフェラーとアルフレッド・バーの両方に聞かされていた。

超大作のタイトルは〈ゲルニカ〉といった。

その作品はアメリカ国内の美術館をいくつか巡回し、最終的にはMoMAで展示されることになる予定だった。館長のアルフレッド・バーが企画した、ピカソの画業四十周年を記念する回顧展に出品されるのだ。

世界に先駆けた新しい美術館を標榜するMoMAにおいて、いったいどんな作品を、どのようなテーマで、どんな空間に展示するべきか。

この難しくも心躍る挑戦的な課題に取り組むべく初代館長に就任したのが、アルフレッド・バーだった。弱冠二十七歳だった彼は、しかしすでにモダン・アートの未来を見据えており、次々に画期的な展覧会を打ち出し、その後のMoMAの進路を決定的なものとした。

ルースの祖母で創設者の一人でもあるアビー・アルドリッチ・ロックフェラーは、この若き館長の後ろ盾となり、ありとあらゆる挑戦と改革を押し進めていくのに全面的に協力した。

そして、その見返りとして、アビーはアルフレッドに、孫娘であるルースにモダン・アートの手ほどきをしてくれるように頼んだ。ルースは祖母の影響もあって、早くからアートに深い興味を示していた。

アルフレッドは分刻みの多忙な日々を送りつつも、未来のアートの庇護者《ひごしゃ》となるであろう少女のルースをことあるごとに展覧会へ連れ出し、モダン・アートとは何か、熱心に、ていねいに教え込んだのだった。

――フランスからピカソの超大作がくることが決まったよ。それがまた、とてつもない作品なんだ。

ある日、アルフレッドがルースにそう打ち明けた。一九三八年のクリスマス頃のことである。

つい先日、あるスペイン人の若者がアルフレッドに会いにやって来た。MoMAが目下ピカソの画業四十周年の回顧展を企画していると知った彼は、そこに、ある「特別な一点」を加えないかと打診してきたのだ。そして、展覧会が終了したあとも、その作品をMoMAで保管してはくれまいか――と。

その「特別な一点」のタイトルは〈ゲルニカ〉という。

アルフレッドは耳を疑った。一年まえに開催されたパリ万博のスペイン館に展示されて、人々の耳目を集めた問題作である。その後、ヨーロッパ各国を巡回し、スペイン内戦で苦戦している共和国支援のための資金を集めるのに一役買っていたことは、アルフレッドもよく知っていた。

MoMAでのピカソ回顧展に是非とも入れたいと思ってはいたが、超大型の作品であり、輸送には手間も経費もとてつもなくかかってしまう。何より、本作がヨーロッパを出ることを画家本人が許すかどうか。——しかし、ピカソに直接出展を打診してみる価値はあると考えていた矢先であった。

パルド・イグナシオと名乗るその青年は、ピカソの特使として〈ゲルニカ〉世界巡回を仕切っているとのことだった。

アルフレッドが驚いたのは、向こうからMoMAへ〈ゲルニカ〉を貸し出すと言ってきたことよりも、展覧会後もMoMAで預かってほしいと頼まれたことだった。

——いったい、なぜ？　アーティストの命にも等しい大切な作品でしょうに。

アルフレッドの問いに、パルドは、だからこそなんです、と答えた。

——確かに、あの作品はピカソの命にも等しい。だからこそ、このさきヨーロッパ全体を巻き込むであろう戦争からあれを逃がしたいのです。

ほうっておけば、いつ、どこでフランコに、ナチスに狙われるかわからない。極めて危険な状況なのです。これ以上ないほど。

ピカソは、あの作品をできるだけ遠くて堅牢《けんろう》で安全な場所に匿《かくま》いたいと願っている。ファシストたちがどうあがいても指一本触れることができないほど、手堅い場所に。

それはどこか。──MoMA以外に考えられません。

二十歳の青年は、光を宿した真剣な瞳でアルフレッドをまっすぐにみつめながら、そう語った。

彼の提案に嘘《うそ》はない、ピカソは本気で〈ゲルニカ〉をアメリカへ逃がそうとしているのだ──とアルフレッドは直感した。

自分としては諸手を挙げて歓迎したいところだが、いずれにせよ、〈ゲルニカ〉をMoMAが受け入れるには理事会の承認が必要である。

あまりにも政治的なメッセージが色濃い本作を理事会が受け入れるかどうか。そして、輸送のコストをどうやって捻出するのか。

アルフレッドの懸念を聞いて、パルドはすぐさま言った。

──私を、理事長に……ネルソン・ロックフェラー氏に会わせてください。直接ご説明します。

ふつうであれば絶対に受け入れられない申し出だったが、世界の富豪のパワー・バランスを考慮してみれば、ロックフェラー家がヨーロッパの名門イグナシオ家を軽視するはずはないとアルフレッドは考えた。そして、この向こう見ずだが情熱の塊のような青年をネルソン・ロックフェラーに会わせたのだ。

会談の結果、理事長は〈ゲルニカ〉を受け入れることに同意した。フランスからの輸送コストもロックフェラー家が特別に提供するという特典付きで。

――まったく、君の父上は話が早い人だよ。こうと決めたら、全部さっさと進めてしまう。すぐれたリーダーというのはそういうものだ。

アルフレッドは愉快そうに笑って、ルースにそう言った。

――〈ゲルニカ〉がニューヨークに到着するとき、君も迎えにいくかい？

ルースは喜びではち切れそうになりながら答えた。

――ええ、アルフレッド。もちろんよ！

そして、その翌年、ついに〈ゲルニカ〉がニューヨークに到着した。

白い麻のスーツに身を包んでタラップを降りてきたパルド・イグナシオのもとへ、アルフレッド・バーとともにルースが歩み寄った。

――ようこそ、ニューヨークへ。私はルース・ロックフェラーです。父に代わって歓迎申し上げます。

頰を紅潮させて、ルースは右手を差し出した。パルドの白い歯がこぼれ笑顔になった。少女の華奢《きゃしゃ》な手をしっかりと握って、パルドは言った。

――はじめまして。あなたのことは、お父上からも、アルフレッドからも、伺っています。

ピカソから、どうか〈ゲルニカ〉をよろしく頼むと、あなたへの伝言を預かっています。

パルドの言葉はルースの胸にまっすぐに届いた。その言葉には真実の響きがあった。

荷下ろし後、〈ゲルニカ〉は、その頃西五十三丁目に新しくできたMoMAのギャラリー内にコンディション・チェックのためいったん搬入された。

コンディション・チェックにもルースは立ち会った。カーペット状に巻かれたカンヴァスが、ゆっくり、ゆっくりと広げられ、その全貌《ぜんぼう》を現した瞬間。

ルースの背後に立って開梱《かいこん》作業を見守っていたパルドが、ごく静かな、しかしじゅうぶんな熱をもって語りかけるのを、ルースは確かに聞いた。

――〈ゲルニカ〉は、反戦のシンボルであり、「ピカソの戦争」の象徴なんだ。そしてそれは、「私たちの戦争」の象徴でもある。

ピカソの戦争。それはすなわち、私たちの戦争。

わかるかい？ ルース。

ピカソが、私たちが戦っている敵は——「戦争」そのものなんだ。

私たちの戦い。それは、この世界から戦争という名の暴力が、悪の連鎖がなくなる日まで続くんだよ——。

第七章 来訪者

一九三九年四月八日 パリ

セーヌ河に浮かぶシテ島の先端を横切って、右岸と左岸を結ぶ橋、ポン・ヌフに、ドラ・マールは佇《たたず》んでいた。

月のない肌寒い春の夜である。ドラは、欄干に身を委《ゆだ》ねて橋の下を滔々《とうとう》と流れゆく水面《みなも》にぼんやりと視線を放っていた。

新しい橋《ポン・ヌフ》——と名付けられているその橋はパリでいちばん古い橋であった。一六〇七年からこのかた、幾多の補修を受けながらも、竣工《しゅんこう》時のままの姿でいまなおセーヌ河の上に横たわっている。

この橋のように、パリには、幾度かの革命、あまたの流血事件、市民蜂起《ほうき》、戦争を経験しながらも、造られた当時のままに残っている建造物が数多くある。そして、十九世紀半ばから繰り返し開催されてきた万博のために、新たに造られた最先端の建物や施設も。

古いものと新しいものが混在する、それでいて決して雑多ではない。それがパリという街だった。

パリ市街の中心部にあり、道幅も広いことから、ポン・ヌフは古くから交通量の多い橋だった。そして、小さな連続するアーチでかたち造られた橋梁《きょうりょう》はセーヌの淡い緑色の水面によく映えた。朝には荷車が、昼間には自動車がひっきりなしに行き交い、宵闇が迫る頃には恋人たちが肩を寄せ合ってそぞろ歩く。

そのうつくしい橋の上で、ドラはひとりきりだった。

夜八時、宵っ張りのパリではまだ早い時間である。にもかかわらず、行き交う人の姿はなかった。ときおり自動車がうなりを上げて通り過ぎてゆくばかりだ。

まだ明るさの残る西の空にはエッフェル塔の影がうっすらと見えた。つい最近までは、塔全体に電飾が点り、夜空に浮かび上がるシルエットが美しかった。世界でいちばん華やかな芸術の都、パリはここなのだと高らかに宣言するかのごときその姿。しかし、もはやイルミネーションがエッフェル塔を際立たせることはなくなっていた。

ドラは、冷たい石の欄干の上に両肘《ひじ》をついて、次第に暗くなっていく空にうつろな目を向けた。

——帰ってこない。

ピカソが帰ってこない。一週間ほどまえ、グランゾーギュスタンのアトリエを出ていったきり。行き先も告げずに。

ドラの胸はただそのことばかりに苛《さいな》まれていた。

ピカソが帰ってこない、何をしていてもその現実が攻めてくる。いつのまにか、胸の中を得体の知れない魔物に占領されてしまったかのようだ。

——苦しい。死んでしまいそうなほど。

ピカソと付き合い始めて三年ほど、これほどまでに苦しい思いをしたことはついぞなかった。

ピカソにはオルガという妻がいる。マリー＝テレーズという愛人と、彼女が産んだ娘がいる。

それがなんだというのだろう？　何がピカソと自分が付き合うことに支障をきたすというのだろうか？

そんなふうに現実を突っぱねてきた。

むしろ快感ですらあった。妻も愛人も娘も立ち入ることは決してできない特別な関係を、自分はピカソとのあいだに築いてきたのだから。

写真家として〈ゲルニカ〉制作の過程をカメラに収め、芸術家として〈ゲルニカ〉を擁護してきた。妻や愛人ができないことを自分は為《な》し得たのだ。が、その一方で、妻でも彼の子供の母親でもない、ピカソにとって何者でもない自分の立ち位置に漠然と不安を覚えることもしばしばあった。もしもピカソが去っていく日がきたとしたら、いったい自分は何をもって彼を引き止めることができるだろうか。

何をばかな。——その日がきたら、それまでのことではないか。

泣いてすがるなど死んだってするものか。自分はそんなかわいい女じゃない。か弱い女でもない。

行くなら行けば？　と背中を向ける。——それまでのこと。

そう覚悟を決めてきたはずだ。

ピカソとの関係が永遠に続くなどあり得ない。だからこそ、スリルがあって燃え上がるのだ。

いっときでいい。ほかの何も目に入らぬほど自分だけをみつめさせたい。自分だけを愛させたい。欲望のすべてをこの一身に注がせたい。

いっときだからこそ、いいのだ。

そう割り切ってきたはずだった。

それなのに——。

ドラは再び、とどまることを知らずに流れ続けるセーヌの川面に視線を移した。ほんの一瞬、橋の上から身を躍らせて川面めがけて落ちてゆく自分の姿が見えた。背筋がぞっとして、思わず自分の両手で自分の肩をぎゅっと抱く。

ピカソの行方が知れなくなることはこれが初めてのことではない。気まぐれな彼は、行き先も告げずにふらりといなくなることがよくあった。

そんなとき、たいていはマリー＝テレーズと娘のもとへ出かけているとわかっていた。

あんな男でも娘はかわいいものなのだろうか。

そう考えると、たちまち嫉妬《しっと》の焔《ほのお》が赤い舌で胸の裡《うち》をなめるのを感じる。

自分には、マリー＝テレーズにとっての娘のような、とっておきの切り札が何もない。あるのは、〈ゲルニカ〉を収めたローライフレックスがひとつと、高慢ちきな心だけ。

三十歳を超え、このさきは次第に容姿も衰えていくだろう。生きていく限り、一日いちにち、女としての魅力が衰えるのを止めることはできないのだ。

だったら、いっそ死んでしまったら？　あの人に美しいと賞讃されるうちに。愛してもらえるあいだに。

そんな思いが脳裡《のうり》をかすめ、背中に寒気が走る。

——死んでどうするっていうの？　私が死んだら、あの人が悲しむとでも？　戦争で、幾千、幾万の命があっけなく消えてしまうこんな時代。私ひとりが死んだところで、世界はなんにも変わりはしないわ。

ドラは顔を上げて夜空を仰いだ。

星のひとつも見えない、暗く曇った夜空。いつか、この空を突っ切って戦闘機が飛来する日があるのかもしれない。

ピカソがアトリエを出て丸一週間行方知れずになってしまったわけを、ドラは痛いほどわかっていた。

四月一日。フランシスコ・フランコがスペイン内戦の終結宣言を行った。

年初のバルセロナ陥落に続いて、フランコ率いる反乱軍はスペイン共和国軍を一気に追いつめた。これにより、数十万人のスペイン国民が難民となり、ピレネー山脈を越えてフランスへと亡命した。もはや反乱軍優位は動かざるものとして、フランスとイギリスは二月にはフランコの反乱軍政府を正式に承認した。

そして三月二十八日、ついにマドリッド陥落。スペイン全土の制圧を果たしたフランコは、すぐさま内戦終結を世界に向けて宣言したのだった。

各国の反応は複雑だった。スペインが軍事政権となったことはもはやくつがえらない事実である。こうなると、各国が気味悪く感じるのはスペインではなく、スペインを支援したナチス・ドイツのほうだ。

ヨーロッパで存在感を一気に高めたヒトラーは、次なる獲物《えもの》に狙《ねら》いを定めている。まずはオーストリアを併合し、チェコスロバキアのズデーテン地方を手中にした。さらにはポーランドに触手を伸ばそうとしている。

スペイン内戦終結宣言の衝撃が疾風のごとくパリの街を吹き荒れたその日、ピカソはアトリエを出ていった。

四月二日の朝、キオスクで買った新聞によって内戦終結を知ったドラは、大急ぎでピカソのアトリエへと駆けていった。とてつもなく厭《いや》な予感がした。

アトリエにはピカソの秘書のハイメがいた。ドラの姿を見ると、色をなくした顔でハイメが言った。

――ピカソが消えたよ。

どんなときでも必ず行き先を告げる親友にも、ピカソは何も言わずに姿を消したのだ。

あれから一週間。

押し寄せる不安から逃れるために、ドラは食事もろくに取らず、酒ばかりをあおって過ごした。

ほんの少しでも心に隙間《すきま》ができると、押しつぶされそうになる。

もちろん、ピカソは死んだりしない。そんなことは絶対にない。

故国がファシストの手に陥《お》ちたことに、とてつもない怒りを爆発させているはずだ。

やり場のない怒り、憎しみ、悲しみを増幅させ、打ちのめされていることだろう。

それでも、あの男は死んだりはしない。むしろ、爆発する感情のすべてをカンヴァスにぶちまけるはずだ。

そうすることによって、生きるバランスを保ってきた。彼は、そういう人間なのだ。

そういう画家なのだ。

死んだりはしない。生きて、生きて、生き抜くはずだ。描いて、描いて、描いて——そうすることで、ファシストに、戦争に復讐《ふくしゅう》するはずなのだ。

セーヌ河のほとりに佇んで、何度も何度もドラは自分に言い聞かせた。

きっと、帰ってくる。

たとえ私のもとに帰ってこなかったとしても——グランゾーギュスタンのアトリエへ、必ず帰ってくる。

なぜなら、〈ゲルニカ〉が待っているのだから。

巨大なカンヴァスは丸められ、しっかりと梱包され、まもなくアトリエから搬出される。大西洋を渡って、アメリカへ、ニューヨークへ、MoMAへと旅立っていくのだ。

迫りくる戦争の足音、ファシストの汚れた手に触れられるまえに。

ひと月ほどまえの、二月下旬の午後。

グランゾーギュスタンのピカソ邸のドアが、かっきり三回、ノックされた。

キッチンでコーヒーを淹れていたドラは、ガスの火を止め、壁に掛かっている鏡をのぞいて髪を整えると、急ぎ足で玄関へ向かった。

ドアの向こうに現れたのは、いつものように品よくウールのスーツを着こなしたパルド・イグナシオ。そして、襟元にレジメンタル・タイをきりっと締め、銀縁の丸眼鏡をかけた知的な風貌の男だった。

「ご紹介します。こちらはムッシュウ・アルフレッド・バー。ニューヨーク近代美術館の館長です。アルフレッド、こちらはドラ・マール。写真家であり、芸術家です」

フランス語でパルドに紹介されて、ドラは真っ赤なマニキュアの爪《つめ》がきれいに並んだ手を差し出した。

「初めまして。ようこそパリへ」

アルフレッドはその手を取って軽くキスをした。いかにも上流階級のマダムを扱い慣れているその様子に、ドラはたちまち好感を持った。

「お目にかかれて光栄です。あなたのお仕事ぶりはムッシュウ・イグナシオから伺っています。精力的に写真を撮られているそうですね。作品を拝見できればうれしいです」

流暢《りゅうちょう》なフランス語でアルフレッドが挨拶《あいさつ》した。ピカソに会いにきたにもかかわらず、まずは自分を芸術家として尊重してくれている言葉は、お世辞であれ、うれしかった。

「ありがとう。ピカソもあなたの訪問を待ちかねていましたわ。さあ、どうぞ中へ」

MoMA館長、アルフレッド・バー Jr.。MoMAの創設と同時に、二十七歳で館長に抜擢されて十年が経《た》っていた。次々に斬新な展覧会を企画し、「モダン・アートとは何か」を定義づけてきた。いまやモダン・アートの世界でその名を知らぬ者のないほど、彼の存在感は決定的なものとなっていた。

一九三九年はM o MA創設十周年であった。それを記念すると同時に、ピカソの画業が四十周年となるのを記念して、アルフレッドは、アメリカ初となるピカソの大回顧展の計画を画家本人に持ちかけようとしていた。

もともと計画されていたのだが、昨年末に〈ゲルニカ〉をアメリカ巡回させるアイデアをパルドが持ち込んできたのをきっかけに、一気に具体化し、出品作品の交渉を直接ピカソとするためにパリへとやって来たのだった。

雑然と物があふれるリビングに通されたアルフレッドとパルドがソファに落ち着くと、奥の部屋のドアが開いてピカソが現れた。アルフレッドは、すぐさま立ち上がった。その顔は喜びで輝いていた。

「ようこそ」

短く言って、ピカソはアルフレッドと握手を交わした。アルフレッドはしばらく言葉が出ないようだった。素直に感激しているのが伝わってきて、かたわらに佇んでいたドラは、ほんのりと胸が熱くなった。

スペイン内戦が混乱の一途をたどり、ファシスト国家が台頭し、一触即発の状況を呈しているヨーロッパへ渡航するのは危険極まりないはずだ。しかしアルフレッドはやって来た。——ピカソに会う、ただそれだけのために。

「あなたがアーティストとして為されてきたすべてを、アメリカで見せたいのです」

熱を帯びた声でアルフレッドは言った。

「パリへやってきた直後に描いた青い色調を帯びた初期作品、ばら色の作品群。あの革新的な一作『アヴィニョンの娘たち』。キュビスムの時代の画期的な一連の作品、シュルレアリスティックな作品の数々。そして、たったいまあなたが描き続けているもの。——そのすべてを私に預けてくださいませんか。そうすることでスペイン内戦の実情にアメリカの目を向け、支援を促したいのです」

ピカソは、この世界のすべてを見透かすような黒々とした目でじっとアルフレッドをみつめていた。そして、言った。

「君の企画にできる限り協力しよう。ただ——そうするにあたって、私のほうからも頼みがあるんだが」

アルフレッドは、たじろぎもせずにピカソをみつめ返した。

「……なんなりと」

ピカソは、アルフレッドと視線を合わせたまま、静かな声で言った。

「〈ゲルニカ〉を受け入れてほしい」

ドラは息を殺して、対峙するふたりをみつめた。パルドも同じだった。

アルフレッドは、まっすぐにピカソに向き合って、はっきりと澱《よど》みのない口調で返した。

「それこそが、私が望んでいたことです。〈ゲルニカ〉抜きのパブロ・ピカソの回顧展はあり得ない」

そう言うと、アルフレッドは真剣なまなざしをピカソに向けて、告げた。

「どうか、お願いです。〈ゲルニカ〉を、ニューヨークへ——私たちの美術館へお貸しください」

ピカソは、黒曜石のように輝く瞳《ひとみ》でアルフレッドをみつめていた。しばらくの沈黙のあと、厳かな声で画家ははっきりと答えた。

「君のもとに〈ゲルニカ〉を送ろう。——ただし、ひとつ条件がある」

——展覧会が終わったあとも、そのまま、あの作品をMoMAに留めてほしい。

スペインが真の民主主義を取り戻すその日まで、決してスペインには還さないでほしい。

それだけが、たったひとつの条件だ——。

二〇〇三年四月一日　ニューヨーク

瑤子が住むチェルシー地区のアパート。寝室の窓から、その朝、すっきりと晴れ渡った青空が見えた。

窓の右横の壁には、フレームに入った小さな白い鳩《はと》のドローイングが掛かっている。春らしいベージュのパンツスーツを身につけた瑤子は、クローゼットの扉の内側の鏡をのぞき込み、ブラシで髪をとかしていた。鏡の中に向かい側の壁に掛かっている鳩のドローイングが映り込んでいる。瑤子は鏡の中でしばらくそれをみつめてから、クローゼットの扉を閉めた。

――まさか、これ……ピカソの「鳩」？

八年まえのこと。いまは亡《な》き夫、イーサンのプロポーズを受けたあと、彼から「エンゲージのしるしに」と贈られた箱。エンゲージリングにしてはずいぶん大きな箱ね、と瑤子は、うれしさをごまかすように、ちょっとふざけてそう言った。白いリボンを解き、ふたを開けて中から現れたのは、小さな、しかしまばゆいばかりの躍動感を放つ一枚のドローイングだった。ひと目見た瞬間に、パブロ・ピカソの直筆のものであると瑤子にはわかった。本物だけが持つ輝きが小さな鳩の絵に満ちていた。

——信じられない……ほんとに？

瑤子は顔を上げてイーサンを見た。イーサンの目が少し照れくさそうに微笑《ほほえ》んだ。喜びと愛《いと》おしさとが胸いっぱいにこみ上げて、瑤子は思い切りイーサンの首に抱きついた。

——まだ返事を聞いていないよ、ヨーコ？ プロポーズの返事。……僕と結婚してほしい。イエス、と言ってくれるかな？

イーサンのやさしい声が耳もとで響いた。何度も何度もうなずいて、瑤子は、イエス、イエス、イエス、と繰り返し答えた。

——愛してるよ、ヨーコ。

——私もよ、イーサン。

瑤子は、壁に掛かった鳩のドローイングの前に歩み寄った。そのまま、じっとみつめる。そして、心の中で亡き夫に呼びかけた。

——イーサン。

とうとうこの日を迎えてしまったわ。……「ピカソの戦争」展の記者会見の日を。なんとか今日までに、と思って努力したけれど……やはり〈ゲルニカ〉をマドリッドから引き出すことはかなわなかった。

あなたを奪い去られてしまった二〇〇一年九月十一日。あの日から、世界じゅうに憎悪《ぞうお》が広がった。

その後、いったい誰が敵なのか、その敵はどこにいるのか、何をしようとしているのか、よく見えない状態のまま、イラク戦争が始まった。憎悪は次々に連鎖して、終わりがない戦いのよう。

その憎悪を断ち切るために、アートがいったいどんな役に立つのか。

そんな問いかけをしてみたかった。――この展覧会を通して。

七十年近くまえに、ピカソが筆一本で戦い、一枚の絵〈ゲルニカ〉で挑んだ、その気概をこそ、この展覧会でもう一度見せつけたかった。

あのときのピカソの思いは、いまの私たちの思いなのだと証明したかった。

国連安保理会議場のロビーの壁面に展示されていた〈ゲルニカ〉のタペストリーが暗幕で隠されてしまった――その真意を質すためにも。

イーサン。……あなたのためにも。

けれど……。

瑶子は、静かに「鳩」のドローイングをみつめた。それから、ストールを襟元に巻くと、ショルダーバッグを提げて、部屋を出た。

M o M A《モマ》 Q N S《クイーンズ》のオーディトリアムは大勢のメディア関係者でにぎわっていた。会場の後方には白いクロスが掛けられた長いテーブルが据えられ、コーヒーとペーストリー、クッキーがふるまわれていた。来場者たちは、コーヒーを片手に、事前に配付されたプレス・キットを開いている。プレスリリースには「ピカソの戦争」の文字が印刷されている。

午後一時五分まえに、M o M A館長のアラン・エドワーズ、絵画・彫刻部門チーフ・キュレーター、ティム・ブラウン、そして瑶子が、控え室から会場へと入ってきた。前方の椅子《いす》に三人並んで座る。

右の肩先をつつかれて、見ると、ニューヨーク・タイムズの記者、カイル・アダムスだった。カイルは軽く片目をつぶって見せた。瑶子はいつになく引っ込み思案な笑顔で応《こた》えた。

昨夜、瑶子はカイルからの電話で尋ねられた。演説台《ポディウム》はどっち側に設置されるの？

君の目の前に座るようにするよ。カメラマンを連れていくからベスト・ショットをくれるかな、と。

それから、こうも訊《き》かれた。——やはり、〈ゲルニカ〉は難しかったのかい？

カイルは、瑤子の企画「ピカソの戦争」展の準備過程をずっと追いかけていた。今回の展覧会を仕掛けた瑤子の真意を理解してくれ、ともに動いてくれた「戦友」であるカイルに、瑤子は嘘《うそ》を言いたくはなかった。けれど、ひと言だけ告げるに留めた。

——明日の記者会見ですべて話すわ。

午後一時きっかりに、オーディトリアムのポディウムにMoMAの広報部長、アグネス・シンプソンが立った。

「本日はお集りいただきありがとうございます。本年五月二十三日より、ここMoMA QNSにて開催予定の特別展『ピカソの戦争』について、ご説明いたします。まず、当館館長のアラン・エドワーズよりご挨拶申し上げます」

アランが立ち上がり、ポディウムに歩み寄った。この展覧会が開催されることになった経緯、そして意義を、まずは館長が簡単に説明する。次に、瑤子がプレゼンテーションを行うことになっており、その瞬間は五分後に迫っていた。

瑤子は軽く目を閉じて呼吸を整えた。

来場者の手元に配付されたプレス・キットには、展覧会のコンセプトや概要を説明するテキストと展示予定の作品の一部の写真が入っている。そこに〈ゲルニカ〉は入っていなかった。

——〈ゲルニカ〉が出品されるかもしれない。

あの超大作が、このタイミングで再びニューヨークに、MoMAに戻ってくるかもしれない。とすれば、相当なニュースヴァリューがある。

勘のいい一部のマスコミ関係者のあいだでそんな憶測が流れていた。

おりしも、アメリカ軍を中心とした有志連合がバグダッドに空爆を仕掛け、イラク戦争が勃発《ぼっぱつ》しているこの時期である。しかも、国連安保理会議場のロビーに展示されている〈ゲルニカ〉のタペストリーに何者かが暗幕を掛けた。〈ゲルニカ〉の周辺に、何やらトリッキーなにおいが漂っている。

そして、企画者であるキュレーターの八神瑤子は夫を9・11のテロで亡くしている。

この展覧会には、彼女のとっておきのメッセージが秘められているはずだ——。

「次に、本展の企画を担当しました絵画・彫刻部門キュレーター、ヨーコ・ヤガミより、本展についてプレゼンテーションをいたします」

アグネスの紹介とともに、瑤子は立ち上がった。ポディウムに進むと、マイクの位置を直した。足も手もかすかに震えている。記者会見におけるプレゼンテーションはこれが初めてのことではないが、いつになく緊張していた。

――仕方がない。どう考えても、やはり〈ゲルニカ〉を引き出すのは至難の業だよ。

マドリッドでの交渉が不調に終わったことを、瑤子は直属のボスであるティム・ブラウンに報告した。理事長であるルース・ロックフェラーが、〈ゲルニカ〉貸出の鍵《かぎ》を握るアート界の大物、パルド・イグナシオにコンタクトして面談の機会を作ってくれたことも、包み隠さず話した。ただし、バスク地方で何が起こっているのかを確かめるために単独でビルバオを訪問したことは打ち明けなかったが。

――君はじゅうぶんよくやってくれた。記者会見では、〈ゲルニカ〉出展の可能性について意地の悪い質問が飛んでくるかもしれないが、正直に言えばいい。残念ながらその可能性はない、とね。

「ピカソの戦争」と銘打っているのに、〈ゲルニカ〉の出展はない。

それは、瑤子にとっての――そしてMoMAにとっての敗北宣言にほかならなかった。

しかしながら、代替案を検討してもいた。——ロックフェラー家が国連に寄託している〈ゲルニカ〉のタペストリーを借りてくる。この案についてはルースに内々に承諾を得ていた。

一度は暗幕の下に沈められたあの作品を、堂々と美術館の壁に展示するのだ。それでもじゅうぶん話題になるだろう。

瑤子は軽く息を吸い込んでから話し始めた。

「本日はご来館ありがとうございます。『ピカソの戦争』展について説明いたします。……ご存じの通り、ピカソはMoMAにとって特別なアーティストです。一九三九年には、初代館長、アルフレッド・バーの企画による、アメリカにおける最初の回顧展『ピカソ：芸術の四十年』を開催、また、一九八〇年には、同作家の最大級の展示規模と過去最高の動員数を記録した『パブロ・ピカソ回顧展』を開催しました……」

前方のスクリーンに展示予定作品を一点一点映し出しながら、瑤子は、企画の概要について説明した。特に、この展覧会を「いま」ニューヨークで開催することの重要性については、かなりの時間を割いて熱っぽく語った。

もともとは別の企画展を開催する予定だったが、9・11後、深い傷を負ったニューヨークから「暴力の連鎖は結局何も生まない」というピカソのメッセージをあらためて発信する重要性を、この展覧会を通して再認識していただきたい――。

話し始めて一分と経たないうちに緊張はとけていった。瑤子はよどみなく語り続け、二十分ほどのプレゼンテーションを終えた。

質問の段になると、すぐに複数の記者が挙手した。カイルは黙って両手を組み、事の次第を見届けようというポーズを取っていた。

最初に質問を投げかけたのは、辛口コメントで有名なインターナショナル・ヘラルド・トリビューンの美術担当記者、ジョナサン・クレッグだった。

「『ピカソの戦争』というからには、当然、〈ゲルニカ〉が出展されるものと思っていました」

――きた。

瑤子は自然と身構えた。その質問以外には、おそらくどの記者も訊きたいことは何もないのだろう。

「あなたがプレゼンテーションの冒頭で挙げた、MoMAにおける過去二回のピカソの展覧会には、どちらも〈ゲルニカ〉が出展されていますね。大変野心的なあなたの企画にあの作品が出ないのでは、テーマから言って開催する意味がないのでは?」

挑発的な質問に会場内にざわめきが起こった。瑤子は、一瞬、口ごもって視線を泳がせた。すかさず、ティムが（正直に答えても構わないよ）と言うように、瑤子に目配せをするのが見えた。

そうだ。もはや正直に答えるしかない。そして、〈ゲルニカ〉のタペストリーの出展を検討していることを話さなければ――。

瑤子は、ほんの数秒間、下を向いて呼吸を整えた。それから顔を上げると、クレッグのほうを向いて、「その質問についてですが――」と語りかけた、そのとき。

控え室に続くドアがさっと開いて、ひとりの女性が急ぎ足で会場に入ってきた。ルース・ロックフェラーの秘書、デイジーだった。はっとして、瑤子はデイジーのほうを見た。

デイジーは無言でポディウムに駆け寄ると、一枚のメモを瑤子の手元に滑り込ませた。

このメモを見たら、記者会見を放棄して、ただちにラガーディア空港に直行してください。

私の飛行機《ジェット》でパルド・イグナシオに会いにいきます。同行して。ルース瑶子は息を止めた。

メモをつかんでポケットにねじ込む。そして「すみません、あの……」とマイクを通さずに言った。

「その質問には、答えられません。……失礼します」

言うなり、踵《きびす》を返してポディウムから立ち去った。驚いたティムがあわてて立ち上がった。突然のプレゼンターの退場に、会場は騒然となった。

「ちょっ……待てよヨーコ。いったいどこへ……」

大声で呼び止めたのは、館長でもティムでもなく、カイルだった。が、瑶子はもはや振り向かなかった。

記者会見の翌日、朝八時。

ルース・ロックフェラーとともに、瑶子は、パルド・イグナシオ邸に再び戻ってきた。

信じられない展開だった。ほんの十日ほどまえ、瑶子はこの邸を辞した——絶望とともに。それなのに、こうして帰ってきたのだ。ルースに連れられて。

十二時間まえ、ロックフェラー家から差し向けられた黒塗りのリムジンに乗って、

ＭｏＭＡ ＱＮＳからラガーディア空港へ急行した。ＩＤとしてパスポートを持ち歩いていたので、出国手続きはすぐに完了した。駐機場にはロックフェラー家のプライヴェート・ジェット、ガルフストリームＧ５５０が待機していた。イースト・リバーから吹きつける風にあおられながら、すでに離陸準備が完了している機内へと瑤子は乗り込んだ。クリーム色の本革シートでは、どんなときもエレガントなルースが、淡いピンク色のニットと白いパンツ姿で瑤子の到着を待ち構えていた。

——パルドに会いにいくわ。

瑤子がシートベルトを着けるなり、ルースが言った。

——なんとしても〈ゲルニカ〉をもう一度ニューヨークへ連れてくる。……いいわね、ヨーコ？

絶対に譲らない、という確固たる強さがその口調に込められていた。瑤子の胸中に湧《わ》き上がった感動、そして畏敬《いけい》の念は空恐ろしいほどだった。

ついに、ルース・ロックフェラーが動いた。

瑤子の胸は潰れそうに高鳴った。

パルド・イグナシオを動かすために。——〈ゲルニカ〉を動かすために。

そしてふたりはイグナシオ邸に到着したのだった。

ふたりが通された応接室には、マントルピースの上にピカソの静物画が掛けられていた。一九二〇年代のシュルレアリスム時代の特徴的な一作で、窓辺に留まった白い鳩が羽ばたき、室内のテーブルにはリンゴとオレンジがこんもりと盛られた皿が置いてある。カタログレゾネで見かけたことのある作品だった。これはカタログレゾネでは「個人蔵」となっていて所蔵先はつまびらかにされていない。これはここにあったのか、と瑤子は内心驚きを禁じ得なかった。

壁の絵に吸い込まれそうになっている瑤子の様子を見て、ルースが小声で言った。

「あの作品……驚いた？」

「この一点だけじゃないわよ。パルドは選りすぐりのピカソの作品を所有しているわ。カタログレゾネに載っていないものもね」

百点以上は持っているはずだと言われて、瑤子は声も出せなくなってしまった。いったいどれほどのコレクターなのだろう。そしてどれほど深い親交をピカソと結んでいたのだろう。

ノックの音がした。ソファに腰かけていたルースと瑤子はすぐさま立ち上がった。重厚なドアが観音開きに開いて、黒いスーツに赤いタイを締めたパルド・イグナシオが現れた。

「ああ、パルド！」

ひと声叫んで、ルースが駆け寄った。ふたりはしっかりと固く抱擁し合った。ふたりが長年育み続けたあたたかな友情を感じて、瑤子はふいに目頭が熱くなった。

「君はいくつになってもやんちゃなお嬢さんだね、ルース。急に来るというから、首相との朝食会を中座して帰ってきたよ」

パルドは冗談めかして言った。が、おそらくほんとうのことなのだろう。ルースは、

「ごめんなさい」と少女のようにはにかんで返した。

「ひどいことをしてしまったわ。あなたにも……ヨーコにも」

パルドは瑤子に目を向けた。瑤子は、「またお目にかかれて光栄です」と右手を差し出した。パルドは、その手をしっかりと握った。

「来月ＭｏＭＡで開催される彼女が企画した展覧会『ピカソの戦争』についての記者会見が開かれていたの。けれど、その真最中に、パルドに会いに行きましょう、って大至急空港へ来るようにって伝言を入れたのよ。一緒にパルドに会いに行きましょう、って」

ルースが説明した。パルドは、「まさか」と目を丸くした。瑤子は肩をすくめて見せた。

「正確には『パルドに会いにいきます。同行して』と。お断りする余地はまったくあ

りませんでした」

パルドは、目を丸くしたままルースをみつめた。ルースはにっこりと笑顔になった。

「まったく。……君という人は……」

パルドはくすくすと笑い出した。そして、ルースと瑤子、ふたりの肩に手を置いて言った。

「わかった、わかった。君たちの気概はじゅうぶんに理解したよ。話を聞こうじゃないか」

三人はマントルピースの前のソファに座った。向かい側に腰かけたパルドの背後にピカソの絵が見える。瑤子は、さっきからずっと続いている胸の高鳴りを抑え切れない気持ちだった。

いったい、ルースがどんな話をパルドに持ちかけようとしているのか。それに対して、パルドがどう反応するのか。まったく想像もつかなかった。

イグナシオ家専属のソムリエがよく冷えたカヴァを持ってきた。フルートグラスに泡立つ液体が注がれ、ソムリエが部屋を出ていくと、グラスを手にしてパルドが言った。

「どんな話であれ、君たちがその話をするためにここへ来てくれたことを歓迎しよう」

乾杯、とグラスを掲げた。ルースと瑤子も同様にグラスを持ち上げた。さわやかな泡がのどをくぐる。決して酔ってはいけない、今日は記念すべき日になるはずだから――と瑤子は自分に言い聞かせた。

「率直に申し上げていいかしら」

洗練されたしぐさでグラスをテーブルに置くと、ルースが切り出した。パルドは「もちろんだとも」とにこやかに応えた。

「君が率直でなかったことなど、いままでに一度もないだろう?」

その通りだ、と瑤子は胸中でうなずいた。ルースは、女神のような微笑を浮かべて、言った。

「私たちには〈ゲルニカ〉をニューヨークで展示する権利があります」

パルドの顔から妹を見守るような温和な笑みが消えた。瑤子は、たちまち全身がこわばるのを感じた。が、ルースはいささかも臆《おく》することなく続けた。

「私と初めて会ったとき、あなたは言っていたわね。〈ゲルニカ〉は反戦のシンボルであり『ピカソの戦争』の象徴なんだと。そしてそれは、『私たちの戦争』の象徴でもあるんだと」

ピカソの戦争。それはすなわち、私たちの戦争。
わかるかい？　ルース。
ピカソが、私たちが戦っている敵は——「戦争」そのものなんだ。
私たちの戦いは、この世界から戦争という名の暴力が、悪の連鎖がなくなる日まで続くんだよ——。

「あれから六十年以上経ったいま、悪の連鎖はなくなっていない。9・11のテロ、アフガニスタン空爆、そして今回のイラク戦争。悪の連鎖はどんどん増すばかりよ。アメリカのイラク攻撃を国連安保理ですら止めることはできなかった。あなたも知っての通り、パワー長官がイラク空爆に踏み切ると発表したとき——ピカソのメッセージは暗幕の下に隠されてしまったのよ」

〈ゲルニカ〉のタペストリーに何者かが暗幕を掛けた一件を、パルドが知らないはずはなかった。

「あのタペストリーは、父・ネルソンが世界平和を祈ってピカソに依頼して創ったものの。当家から国連に寄託していたものです。それを、当家になんの断りもなく暗幕が掛けられてしまった……」

あのときの怒りと困惑が蘇ったのだろう、ルースの声は少し震えていた。パルドは岩のように固まって微動だにしない。瑤子はふたりの様子を黙って見守った。

「……それは君の個人的な話じゃないか、ルース？」

ややあって、パルドが言った。ごく静かな声で。ルースは口をつぐんでパルドを見た。

「確かに、君になんの断りもなしにあのタペストリーに暗幕が掛けられたことは、不本意だっただろう。けれど、だからといって、なぜ君たちが本物の〈ゲルニカ〉をニューヨークで展示する権利がある、と言い切れるんだ？」

重苦しい沈黙が立ち込めた。瑤子は、息を殺してルースの答えを待った。

ルースはしばらく黙ったままでうつむいていたが、やがてゆっくりと顔を上げると、パルドをまっすぐにみつめて言った。

「もしもオリジナルの〈ゲルニカ〉がニューヨークへ『帰還』を果たしたら、〈ゲルニカ〉を狙うテロリストの脅威に屈しなかった証《あかし》になるわ」

大切なのは、暗幕などでは決して隠すことのできないピカソの真実の叫びを世界に向かって放つこと。

そう、かつて〈ゲルニカ〉を四十年以上も守り続けてきたMoMAから、もう一度。

ルースは、はっきりとそう言った。

瑤子は、知らず知らず、膝《ひざ》の上に載せていた両手を固く握りしめていた。

そうだ。その通りだ。私が、「ピカソの戦争」展を通してしたいことは、まさにその一点なのだ。

私たちは、断固戦う。——戦争と。テロリズムと。負の連鎖と。私たちは、ピカソの遺志を継いで、アートを通して戦うのだ。

パルドは、やはり黙ったままで、ぴくりとも動かずにいた。ルースは、パルドを正面にみつめながら、ごく静かな声で告げた。

「もしも〈ゲルニカ〉をニューヨークへもう一度送り込むことに同意してくださるなら——とっておきのアイデアがあるの。聞いてくださる?」

パルドはルースをみつめたままだ。瑤子は全身を耳にしてルースのアイデアに聴き入った。

パルドの背後、マントルピースの上に掛けられた絵の中で、窓辺に留まった白い鳩がいまにも飛び立ちそうに羽ばたいていた。

第八章　亡命

一九三九年十二月一日　ロワイヤン

ビスケー湾を臨む浜沿いの道を、シルクのスカーフで黒髪の頭をきっちりと巻いたドラ・マールが、ひとり、歩いていた。

後ろから、ピカソの愛犬、グレーハウンドのカスベックがついてくる。ときおり道端に立ち止まって、鼻をさかんに動かし、しばらくしてドラに追いつく。ドラと犬のあいだの距離は、広がったり縮まったりを繰り返していた。

冬のおだやかな午前中である。大西洋の波はやや荒れてはいるものの、水蒸気に包まれた上空はふんわりとやわらかに白くかすんでやさしい色に染まっていた。

九月下旬にやって来たときには、町中も浜辺ももっとにぎわっていた。いまは人影もまばらで、こうしてのんびり犬を連れて歩く人など皆無だった。

そう、夏の終わりから秋にかけて町中をひっきりなしに往来していたのは、フランス軍の兵士たちを乗せた軍用車両。

軍服に身を包んだ若者たちが、無表情な顔つきで、幌《ほろ》のかかった枯れ草色のトラックに乗せられ、物も言わずにどこかへ連れ去られていくのを何度も見かけた。町角のカフェのテーブルで、ピカソや友人たちとともに、ボルドー産のワインを飲んで少し明るい気分になってきたときに限って、その横を軍用車両が行き過ぎるのだ。その都度、ついさっきまで陽気な会話に興じていたピカソは、たちまち眉《まゆ》を曇らせ、むっつりと黙り込んでしまう。太陽が雲に隠れてしまったように、そのあとのテーブルはしらけた空気が漂うのが常だった。

——戦争が始まる。

一九三九年四月一日、スペイン反乱軍の将軍、フランシスコ・フランコがスペイン内戦の終結宣言を行った。英仏に続きアメリカもフランコ率いるナショナリスト政権を承認。事実上共和国政府は崩壊し、スペインには新たにファシスト政権が誕生した。

その結果、ファシスト国家がヨーロッパの一大勢力となった。ヒトラーのドイツ、ムッソリーニのイタリア、そしてフランコのスペイン。特に、ヒトラーは自分自身がヨーロッパの覇者となるとあけすけに語っており、ドイツ周辺の国々は戦々恐々としていた。

ドイツは一九三八年三月にオーストリアを併合。続いてチェコスロバキアに対してもズデーテン地方の割譲を迫った。これに反発したイギリス、フランスと一触即発の状況になったが、イタリアのとりなしで英仏独伊の四ヶ国首脳会談がミュンヘンで開かれ、衝突をどうにか回避した。

このときヒトラーは、イギリスの首相チェンバレンに「領土要求はズデーテンを最後にする」と条件を提示し、英仏を軟化させておきながら、これをやすやすと裏切った。一九三九年三月にはチェコ地方を事実上併合、チェコスロバキアを解体した。スペイン内戦終結を待って、次はポーランドへとますます領土拡張を続ける気配があった。

こうなってはフランスも黙っていられない。各地の若者たちが徴兵され、街中を軍用車両が頻繁に往来し、軍備が増強された。言いようのない不気味な空気が、パリを、フランス全土を包み始めていた。

一月末にバルセロナが陥落し、スペイン共和国軍の敗北が明らかになり始めた春先頃から、ピカソの言動は落ち着かなくなってきた。

行き先も告げず、ふいにいなくなって、一、二週間ほどしてふらりと帰ってくる。

そして、グランゾーギュスタンのアトリエにこもると、今度は何日も出てこない。何を描いているのか、あるいは何も描いていないのか、もはや誰にもわからない状態だった。

ピカソが行方不明になるたびに、ドラは得体の知れない不安で胸を塞《ふさ》がれ、生きた心地がしなくなるのだった。

ピカソはもうこのまま帰ってこないかもしれない。そして私は、もはや捨てられたのかもしれない。

私たちの関係は、もうとっくに終わっているのかもしれない。

——とすれば、私たちは……いや、私はどうなるのだろう？

私がいなくても、彼は生きていける。生きて、描き続けていくはずだ。

けれど、私はどうだろう？　——彼がいなくても生きていけるだろうか？

生きていけない。

——いいえ、違う。

生きてやる。

自分がいなければお前は生きていけないだろうと高をくくっているあの男を見返すためにも、何があっても生きてやるんだわ。

ピカソに捨てられたという事実はまだないにもかかわらず、ドラは、ピカソに会えないあいだ、自分が捨てられたあとのことばかりを考えて暮らしていた。

もう彼を愛しているかどうかもよくわからなくなってしまいそうだった。過剰な愛は激しい憎しみに変わってしまう恐ろしさがあった。

そんな不安定な時期を過ごしていた五月。ニューヨークのヴァレンティンギャラリーで〈ゲルニカ〉の展示が始まったと、現地で展示に立ち会っているパルド・イグナシオから連絡が入った。

まずは個人ギャラリーからスタートした〈ゲルニカ〉の単独展示――つまり〈ゲルニカ〉一点のみの展示は、その後、アメリカ国内数ヶ所の会場を巡回し、最後に、十一月にMoMAで開催される「ピカソ：芸術の四十年」展に加えられる。そしてその後、同展はアメリカ全土の九つの美術館を巡回する予定になっていた。それには三年の月日が費やされるのだ。

巡回がすべて終了したのち、展覧会のために全世界から集められたピカソの作品はそれぞれ持ち主に返却される。――ただ一点、〈ゲルニカ〉を除いて。

三年かけてアメリカ全土を巡回したのちに〈ゲルニカ〉はMoMAに帰ってくる。

そしてそのまま、ひょっとすると永遠に、ピカソの手元にも、スペインにも、還ってはこないかもしれないのだ。

結局、〈ゲルニカ〉は疎開したのではない。

――亡命したのだ。いや、亡命させられたのだ。あの作品を、この時期、この世界に産み落とした当人――ピカソによって。それこそは、芸術家にのみ許された戦争へと向かいつつある世界に対する強烈な一撃であった。

〈ゲルニカ〉を、ファシズムが支配する母国には還さない。民主主義の国アメリカに、モダン・アートの表現の自由を高らかに宣言するＭｏＭＡに留めおく。――これ以上強い反戦のメッセージがあるだろうか。

ピカソの意志を必ず尊重すると約束して、アルフレッド・バーは「ピカソ：芸術の四十年」展のアメリカ巡回を計画した。

――アメリカとＭｏＭＡの運命は、あなたと――〈ゲルニカ〉とともにあります。

どうか、私を信じてください。

〈ゲルニカ〉の貸与を依頼するために、グランゾーギュスタンのアトリエにピカソを訪ねたアルフレッド・バーは、そう言い残して去った。

その後まもなく、〈ゲルニカ〉もアメリカへと渡るためにアトリエのドアから出ていった。

搬出作業の一部始終を、ドラはピカソとパルドとともに見守った。

この作品がパリへ戻ることは、おそらくこのさき二度とないだろう。

ひょっとすると、自分が生きているあいだにこの作品を再び見ることはかなわないかもしれない。

そんなふうに思って、胸が押しつぶされそうな気持ちになった。

作品が丸めて収められた巨大な円筒形の箱が数人の運搬人の手によって担《かつ》がれている様子は、まるで巨人の棺《ひつぎ》が運び出されているかのようだった。

その後、ピカソは憑《つ》き物が落ちたかのようにすっきりして、以前の明るさを取り戻した。

ドラもまた、あれほど思い詰めていたのが嘘《うそ》だったように、再びピカソのモデルとなり、彼と愛を交わす日々を過ごすようになっていた。

写真を撮ったり、たまには絵筆を握って絵を描いたりもする。精神的に落ち着きさえすれば、自分もまた芸術家であることを思い出すドラであった。

しかし——。

戦争の影がひたひたと音もなく押し寄せてくるのを、もはや誰にも止めることはできなかった。

夏、ピカソはドラを連れて、南仏の港町、アンティーブへ出かけた。美しくおだやかな海と素朴な町に癒《いや》され、創作の活力を取り戻したのだろう、大型の作品「アンティーブの夜釣り」に着手した。

しかし、八月に入ると状況が一変した。のんびりした港町にフランス軍の軍用車両や兵士が現れ始める。カフェに行けば、人々の話題は、いつ戦争が始まるのか、そればかりだった。

——私に絵を描けなくさせるために、やつらは戦争を始めるつもりなのか。

皮肉混じりにピカソは言い捨てた。再び不機嫌なピカソに戻ってしまった。

——ここにいてもしょうがない。パリへ戻ろう。

夏のヴァカンスは突然中断された。ピカソとドラ、秘書のハイメ・サバルテスは、アンティーブ駅からパリ行きの夜行電車に乗った。

満員の車内でまんじりともせずに夜を過ごし、帰り着いたパリでは、すでに誰もが落ち着きを失っていた。

——戦争が始まる。

九月一日、ナチス・ドイツがポーランドに侵攻した。ポーランドと相互援助条約を結んでいたイギリスとフランスは、九月三日、ドイツに対して宣戦布告した。

——ナチスが来る。

パリ市民は戦慄《せんりつ》した。オーストリア、チェコ、ポーランドを我がものにしたヒトラーの真の狙《ねら》いは——この国、フランス。ヨーロッパの至宝のごとき美しい都、パリなのだ。

ナチスは、ドイツ民族の優位性という優生思想のもとに、ユダヤ人、ロマ族、社会的マイノリティの虐殺《ぎゃくさつ》に走っている。パリには多くのユダヤ人が暮らす。もしも連中がパリを占拠すれば、血なまぐさい殺戮《さつりく》で世にもまれなこの芸術の都は瞬《また》く間に汚《けが》されるだろう。

はたしてこの国はそれを食い止められるのか。ドイツと陸続きで睨《にら》み合わなければならないのはフランスなのだ。後方のイギリスは援護してくれるのか？　ソビエト連邦は？　ナチスの宿敵である彼らはドイツの背後で目を光らせ続けてくれるのだろうか？

九月十七日、ヨーロッパじゅうに電撃が走った。なんとソビエト軍がドイツ軍に続いてポーランドに侵攻したのだ。

ドイツと反目し合っているはずのソビエト連邦が、なぜ？　驚くべきことに、ドイツとソビエトはポーランド侵攻に先立って秘密裡《ひみつり》に不可侵条約を締結していた。北の覇者となることを狙い、ポーランドの隣国ドイツの動きを牽制《けんせい》していたソビエトは、不可侵条約を結んでポーランド侵攻を果たし、同国を分割しようというヒトラーの誘いに乗ったかたちになっていた。

今度の戦争は世界を巻き込んだ大戦になる。誰の目にもそれは明らかだった。

九月下旬、ピカソは、大西洋のビスケー湾に面した避暑地、ロワイヤンへと旅立った。ドラ、ハイメ、愛犬のカスベックを伴って。

パリに留まるのはどう考えても危険だった。いざとなったら船で脱出しアメリカへ渡航できるように大西洋に面した港町に疎開すべきだと進言したのは、パルドだった。マリー＝テレーズと娘のマヤは、ピカソたちに先んじて、すでにロワイヤンへ移動していたが、ドラもそれを承知していた。これ以上の非常事態はないのだ、いちいち嫉妬《しっと》している場合ではない。

はるばると海を見渡す眺めのいい別荘を借りて、その最上階にアトリエを構え、ピカソは制作を再開した。

パリから運んだ数少ないカンヴァスは、あっという間に費やされてしまった。小さな港町ではカンヴァスを入手するのは至難の業だ。ピカソはハイメが調達してきた廃材になった板切れに描いた。パレットの代わりに木の椅子《いす》の座面を使い、イーゼルがないので床にしゃがみこんで描いた。内臓が飛び出た鳥を食らう猫、不気味に分解された女の顔——そのモデルはドラだった——。直接的に戦争そのものを描いた絵はなかったが、そこはかとなく不穏な空気が作品を覆《おお》い尽くしていた。

アンティーブに滞在していたときに制作していた絵には底抜けの明るさと躍動感があった。ピカソの真骨頂ともいえるそれらの感性は、もはやすっかり消えてなくなっていた。

それでもなんでもピカソは描いた。描いて描いて、描きまくった。

ドラにはそれが安心材料になっていた。どんなにフランスが切羽詰まった状況にあろうとも、ピカソは大丈夫なのだと。——そう、たとえ気味の悪い猫の絵であっても、何も描かないよりははるかにましだ。

——ずいぶんよく描けているじゃない。この土地が気に入っているのね。

ピカソのためにポーズをとりながら、あるとき、ふとドラは言ってみた。

ピカソの絵の中で自分の顔が醜く崩壊していくのを目の当《ま》たりにし、複雑な思いがあった。それでも自分のことを描いてくれているんだという喜びのほうが勝っていた。

ピカソは黙って筆を動かしていたが、やがて答えた。

——いい場所じゃないか。自分のことを画家だと思っているやつにとっては。

画家特有の皮肉が込められたひと言だった。やはりパリに帰りたいのだと、ドラは察した。

けれど、どうすることもできなかった。

自分が無力なのではない。戦争という巨大な障害の前ではどんな人間でも立ちすくむほかないのだ。

そうして秋が巡り、冬がきた。

ドイツとイギリス、フランスの睨み合いは続いていた。ヨーロッパ北西部では悪天候が続き、ドイツが誇る空軍の出動がままならぬ状態であった。

願わくは、ヨーロッパ北西部を覆っている悪天候ができるだけ長く続きますように。嵐《あらし》よ、吹きすさべ。雪よ降れ。もっともっと、降り続いて。永遠に。

長い海岸線をピカソの愛犬とともに歩きながら、ドラはそう祈らずにいられなかった。

永遠に降り続く雪などないと知っていても。

一九四〇年一月十日、夕刻。

ピカソとドラは、パルド・イグナシオとともに、ロワイヤンの中心部にあるカフェの店内にいた。

パルドは年明けにニューヨークから帰ってきたばかりだった。いったんパリへ行き、二、三日滞在したあと、すぐにロワイヤンへやってきた。ピカソはパルドの来訪を待ちかねていた。彼の顔を見ると、珍しく相好を崩して、さっそく食事に誘った。

「私がパリに到着した直後に、アルフレッド・バーから電報が入りました。一月七日に無事ＭｏＭＡでの『ピカソ：芸術の四十年』展が終了、驚くべき動員数と賞讃。展覧会の大成功の報告と心からの感謝をピカソに伝えられたし、と」

メドックの赤ワインを飲みながら、「そうか」とピカソは機嫌よく言った。

「実際、ＭｏＭＡはよくやってくれました。……回顧展にさきだって、『アヴィニョンの娘たち』と『鏡の前の少女』の二点を、美術館コレクションの目玉として購入していますし、回顧展のためにアルフレッド・バーが集めた三百六十四点の作品は、どれも重要なものばかりです。……〈ゲルニカ〉も含めて」

つい何週間かまえにニューヨークで見てきた展覧会を反芻《はんすう》しているのだろう、パルドは一瞬遠い目つきになった。

ピカソはゆっくりとステムを揺らしながら、グラスの中のルビー色の液体が小さな渦を作るのをみつめていたが、

「……たいした男だ」

独り言のようにつぶやいた。

ドラとパルドは顔を上げてピカソを見た。

「パルドのことよね？」

微笑んでドラが応じると、

「いや、そうじゃない。……彼……アルフレッド・バーのことですね」

パルドが言った。ピカソは、にやりと笑った。

「むろん、どちらもだ」

パルドは、ふっと笑みを口もとに寄せて、

「光栄です。……アルフレッドと同列にお褒めいただくなんて。ニューヨークまで通った甲斐《かい》があったな」

そう応えた。ピカソは満足そうにうなずいた。ドラは、ひさしぶりにパルドが来てくれて、ピカソが明るい表情をたやさずにいることがたまらなくうれしかった。

実際、ピカソにとって、このふたりの人物――パルド・イグナシオとアルフレッ

ド・バーを友人に得たことがどれほど幸運だったか、計り知れない。

確かに、ピカソの名声はいまや世界的に揺るぎないものであるし、その作品のすばらしさは言うまでもない。かつ、〈ゲルニカ〉がとてつもない問題作であり傑作であることはもはや誰もが認めるところであった。

しかしながら、質の高い展覧会を短期間で組織して高い評価を得ることは、ピカソ自身の力の及ばないことである。すぐれた感性を持ち、実行力と政治力のある企画者《キュレーター》がいてこそ実現するのだ。

ヨーロッパが極めて困難な時期に突入したこのタイミングで、もっともすぐれたピカソ作品の数々と、ナチスがパリに侵攻するという最悪の事態になった場合に真っ先に「退廃芸術」のレッテルが貼られて破壊《ヴァンダリズム》の標的になるであろう〈ゲルニカ〉を、ヨーロッパ以外の国――現時点でもっとも安全なアメリカ合衆国に、しかもモダン・アートの強力な庇護者《ひごしゃ》であるMoMAに送り込めたのは、まったく奇跡としかいいようがなかった。

そのすべてに関わり、協力・連携して、〈ゲルニカ〉の亡命を成功させたパルドとアルフレッド。

このふたりがピカソと〈ゲルニカ〉のために尽力してくれたことを、ドラは、その日ばかりはどこかにいる神に感謝したい気分だった。

「ところで——パリの状況はどんな感じだ？」

軍用車両が何台か連なって表通りを駆け抜けていくのが窓越しに見えた。そのテールランプが見えなくなるまで眺めてから、ピカソはパルドに尋ねた。

「ひどくすさんでいるのか？」

パルドの瞳《ひとみ》に憂《うれ》いの色が浮かんだ。しかし彼はピカソから目を逸《そ》らさずに答えた。

「あなたの言う通りです。……パリはすさんでしまった」

兵士で街が埋め尽くされているわけじゃない。戦車や戦闘機が現れたわけでもない。けれど、フランスはあのナチスと戦争を始めてしまった。その事実がパリ市民の心に暗い影を落としている。

「パブロ。あなたがいないパリは、僕にとって火の消えたろうそくのようなものです。けれど、僕は……あなたに……『パリに帰ってきてほしい』とは言えません」

絞り出すように言って、青年は長いまつげを伏せた。

ピカソの顔に浮かんでいた温和な表情はいつしか消えていた。

ドラは、さっき軍用車両が去っていった町の目抜き通りの彼方《かなた》におぼろげな視線を投げた。その視線を横切って、一羽の鳩《はと》が寒々しい曇天のさなかを飛んでいった。

二〇〇三年五月十九日　マドリッド

銀色の車体のセアト・イビザが、ホテル・リッツの車寄せにゆるやかに到着した。

すかさずドアマンが近づき、助手席のドアを開ける。白いシャツと細身のデニムを身に着けた瑤子が現れた。運転席からは、レイナ・ソフィア芸術センターの館長室のスタッフ、エンリコ・クレメンテが出てきた。

「ほんとうにお世話になりました、エンリコ。送ってくれてありがとう」

瑤子は頬を紅潮させてエンリコと握手をした。「どういたしまして」とエンリコは太い眉の下の目を細めて返した。

「さぞやお疲れでしょう。今朝ニューヨークからマドリッドに到着してすぐ、コーヒーブレイクする間もなくレイナ・ソフィアへいらっしゃったんですからね。今日はゆっくり休んでください」

「ええ、そうします。きっとコーヒーブレイクする間もなく眠ってしまうわ」

エンリコは笑って、運転席へ戻った。チャオ、と手を振って、車が夜のマドリッドの街中へ去っていくのを見送ると、瑤子はフロントへと向かった。

「おかえりなさいませ、セニョーラ・ヤガミ。またお目にかかれてうれしいです」

シニア・マネージャーのタデオ・ボテロがカウンターで出迎えてくれた。瑤子はタデオと握手をして、「ええ、私も」と応《こた》えた。

「とてもうれしいわ。またマドリッドへ帰ってこられて」

前回このホテルに来たのは四月二日、ルース・ロックフェラーとともに、一泊だけ。そして今夜もまた一泊だけの短い滞在ではあるが、格別な滞在であった。

「お荷物はすでにお部屋に入れてあります。ごゆっくりお過ごしください」

タデオがにこやかに言った。キャリーケースを持ったまま、空港に迎えに来たエンリコの車に乗り、レイナ・ソフィアに直行したのだが、エンリコがキャリーを先にホテルに運んでくれていた。海外からの来客をスマートに送迎するのは、館長室のスタッフである彼の重要な仕事のひとつであった。

客室案内係のスタッフに導かれ、分厚いカーペットが敷かれた廊下を進む。本音を言えば、ホテルのバーでひとりきり、こっそりと祝杯をあげたい気分であったが、そこは我慢をして、瑤子はまっすぐ部屋に向かった。

いちばんスタンダードな部屋をオンライン予約していたのだが、用意されていたのはスイートだった。初めてパルド・イグナシオに会ったとき泊まった部屋である。

優雅なソファの前のガラスのテーブルには、こんもりとフルーツが盛られたバスケットと、水滴をまとったワインクーラーにはカヴァの黒いボトル、それにフルートグラスがひとつ、置かれてある。

バスケットのかたわらの白磁のプレートに立ててあるカードを手に取って開くと、「マドリッドへようこそ」とスペイン語で印刷されていた。瑤子は微笑を禁じ得なかった。

――パルドが歓迎してくれている。

そう思って、いまさらながらに胸を撫《な》で下ろした。

もちろん、パルドのゴーサインが出たからこそ、自分はみたびマドリッドへやってきたのだ。

けれど、その日いちにち、まるで夢をみているような気分であった。夢なら覚めないで――と何度思ったことだろう。同時に、煩雑《はんざつ》極まりないすべての手続きを迅速に、慎重に、また極秘に進めてくれたパルドの力に畏《おそ》れを抱きもした。

できることなら直接会って感謝の気持ちを伝えたかった。けれど、パルドは最後までレイナ・ソフィアに現れなかった。

彼に直接会わないのは当然のこと、電話もメールも礼状もNG、とにかく一切コンタクトをしてはならない。本件に彼がかかわっていることを承知しているのは、レイナ・ソフィアの館長アダ・コメリャス、MoMAの館長アラン・エドワーズ、チーフ・キュレーターのティム・ブラウン、それにルース・ロックフェラー。

――そして、私。

瑤子はクーラーからカヴァの黒光りするボトルを取り出すと、ナプキンをボトルの口に当てて栓を抜いた。ポン、とくぐもった音がして、かすかに甘い香りが立ち上る。フルートグラスは、名門ホテルのルーム・サービスらしくなく内側が白く曇っていたが、瑤子は気にするでもなく、金色の液体をそこに注ぎ込んだ。そして、ふいに亡《な》き夫、イーサンのことを思い出した。

瑤子はあまりアルコールがいける口ではなかったが、発泡酒《スパークリング》が好きだった。お互いの誕生日や展覧会のオープニングの夜、何かのアニヴァーサリーに、いつもイーサンがシャンパンやカヴァを買ってきてくれたものだ。

コルクが飛び出すのがこわいと瑤子が言うので、栓を抜くのはもっぱらイーサンの役目だった。学生時代に初めて自分で発泡酒を買ってきておっかなびっくり開けたとき、コルクが飛び出して天井の照明に見事に当たり、電球が割れてしまうという珍事を体験した瑤子は、それ以来開栓が苦手だった。イーサンはとても上手にコルクを抜いてくれた。そして、僕はスパークリングに限らずどんなボトルの栓を開けるのもうまいんだ、と笑いながら言うのだった。

──僕は君の専属栓抜き《オープナー》になるよ、ヨーコ。専属ソムリエになれるほどワインの知識はないけどね。

彼がいなくなって、瑤子はどうにか自分でコルクを抜くことを覚えた。そして、ボトルを開けるたびに、イーサンと笑顔でグラスを合わせたいくたびもの瞬間を思い出すのだった。

──おめでとう、ヨーコ。ついにやったね。

ふいにイーサンの囁き声が聞こえた気がした。

「ありがとう。……ついにやったわ」

声に出して瑤子はつぶやいた。そして、グラスを少し持ち上げてから、金色の泡を飲み干した。

ホテル・リッツのスイートでひとり祝杯を上げる十二時間まえ。

その日、休館日のレイナ・ソフィア芸術センターの三階展示室に、瑤子はアダ・コメリヤスとともにいた。

レイナ・ソフィアの修復部門チーフ、アメデオ・ドレス、そしてプラド美術館の修復部長、イジス・ホルへがふたりのかたわらに立っている。四人の周辺には、作業着を着た美術輸送班のスタッフが十二名、待機していた。

瑤子の目の前には、いましがた壁から外された巨大なカンヴァスが養生シートの上に平置きにされていた。

――〈ゲルニカ〉。

子供の頃に初めて目にして以来、瑤子の人生をここまで導いてくれた運命の絵。

何十年ものあいだ、畏れ、憧《あこが》れ、夢みて、みつめ続けてきたその絵が、いま、自分の目の前に横たわっている。

平置きになっている〈ゲルニカ〉を見るのは、瑤子にとってこれが初めてのことだ。

緊張のあまり足を前に出そうとしても動かすことができない。アダが察して、「近寄っても大丈夫よ」と耳もとで囁いた。瑤子はうなずいて、一歩、二歩、ゆっくりと近づいた。

白衣を着込んでゴーグル型の拡大レンズを装着したアメデオとイジスは、作品の右と左、両方からなぞるようにカンヴァスの表面を検分し始めた。最初は平置きで、次に壁に立てかけ、中心部分は電動で上下するリフトに乗って、細心の注意を払い、丹念にコンディション・チェックをしていく。

三時間四十分かけて行われたチェックのあいだじゅう、瑤子は生きた心地がしなかった。もしも重大な損傷や絵の具の剝離《はくり》などが新たにみつかって、やはりこの場所から動かすことは物理的に不可能だ――と修復家に言われてしまったら……。そう考えただけで汗が噴き出してしまう。

もとより、スペインが誇る国立美術館所属のふたりの修復家は、作品保護の観点から、いかなる場合においても〈ゲルニカ〉を現在の壁から動かすことは不可能だ、と主張してきた。そのふたりがいま、瑤子の目の前でコンディション・チェックをしている。

それは、「動かせるかどうか」の判断をするための作業ではない。「動かしたあと」、つまりニューヨークに運び込んだあとに、動かすまえと同じコンディションで到着したかどうか、展示先でのコンディション・チェックの際に必要となるコンディション・レポートを作成するための作業なのだ。

――〈ゲルニカ〉が、ついに動く。

何度も何度も瑤子は自分に言い聞かせた。そうでもしていなければ、到底これが現実に起こっていることとは思えなかった。

自分の力ではどうすることもできなかった。ゲーム・オーヴァーだと観念して、「ピカソの戦争」展の記者会見に臨んだ。

ピカソが絵筆一本でいかにして戦争そのものと闘ったか——がテーマであるにもかかわらず、また、かつてピカソの意志で「亡命」先となったにもかかわらず、MoMAでオリジナルの〈ゲルニカ〉が再び展示されることはないと、はっきり表明しなければならないという瀬戸際だった。

ところが、事態は突如一変した。

記者会見の会場からさらうようにして瑤子をマドリッドへ連れ出したルース・ロックフェラーが、〈ゲルニカ〉貸出の鍵《かぎ》を握るパルド・イグナシオに直談判して、急転直下、協力を取りつけたのだ。

永遠に閉ざされたと思っていた〈ゲルニカ〉の前の堅牢《けんろう》な鉄の扉が、とうとう動いた。

信じがたい展開は、ルースがある特別な「提案《プロポーザル》」をしたからこそだった。そのプロポーザルはまったく想像を絶する内容であった。ルースのプロポーザルに聴き入るうちに、パルドの目の色がみるみる変わるのを瑤子ははっきりと見た。

ルースだからできたプロポーザル。そして、パルドだからこそ、それに反応したのだ。

あのときのことを思い出すたびに、瑤子は痺《しび》れるような感動が体じゅうを駆け抜けるのを覚えるのだった。

ルース・ロックフェラーとパルド・イグナシオ。人生を賭《と》してアートを愛し、その庇護者であり続けた、アート界を司る女神と神のようなふたり。幾星霜を経て友情を育んできたふたりは、瑤子が立ち入ることのできないほど「アート」という固い絆で結ばれているのだと思い知った。

コンディション・チェックがようやく終了し、分厚いレポートがその場で作成された。ふたりの修復家は、正確かつ精密に、淡々と調査をこなした。

決して動かしてはならない——というのが彼らの本音であったことだろう。しかし、〈ゲルニカ〉を動かすという決定はスペイン政府の公式な決定であり、もはや覆ることはないのだ。

三十年以上の長きにわたってスペインで独裁政権を握り続けたフランシスコ・フランコが他界し、スペインはようやく民主主義国家として再出発を果たした。ＭｏＭＡに「亡命」していた〈ゲルニカ〉は、一九八一年、スペインへ返還された。以来、この作品の所有者はスペイン国家であり、現在同作を展示・管理しているレイナ・ソフィアから外へ出すには政府の許可が必要となる。

誕生とともに物議を醸《かも》してきた〈ゲルニカ〉は、スペインへ還されたのちもその収蔵先を巡って盛んに議論されてきた。ピカソの出身地であるマラガ、ピカソが青春時代を過ごした街であり国立ピカソ美術館があるバルセロナ、バスク地方最大にして話題のグッゲンハイム美術館分館があるビルバオ、そしてピカソが作品を描くきっかけとなった悲劇の街ゲルニカ。それぞれの都市が、〈ゲルニカ〉は自分たちのもとで展示されるべきであると主張を続け、現在に至っている。

しかしながら、「作品保護」という名目のもと、〈ゲルニカ〉はマドリッドから動かされたことはなかった。たとえいかなる世界的な美術館が展覧会への短期間の貸出を要請しようと、断固として貸し出されることはなかった。なぜなら、貸出を許可して「動かせる」という事実が証明されてしまったら、たちまち各都市から「こちらによこせ」と要求されてしまうからだ。

それゆえに、〈ゲルニカ〉を動かす、しかもニューヨークへ——という決断をスペイン政府に促すのは容易なことではなかったはずだ。しかし、ルースとともにパルドを再訪してからわずか一ヶ月のちに、〈ゲルニカ〉貸出の許可が下りたのだ。

貸出許可の第一報はメールや電話やファックスではなく、正式な書面で、レイナ・ソフィアの館長、アダから瑤子宛《あ》てにフェデラル・エクスプレスで送られてきた。瑤子はそれを持ってルースのもとに飛んでいった。

彼女の顔を見るやいなや、瑤子は、感極まって無言で抱きついてしまった。ルースは瑤子の細い肩をしっかりと抱きしめてくれた。

――〈ゲルニカ〉が……ニューヨークに戻ってきます……！

涙声で瑤子が告げると、にっこりと笑顔になって、ルースは言った。

――あの人が本気を出せば、こうなるのよ。

「あの人」とは、もちろん、彼女の朋友、パルド・イグナシオのことだ。

〈ゲルニカ〉貸出にあたって、レイナ・ソフィアが――つまりスペイン政府が条件として提示してきたことは、たったひとつ。

極秘裡に準備を進め、極秘裡に搬出、輸送すること。

彼らがどんなことよりも恐れていたのは、貸出の事実が外部に知られ、騒ぎになることだった。当然、ゲルニカを狙う各都市、いままで貸出を要請してきた各美術館から激しく非難されるだろう。テロの標的になることもじゅうぶん考えられる。

無事ニューヨークに到着するまでは、なんとしても本件を極秘にすること。

それが唯一の条件だった。

本件に関する一切の情報は注意深く取り扱われた。メールでのやりとりは禁止、電話は盗聴されるかもしれないリスクを考慮して、通話の中では「ピカソ」と「ゲルニカ」の二語が禁止され、「ゴンザレスのスケッチ」という隠語が使われた。

――ほんとうにレイナ・ソフィアの壁から動かせるのだろうか。

搬出の日が近づくほど、瑤子の中では不安が膨れ上がった。

――もしも運び出せなかったら。

運び出せたとして、もしもテロリストに襲撃されたら。

考えるたびに背筋を冷たいものが走った。そんなとき、瑤子は、寝室に飾ってあるピカソの鳩のドローイングをみつめて、気持ちを落ち着けるようにした。〈ゲルニカ〉を描ききったピカソの怒りを、戦争との闘いを、平和への信念を思った。

――守る。

〈ゲルニカ〉を。ピカソの思いを。

何があろうと守り抜いてみせる。

ピカソのために。――イーサン、あなたのために。

そして、ついに搬出の日を迎えたのだった。

梱包《こんぽう》される直前には、税関の職員がふたりやって来て、その場で通関手続きが取られた。

巨大なカンヴァスは、美術輸送の専門スタッフが十二人がかりで厳重に梱包し、特注の輸送箱《クレート》に入れられた。輸送時の振動を最小限に抑えるためサスペンションが内蔵されたクレートである。これらの特注品もレイナ・ソフィアの内部で極秘に作られたものだった。

すべての作業を、アダとともに瑤子は息を殺して見守った。クレートのふたがしっかりと固定されて閉じられるまで、呼吸するのを忘れていたかのような気さえした。

クレートに収められた〈ゲルニカ〉は、翌日の早朝、大型トラックに積載され、空港へと輸送される。

そして、この一点だけのためにチャーターされた貨物機に乗せられ、瑤子とアダに付き添われて、ジョン・F・ケネディ国際空港へと送られることになっていた。

気が遠くなるほど長い一日を終え、ホテル・リッツのスイート・ルームのソファで瑤子はようやくつかの間の休息を得た。

冷えたカヴァを飲み干すと、どっと疲れが押し寄せた。無事搬出の準備が整ったとルースに連絡をしたかったが、マドリッドからニューヨークへ決してコンタクトをしないようにとレイナ・ソフィア側から言われていた。

明日の朝も早い。とにかくシャワーを浴びて横になろうとシャツを脱ぎかけたとき、部屋の電話が鳴った。

びくっと肩を揺らして、瑶子はあわててベッドサイドの電話の受話器を取り上げた。

「アロー」とスペイン語で語りかけると、

「アロー、ヨーコ。レイナ・ソフィアのパオロです。お休みのところすみません」

レイナ・ソフィアには何人かの「パオロ」がいた。学芸スタッフ、修復スタッフ……どのパオロなのかすぐにはわからなかったが、エンリコ・クレメンテにホテルまで送ってもらってから三十分と経《た》っていない。車に何か忘れ物をしたのだろうか。

「どうしましたか。何か……」

「それが……緊急事態が起こりまして。アダから、すぐにあなたをレイナ・ソフィアにお連れするようにと言われて……いま階下《した》に来てるんです」

どきりと心臓が音を立てた。

――緊急事態？

まさか――。

「税関から連絡がありまして……通関上の問題が発生したと。このままでは、明日、作品の出国を許可できないかもしれない、ということなんですが……」

「なんですって」震える声で瑤子は言った。一瞬、頭の中が真っ白になった。

「出国許可が下りないって……そんな、どうして……？」

「いや……詳しいことは私にはわからないんですが……」

パオロと名乗った人物も戸惑っているようだ。瑤子は胸の鼓動が恐ろしいほど高まってくるのを感じた。

「わかりました。いますぐ行きます、待ってて」

早口で言うと、放り投げるようにして受話器を置いた。

シャツを着直して、ショルダーバッグをつかむと、部屋を飛び出した。クラシックなエレベーターを待つのももどかしく、三階から一階まで階段を駆け下りた。磨き込まれた回転ドアを押して外へ出ると、目の前に銀色の車体のセアト・イビザが停まっていた。瑤子は後部座席に飛び込むようにして乗り込んだ。

「すみません、お疲れのところ……」

車に乗り込んですぐ、運転席の見知らぬ男がいかにもすまなそうな声で詫びた。

「いいから、早く行きましょう」

ほとんど叫ぶように瑤子が言った。車はすぐに発進した。

いきなり真っ暗な夜の海に放り込まれたかのようだった。激しい混乱の波にのまれそうになりながら、瑤子は必死に考えを巡らせた。

いったい、何が起こったの。

わからない。わからないけれど……。

もしも通関できなくて、出国不可になってしまったら——。

どうすればいい？

ルースに電話しなくちゃ。いえ、そうじゃない、パルドに電話したほうがいい。そのほうが話が早いはず。大丈夫、パルドなら……パルドに話せば、きっと……。

激しい波が押し寄せてくる。目の前が真っ暗になる——。

瑤子は、そのまま気を失った。

冷えたカヴァでひとり祝杯を上げてから、きっかり三十分が経過していた。

第九章　陥落

一九四〇年八月二十九日　パリ

ぎいい……と軋《きし》んだ音を立てて、ドアが開いた。

そこに広がっているのはがらんとした空間。少し黄ばんだ白い壁と天井。むき出しの太い梁。赤茶けた木製の床。その上には、黒、白、青、無数の色の絵の具がこびりついている。

――広い。

この部屋はこんなに広かったのか――と、部屋に歩み入った瞬間、ドラ・マールは驚きを覚えた。

ここは、グランゾーギュスタン通り七番地、十七世紀に建てられた館の四階。ピカソのアトリエである。

いや、正確にはピカソのアトリエだった場所。そして、いまふたたびピカソのアトリエリエに戻った場所。

この一年、ピカソは、ドラとハイメ・サバルテスとともに、フランス西海岸の町、ロワイヤンに移り住んでいた。

一九三九年九月、ドイツ軍のポーランド侵攻をきっかけにフランスがナチス・ドイツに宣戦布告した。いつドイツ軍が攻め入ってくるかわからない危機にさらされたパリから早々と疎開《そかい》していたのだ。

しかしながら、結局ピカソは、ドラとハイメを伴ってこうしてパリへ戻ってきた。信じがたいことに、パリを留守にしているあいだ、グランゾーギュスタンの住まいとアトリエは、スペインの新たな覇者となったフランコ政権下のスペイン大使館によって差し押さえられていた。

パリへ戻る直前、ピカソはその事態をパルド・イグナシオから聞かされた。

ピカソの留守中、パリの住居とアトリエの管理はパルドに託されていた。週に一度程度様子を見にいっていたが、あるとき「差し押さえ」の告示文がドアに貼付《はりつ》けてあった。

パルドはすぐさま業者を手配し、部屋の中にあるもの――制作途中の作品も多数あった――をまとめて搬出し、パリ郊外にあるイグナシオ家が所有する邸宅へと隠密裡《おんみつり》に移した。部屋そのものよりも中身のほうがずっと価値があることを当然大使館はわかっている。連中に持っていかれないうちに手を打たなければならない。パルドの判断は素早かった。

その上で、パルドは大使館と粘りづよく交渉し、ピカソがパリへ帰ってくるまでに、どうにか元通りアトリエと住まいを取り戻したのである。

おそらくなんらかの支払いが生じただろう。少なくない額だったに違いない。けれど、パルドはそれをピカソに話すことなく、すべて水面下で処理したのだ。

ドラは、いまさらながらにこの青年の底力にぞっとした。

もはや、パルド・イグナシオは単なるピカソの支持者ではない。芸術の力で不条理な戦争と闘う軍師のごとき存在になった。

ドアの手前に佇《たたず》んで、何もない空間をじっくり眺めたピカソは、ゆっくりと部屋の中央へと進んでいった。そして、空っぽの白い壁を見渡して、ポケットからタバコを取り出し、火をつけた。

ピカソに続いてドラが部屋に入り、ハイメがその後に続いた。ハイメはきょろきょろと室内を見回して、感慨深げにつぶやいた。

「この場所……こんなに広かったのか」

そう——出ていくまえは、ピカソが制作中の作品はもちろんのこと、カンヴァス、イーゼル、絵筆立て、絵の具の箱、紙の束、そのほかの有象無象がごっちゃになって、部屋いっぱいに溢《あふ》れていた。

そして、三年まえの春。この壁いっぱいに広がっていた一枚の絵があった。

〈ゲルニカ〉である。

いまは何もない壁の一点をみつめて、ピカソは黙ってタバコをふかしていた。ドラは、少し離れたところで立ち止まり、ピカソのずんぐりとした背中を見やった。

少しくたびれた背中。けれど、そこから声が聞こえてくる気がした。

——ついに、おれはここへ戻ってきた。

さて、何を描こうか。

やってやろうじゃないか——。

「どうです、ずいぶんすっきりしているでしょう。ここがあなたのアトリエだったなんて、信じられないくらいだ」

最後に部屋に入ってきたのは、パルド・イグナシオだった。

パルドは、こつこつと靴音を響かせてピカソの隣へと歩み寄った。そして、ピカソと同じように空っぽの壁を見上げて言った。

「ここから、すべてが始まったんですよね」

ピカソは、指に挟んでいたタバコを床に捨て、革靴のつま先で踏み消した。それから、パルドに顔を向けると、何も言わずにふっと笑った。パルドも、にっこりと清々《すがすが》しい笑顔になった。

「――また始めるんですよね？」

ピカソは「ああ」と短く答えた。

「もちろんだとも」

一九四〇年六月十日、フランス政府はパリの無防備都市を宣言し、二十二日にはドイツと休戦協定を結ぶことになる。

英仏を中心とした連合軍と独軍の戦いの火蓋は前月に切られ、終始英仏が押されるかたちの戦況となった。

オランダとベルギーへ攻め入ったドイツ軍は、まずオランダを降伏に追い込み、次いでドーバー海峡にまで達する。五月二十八日、ベルギーが降伏し、フランスの港湾都市、ブローニュ、カレーも制圧され、続いてダンケルクが包囲された。この間、三十四万人の連合軍将兵がイギリスへ脱出、残存部隊には闘う余力がなく、ドイツ軍は一気にパリに迫った。

もはやパリを救うには、フランス政府が無防備都市宣言を行い、政府機関をパリからボルドーに遷《うつ》すしかなかった。その結果、フランスのドイツに対する宣戦布告からわずか九ヶ月後、ドイツ軍はパリに無血入城を果たした。

六月十四日、ドイツ軍部隊が凱旋門《がいせんもん》をくぐり、シャンゼリゼ大通りをパレードした。パリ市民は、沿道でこれを見守らざるを得なかった。

鉛の弾を胸に撃ち込まれたようでした――と、パレードを目撃したパルドは、ロワイヤンにいたピカソとドラのもとへやってきて告げた。仮寓の居間のソファに腰を落ち着けると、パルドは、沈痛な面持ちでパレードの様子を語った。

「異様な光景でした。兵士たちが一糸乱れず行進して……鉤十字《ハーケンクロイツ》の旗がなびき、戦車と大砲が次々に……ナポレオン一世の棺《ひつぎ》がくぐったあのエトワール凱旋門を通過して……」

パリがドイツに蹂躙《じゅうりん》された――。

かっと頭に血が上って、ドラは、立ち上がってテーブルの上に載っていた新聞を取り上げ、びりびりと引き裂いた。新聞の一面には「フランス降伏」の文字がでかでかと印刷してあった。

引き裂かれた新聞を床に叩《たた》きつけると、ドラは、どさりとソファに身を投げた。

「ひどい話だわ。……ナチスもだけど、フランス政府！　腰抜けにもほどがある。無条件降伏でパリを明け渡すだなんて……どうかしてるわよ」

羞恥《しゅうち》にも似た激しい怒りで、全身が熱くなっていた。まるで、もっとも忌《い》み嫌う男に犯されたかのような……。

一方で、パルドの報告を聞いているピカソは、ひと言も発さず、微動だにしない。どこかぼんやりとして、きのうみた夢の話でも聞かされているかのようだった。

ゲルニカがナチスのコンドル部隊に空爆でめちゃくちゃにされた、その一報をしらされたときは、あれほどまでに怒り狂ったのに。

そしてあのときは、爆発的な「負」のエネルギーを大作〈ゲルニカ〉に注ぎ込んだのだ。

あれから三年――。

ピカソの抵抗むなしく、パリはあっさりとファシストの手に落ちた。

あの独裁者、ヒトラーはさぞや鼻高々だったことだろう。ナポレオン一世の命を受けて建造された絢爛《けんらん》たる凱旋門――ナポレオン一世自身は棺に納まるまでその下をくぐることはなかった——を、鉤《かぎ》十字の旗を翻し、幾千万の兵士を率いてぐったのだ。
フランスを、パリを手中に収めること。それはつまり、古来、ヨーロッパじゅうの権力者が憧れていた芸術文化の都を我がものにするということだ。決して手が届かない高嶺《たかね》の花を摘み取ったかのごとく。高貴な姫君を寝取ったかのごとく。ヨーロッパは、もはやすべて自分の支配下にあるのだ。そう思って、有頂天になっていることだろう。

「このあとどうなるの？　パリは……このさき、居残ったフランス人たちは捕虜になってどこかへ連行されるわけ？」

声を震わせてドラが尋ねた。パルドは首を横に振った。

「ドイツはフランスを制圧したものの、一般のフランス人を捕虜にする理由はありません。生活にさまざまな制限が出始めていますが、今後どうなるかはしばらく様子見といったところです。ただ……」

パルドは眉間に深い皺《しわ》を寄せて、低い声で言った。

「パリに多く住んでいるユダヤ人は、残らず連行されるでしょう……」

その頃、すでにナチスによるユダヤ人迫害が公然と行われていた。その悪魔の所業が、このさきパリで繰り広げられるのだ。

ドラは思わず身震いした。その瞬間、ピカソの顔を暗い影がよぎった。

ドラは立ち上がると、食器棚からショットグラスを持ってきた。サイドテーブルに置いていたコニャックの瓶を開け、琥珀色《こはくいろ》の液体をグラスに注ぐ。苦い笑いがドラの口もとに浮かんだ。

「こういう贅沢《ぜいたく》なものも、じきに飲めなくなるでしょうからね」

そう言って、グラスをぐいっとあおった。液体が熱をもった蛇のように喉《のど》もとを落ちていった。

ピカソとパルドは、どちらも黙りこくったまま、ドラの喉が生き物のように蠢《うごめ》くのを眺めている。

ふうっと息をつくと、ドラは潤んだ目をピカソに向けた。

「ねえ。私たち……もう帰れないのかしら」

ピカソはやはり黙っている。ドラは、ふんと鼻を鳴らした。

「そうよ。ナチスが支配するパリなんて、帰ったってしょうがないもの」

吐き捨てるように言った。ピカソの黒々とした瞳《ひとみ》が、一瞬、かすかに揺れたように見えた。ドラは、ますます残酷な気分になりながら続けた。

「じきにこの町にだってナチスが来るんだわ。ユダヤ人が隠れていないか、きっと一軒一軒全部の家を探して回るに違いないわよ。私たちだって……どうなるかわかりゃしないわ。もしもみつかったら……」

そこまで言って、ふと口をつぐんだ。

——もしもピカソがナチスにみつかったら、いったいどうなるのか。

ピカソはあの〈ゲルニカ〉を描いた芸術家である。

〈ゲルニカ〉はナチスのゲルニカ空爆への明確な抵抗であり、非武装の市民を無差別攻撃したことへの痛烈な批判である。あの作品は、つまり「反ナチス」の旗印なのだ。

そんな作品を生み出したピカソを、どうしてナチスが野放しにしておけるだろうか？

きっと、どこにいたって探し出されるに違いない。

ドラの胸の中で激しい竜巻が立ち上った。

——ピカソと一緒にいたら……自分の身も危険にさらされる。

ほんの一瞬、そんな思いがよぎった。

けれど、いいえ、と「自分を守ろうとする自分」を押しのけた。

もうとっくに危険は承知で付き合ってきたんじゃないの。

ナチスがなんだっていうの。もしもピカソが連行されるなら——私も一緒に行くまでのことよ。

ピカソとともに地獄まで行ける女。それは私以外にはいないのだから。

「……パリへ帰ろう」

ふいにピカソが言った。独り言でもつぶやくように。

うつむいていたパルドとドラは、ピカソのほうを向いた。

「いますぐでなくてもいい。いずれ……いや、近いうちに帰ろう。それまでアトリエを守ってくれるか、パルド？」

パルドは震える瞳でピカソをみつめた。

「なぜですか？ ……パリはいま、もっとも危険な状態です。あなたは帰ってこないほうがいい。むしろ、いつでも海外へ逃げられるようにこの港町に留まるべきです。それに……」

「いいえ」と口を挟んだのはドラだった。

「ピカソの言う通り。私たち、近々パリへ帰りましょう。だって、ここは退屈なんだもの」

ピカソと命運をともにすることができる、その特権は自分だけに与えられている。

そんな思いが突如としてドラの中に湧《わ》き上がった。

だったら、どこへでも行く。どんなところへでも。

もとより天国に行けるだなんて思ってはいない。けれど、どうせ地獄へ行くならば――華やかな地獄へ。

そう、パリへ。

「そうとも。ここは退屈なんだ。……やっぱり、パリでなけりゃな」

ピカソが応《こた》えた。そこで、その日初めて笑みを浮かべた。不敵な笑みを。

グランゾーギュスタン通り七番地。

パルドの采配で一時期がらんどうになっていたピカソのアトリエに、ふたたびがらくたに似た宝物の数々が戻ってきた。

破れたソファ、壊れたランプ、擦り切れた絨毯《じゅうたん》、足のもげた椅子《いす》。数々の描きかけの絵。みずみずしい絵の具が輝くパレット、固まった絵筆、ねじれたチューブ絵の具。金色の置き時計。

イーゼルの上に真新しいカンヴァスを据えて、ピカソがその前に立った。

ドラは少し離れたところでタバコをくゆらせ、ピカソの背中をみつめていた。

少しくたびれた背中。けれど、創作の活力が炎のように立ち上がり、ゆらめいている。

世界にたったひとつのいとおしい背中。

この背中に私はついていく。

世界の果てまで。——たとえそこに地獄が待ち受けていようと。

「ドラ、ポーズを取ってくれるか」

振り向かずに、ピカソが言った。

ドラは、ふっと笑った。

「ええ。……いいわよ」

赤いマニキュアの指に挟んでいたタバコを床に投げ、とがったハイヒールのつま先で踏み消した。

そして、ゆっくりと近づいていった。——運命の男の背中に向かって。

二〇〇三年五月十九日　スペイン国内某所

闇《やみ》――。

すべてから遮断された完璧《かんぺき》な闇の中で、瑤子は目を覚ました。

正確には、目覚めたかどうかすぐにはわからなかった。目を開けたはずなのに真っ暗だったからだ。

何度か瞬《まばた》きをしてみた。まぶたは動いている――と思う。しかし、目前に広がっているのは目を閉じたときとまったく同じ闇ばかりである。

一瞬、これが現実なのか、夢なのか――自分が生きているのか死んでいるのかすらもわからなくなってしまった。

体を動かしてみる。右腕、左腕……両腕とも背中に回っている。かすかに動くが、感覚がない。まったく自由がきかない。

重い。体全体が鉛の塊になってしまったかのようだ。

いったい、どうなってしまったのか。

闇の中はしんとしている。どくんどくん、どくんどくん、胸の動悸《どうき》の音だけが鼓膜の奥に響き渡る。自分の心臓の音なのか、それともすぐ近くにいる誰かのものなのか――。

「……ここは、どこ？　……誰か、いるの？」

自分が生きているのかどうかを確かめたくて、瑤子は声に出して言ってみた。こぼれ出た言葉は日本語だった。

それからようやく、そうだ、ここはスペインのはずだ、と思い出した。

――何が起こったの。

私は、ホテル・リッツの部屋にいた。

〈ゲルニカ〉の梱包に立ち会って……明日朝には搬出する準備をすべて整えて……ホテルにチェックインした。

それから、どうしたの？

それから……カヴァで祝杯を上げて……そう、電話がかかってきて……レイナ・ソフィアの職員から……〈ゲルニカ〉が通関できないかもしれない、って……。

瑤子は、闇の中で目を見開いた。

――そうだ。

車に乗り込んで、そのあと気を失ったのだ。あらん限りの力を振り絞って両腕を動かしてみる。電流が走るように戦慄《せんりつ》が体を貫いた。後ろ手に縛られているのだとようやく気がついた。動かない。

「……誰か……誰かいるの？　答えて！」

闇の中に向かって声を放った。今度はスペイン語で。——が、やはりあたりは静まり返っている。

まるで地中に埋められた墓室の中にいるかのようだ。ひょっとすると、周囲には乾いた骸《むくろ》が横たわっているのではないか。その中のひとつとして、自分は永遠に葬《ほうむ》り去られてしまったのではないか——。

冷たい床の上で必死に体をよじらせた。足は縛られていない、しかし思うように動かない。動けば動くほど体全体が重く沈んでいくようだ。

肩で呼吸をしながら、瑤子は何が起こったのかようやく理解した。

——拉致《らち》されたのだ。

なぜ？

誰かが私を殺そうとしている？

どうして、私を——？

と、そのとき。遠くで足音が聞こえた。複数の足音。次第に近づいてくる。瑤子は息を潜めた。

ガチャガチャと鍵《かぎ》を開ける音。ややあって、ぎいい……と軋んだ音を立ててドアが開いた。瑤子は目を凝らして、明かりの細い帯がドアのかたちに広がるのをみつめた。薄明るい照明を背景に、戸口にシルエットが浮かび上がった。みっつのシルエット——三人とも男のようだ。瑤子は体を強ばらせた。

ひとりの男が懐中電灯で瑤子の顔を照らした。瑤子は一瞬、まぶしさに目をつぶった。中央の男が近づいてくる。そして、そこにあるとは気づかなかった椅子に座った。

「あんたのスペイン語は完璧だな。……レイナ・ソフィアに勤めていただけのことはある」

低い声で男が言った。スペイン語だった。瑤子は、もう一度目を凝らして男を見た。

懐中電灯がこちらを照らしているので、逆光でよく見えない。が、黒い服と靴、目出し帽を身に着けているのはわかる。椅子に座っている男の両脇に立っている男たちも同じようないでたちだ。違うのは、脇のふたりが手に銃を持っていることだった。

背中に汗が噴き出すのを感じた。何か言おうとしたが、舌がもつれて言葉にならない。口の中がからからに乾いてしまっている。がくがくと体じゅうに震えが広がる。

ふん、と鼻で笑う声がして、男が言った。

「そう怖がることはない。むやみに殺したりはしないさ。あんたが死んじまったら交渉がボツになるからな。……あんたは大事な人質なんだ」

――人質……？

額にじっとりと汗をにじませて、瑤子は声を振り絞った。

「いったい、なんのために……何が目的なの？」

その問いに男は答えなかった。代わりに、脇《わき》に立っている男と、二言、三言、言葉を交わした。その言葉を耳にして、はっとした。

バスク語。

テロ組織――「バスク祖国と自由《ETA》」だ……！

そう気づいた瞬間、すべての回路が繋《つな》がった。

〈ゲルニカ〉の搬出を目前に控えて、自分はホテル・リッツの部屋でひとり祝杯を上げていた。そこへ「レイナ・ソフィアのパオロ」と名乗る人物から電話が入ったのだ。〈ゲルニカ〉の通関に問題が生じたと。

あわてて確認もせずに、ホテルの車寄せに停まっていた車に飛び乗ってしまった。

車は、レイナ・ソフィアの館長室のスタッフ、エンリコが運転していた車、銀色のセアト・イビザだった。確かにそうだった。だから、つい乗ってしまったのだ。

──私がレイナ・ソフィアに一日じゅう詰めていたことを彼らは知っていたんだわ。そして、なんのために詰めていたのかも、おそらくは知っていた──。

「……拉致する相手を間違えたんじゃないの？」

瑤子は思い切って言った。声がどうしようもなく震えている。けれど、あらん限りの勇気を振り絞って続けた。

「私を人質にしたところでどうにもならないわよ。私は富豪の一族でもないし、政府の要人でもない。身代金目当てなら、まったくのお門違いよ」

もちろん身代金目当てでないことなどわかっている。けれど知らないふりをした。彼らの真の目的に気がついたと知られるのが怖かったのだ。

この男たちがETAのメンバーだとすれば……彼らの狙《ねら》いはたったひとつ。

「〈ゲルニカ〉奪還」──それしかない。

レイナ・ソフィアの搬出口からついに〈ゲルニカ〉が出てくる。その事実を彼らはつかんでいたのだ。

磔刑《たっけい》のキリスト像のごとく、レイナ・ソフィアの展示室の壁から動かされることは永遠にない。それが〈ゲルニカ〉の宿命だった。

しかし、その宿命に真っ向から挑み、覆《くつがえ》した人物。――それこそが八神瑤子だったのだ。

〈ゲルニカ〉がほんの少しでも展示壁から動かされる瞬間を、ETAは長いあいだ虎《こ》視《し》眈々《たんたん》と狙っていたに違いない。

もちろんわかっていた。狙われる可能性はじゅうぶんにあると。だからこそ細心の注意を払って準備を進めてきたはずだった。

それなのに――。

こうもあっさりと自らがETAの手に落ちてしまうとは。

瑤子は自分の浅はかさを呪《のろ》った。

椅子に腰掛けた男は瑤子を見据えているようだった。ゆっくりと足を組み替えると、ごく落ち着いた声が返ってきた。

「さあてね。……どっちのほうが重いのか。人命と、一枚の絵と……」

瑤子はぐっと奥歯を嚙《か》みしめた。

――なんて卑怯《ひきょう》な。

彼らは、人質の命と引き換えに梱包《こんぽう》が済んだ〈ゲルニカ〉を自分たちに渡せと迫っているのだ。

おそらくは、レイナ・ソフィアの館長、アダ・コメリャスに。——いや、違う。スペイン政府に。

声明文を出したかもしれない。とすれば、世界中をニュースが駆け巡っていることだろう。

スペイン政府が極秘裡に国の至宝〈ゲルニカ〉をアメリカに向けて貸し出そうとしていた。その事実が表沙汰《おもてざた》になってしまったら、大問題になる。

アメリカはイラク戦争でバグダッドを空爆した有志連合の中心となった国だ。大統領がついさきごろ戦闘終結宣言をしたものの、空爆を仕掛けた事実に変わりはない。空爆を主導したアメリカ、そしてアメリカを支持し、加勢したスペイン政府に対して、〈ゲルニカ〉の複製画を掲げて反戦を叫んだ市民は数え切れないほどいる。反戦のシンボルである〈ゲルニカ〉をアメリカに貸し出すなどもってのほかだ。

——そうだ。その通りなのだ。痛いほどわかっている。

けれど、だからこそ、いま——アメリカに、ニューヨークに〈ゲルニカ〉の力が必要なのだ。

瑤子は天井を仰いだ。

——どうすればいい？

椅子に座った男は、黙したままで瑤子の様子を観察しているようだった。木製の古い椅子なのだろう、男が重心をゆっくりと前後に傾けるのに合わせて、ぎい……ぎい……と潰《つぶ》されて喘《あえ》ぐような音が漏れていた。耳障りなその音を聞きながら、瑤子は目を閉じた。

――殺されるかもしれない。

スペイン政府との交渉が長引けば……簡単な話ではない、長引くことは必至だ……どのみち殺されるかもしれない。

私は殺されて……〈ゲルニカ〉はどうなるの？

この連中がバスクへ奪い去るの？

それで、どうなるというの？　自分たちのアジトに飾って祝杯を上げようとでも？

突然、胸の中で激しい怒りが砂塵《さじん》のように巻き起こった。

〈ゲルニカ〉がテロリストの手に落ちる。ファシストの暴挙に逆らったあの作品が。

ふと、椅子の傍らに立っていた男が、座っている男にバスク語で何か囁《ささや》いた。会話の最初に「ウル」と呼ぶのを、瑤子は聞き逃さなかった。

「ねえウル、質問があるんだけど」

瑤子はすかさず話しかけた。名前を呼ばれた瞬間、男の動きが止まった。瑤子は畳みかけるように続けた。

「ウル、あなたたちの目的は〈ゲルニカ〉をバスクに移送すること。移送したあとのことはまだ考えていない。とにかくあの絵を奪い去る、すべてはそれから考えればいい。——そういうことね？」

すべて推測だった。しかし間違いないと直感した。

ウルは押し黙って何も答えなかった。が、その沈黙こそが瑤子の推測が正しいことを証明していた。

汗が噴き出し、心臓が早鐘を打つ。体の震えは収まらない。しかし瑤子は意を決して言った。

「あなたの計画は失敗するわ。なぜなら、あれは……〈ゲルニカ〉は、扱い方も処し方もわからないような人間の手に負える作品じゃないから」

黒いシャツに包まれたウルの肩がぴくりと動いた。銃を持って立つ両側の男が一歩前へ出ようとした。「待て」とバスク語でそれを制して、ウルは瑤子に向き合った。

「言ってくれるじゃないか。……何様のつもりなんだ、あんた？」

「私の名前はヨーコよ。ヨーコ・ヤガミ」瑤子はきっぱりと返した。

「とっくに調べはついていると思うけど、私はピカソの研究者よ。専門家としての立場でもう一度言わせてもらうわ。……あなたたちが目論《もくろ》んでいる〈ゲルニカ〉奪取は失敗する」

突然ウルが立ち上がった。その拍子に椅子が大きな音を立ててひっくり返った。瑶子は思わず体を竦《すく》めた。

「自分の置かれている状況がよくわかってないようだな、ヨーコ？」

ウルの真っ黒なシルエットが瑶子の目の前に立ちはだかった。怒り肩と太い腕の筋肉が盛り上がって見える。一瞬、屈強な腕が首筋に伸びてくる幻影が浮かんだ。瑶子は固く目をつぶって、迫りくる幻から逃れようとした。

「あんたがどれほどの専門家か知らないが、あの絵を引っ張り出すだけの力量があったことは認めてやる。……あとはスペイン政府がどう出るかだ。あんたの命があの絵と引き換えにできるほど価値のあるものかどうか……」

瑶子はもはや顔を上げられなかった。

いま自分がいるところは地下室なのだろうか。空気が湿って蒸し暑い。頭ががんがんする。何か言わなければ、会話をつながなければと思うほど、舌がもつれて言葉が出てこない。

「いずれにしても、まもなくわかるだろう。ここがあんたの人生の最後の場所になるかもしれん。……覚悟しておくんだな」

瑶子の顔を照らしていた懐中電灯がカチリと音を立てて消えた。三人の男たちは、黙したままで部屋を出ていった。

バタンとドアが閉まる音。続いて、ガチャガチャと鍵のかかる音。

ふたたび完璧な闇が訪れた。

目を開けているのか閉じているのかもわからないほどの闇――。

ヨーコ……ヨーコ。

ただいま、ヨーコ。

今朝はトルティージャサンドにしたよ。

あら、珍しい。どうしたの？

別に。急に食べたくなってね。『最後の晩餐《ラスト・サパー》』ならぬ『最後の朝食《ラスト・ブレックファースト》』だな。

「――イーサン」

呼びかけて、瑶子はうっすらと目を開けた。と同時に、まなじりから涙がひと筋、こぼれ落ちた。

真上に太い木の梁《はり》が見える。どこからかなつかしいにおいが漂ってくる。――オムレッとパンが焼けるにおい。

ゆっくりと体を起こそうとした。が、両腕は後ろで縛られたままで自由が利《き》かない。監禁されているという現実をすぐさま思い出し、ふたたび、あっけなく絶望の淵《ふち》に追いやられた。

——夢だったんだ。

亡《な》き夫、イーサンの夢をみていた。

二年まえの九月十一日の朝、いつもはベーグルを買ってくるのに、あのときに限って大好物のトルティージャのバゲットサンドを買ってきた。タイムマシンに乗ってあの朝にワープしたかのように、鮮明な場面が夢の中で蘇《よみがえ》ったのだ。

瑶子は、板張りの床の上に転がったまま、あごを上げて視線を頭上に向けた。天井近くに小窓があり、そこから微風が吹き込んでくる。地面とそこに生えている草木が見える。半地下のようだ。小鳥のさえずりがかすかに聞こえる。ということは、朝なのだろうか。

漂ってくるいいにおいは、どこかの家庭で準備されている朝食のにおいなのだろうか。

「——気分はどう？」

突然スペイン語で話しかけられて、瑶子はびくりと肩を震わせた。

——女の声。

恐る恐る上半身を起こしてみる。

部屋の片隅に木製の椅子が置いてあり、そこに女が座っている。漆黒の瞳と視線が合って、はっと息をのんだ。

長い黒髪を束ね、黒いシャツ、黒い細身のパンツを身につけている。三十代くらいの、ほっそりとした美しい顔立ちの女だった。

「よく眠ってたわね。……私が入ってきたのも気がつかなかったんでしょう」

女は瑶子のそばに歩み寄ると、「ほら、立って」と上半身を支えて立ち上がらせた。

「バスルームはそこにあるわ、さあ」

瑶子が監禁されているのは半地下の殺風景な部屋だった。初めに意識を取り戻したときは真っ暗でわからなかったが、小窓もあるしバスルームもついているようだ。テロリストのアジトなのだろうか。

バスルームに入るとき、女が瑶子の手首を縛っていた縄を解いてくれた。ほっと息を放つ。女性メンバーを送り込んでくるあたり、どうやら彼らにも人心があるようだ。

用を足してバスルームから出てくると、「ここに座って」と、女がさっきまで自分が座っていた椅子の背もたれに手をかけながら言った。瑤子は黙ってそれに従った。

――なんだろう。

きのう暗闇の中で感じていた恐怖心が嘘《うそ》のように消えている。

ETAやそのリーダー――と推測しているにすぎないが――「ウル」に対して抱いた憤《いきどお》りを、この人にはまったく感じない。

ひょっとすると、女性を送り込むことで油断させ、私から何か訊《き》き出そうとしているのかもしれない。

あるいは、すでに政府との交渉のかたがついたのかもしれない。私の運命はもう決まっているのかもしれない。

最後くらいは人間らしく終わらせてやろう――ということなのか……。

女は瑤子の両腕を取って後ろに回し、椅子の背もたれに縄でしっかりと固定した。素早く、力強く縛り上げる動作は、「こういうこと」をするのが初めてではないのだと教えているようだった。

女は部屋の片隅に置いてあったトレイを持ち上げて瑤子のもとへと持ってきた。プラスチックの粗末な皿に卵料理とパン、水の入ったコップが載せられていた。いいにおいはそこから漂ってきていたのだ。

「トルティージャ……」

思わず声に出してつぶやいた。夢の続きをみているようだった。

女は黙ってトルティージャをフォークでつつくと、瑤子の口もとに運んだ。瑤子は口を開けてそれを受け入れた。

薬物が入っているかもしれない。が、それでもいい、受け入れようと思った。

トルティージャはイーサンの「最後の朝食」だった。——自分にとってもこれが「最後の朝食」になるのなら本望だ。

スペイン風オムレツはほんのり温かく甘じょっぱかった。そして、とてもおいしかった。沁《し》みるほどに。

「……おいしい」

ひさしぶりに母の手料理を口にしたかのように、素直な気持ちが言葉になってこぼれ出た。

女は微笑を口もとに寄せた。そして、黙ったままでトルティージャを瑤子の口に運び続けた。

ひとかけらも残さずにトルティージャとパンを食べ終えた。女は瑤子に水を飲ませ、パンツの後ろのポケットからナプキンを取り出して瑤子の口をぬぐった。

「ありがとう。……あなたの名前は……？」

問われて、女は「……マイテよ」と答えた。

「ありがとう、マイテ。とてもおいしかった」

マイテはちらりと瑤子のほうを見て、笑みを浮かべた。無防備な笑顔をのぞかせたのを見て、この人は悪人ではないと瑤子は感じ取った。

冷たい食べ物ではなく、温かな料理を運んでくれた。——人質の私のために。

そう気がついたとき、じわりと涙が込み上げた。

昨夜から張り詰めていた緊張の糸がふいにゆるんだのか、涙がこぼれるのを抑えることができなかった。

瑤子はくちびるを噛んで嗚咽《おえつ》した。マイテはその様子をやはり黙ったまみつめていたが、手に握っていたナプキンで頬を伝う涙をそっと拭《ふ》き取ってくれた。

「ありがとう、マイテ」

もう一度瑤子は礼を言った。

「いやだ、私ったら……なんだか涙が止まらなくて……トルティージャがあんまりおいしかったから……」

マイテがくすっと笑い声を漏らした。

「そんなに好きだったのね」

瑤子はうなずいた。

「夫の好物で……私、マドリッドで彼と出会ったの。私の住んでいたアパートの近くにおいしい家庭料理の店があって……ふたりでよく食べにいったわ。彼、トルティージャは『最後の晩餐』で食べたいものだって……」

ふうっと息を放って、瑤子は言った。

「ほんとうに、そうなってしまったんだけど」

それから、瑤子は、ぽつぽつと、イーサンとともに過ごした最後の朝のことを語った。

「いまでもときどき夢にみるの。あの朝のこと。いつも後悔するのよ」

涙声になっていた。

「あの朝、私は重要な会議があって、その準備であわただしくしていて……ゆっくり会話もできなかった。会議なんていいからもっとずっと一緒にいたい、もっと話しましょうって、彼を引き止めればよかった。できないことじゃなかったはずよ。それなのに……できなかった……」

新たな涙があふれてきた。瑤子をみつめていたマイテは、ふと手を伸ばして、指先で瑤子の頬を伝う涙をぬぐった。マイテの指はやわらかく、あたたかかった。

不思議なことに、瑤子はマイテに対してごく自然に心を開くことができた。たとえそれがテロリストの思うつぼだったとしてもかまわないと思った。

——自分には、もう、あとがないのだ。

この場所で人生を終えるかもしれない。万が一生還できたとしても、この事件を引き起こす原因は自分が作ったのだ。責任を取らなければならない。

いずれにしても、ここで、自分にできるたったひとつのことをやっておかなければ——。

瑤子は顔を上げて、まっすぐにマイテを見た。

「マイテ、お願いがあるの。……私は、もうここから出られないかもしれない。覚悟はしているわ。だから、最後にひとつだけ……ウルに伝えてほしいの」

マイテもまた、まっすぐに瑤子をみつめ返していた。黒い瞳から目を逸《そ》らさずに、瑤子は言った。

「〈ゲルニカ〉奪取をあきらめてほしい。なぜなら、あの作品は、あなたのものじゃない。ましてや、私のものでもない。……私たちのものだから」

一九三七年、ナチス・ドイツがゲルニカに対して行った人類初の無差別空爆。

その暴挙に憤怒の炎を燃え上がらせて、ピカソが描ききった巨大な一枚の絵。

幾千万の銃よりも、一本の絵筆のほうがはるかに強いと証明された記念碑的な作品。

空爆は、街を、人を、すべてを破壊した。人々の心までも。

けれど、ピカソの作品は、人々に反戦の思いを芽生えさせ、人々の心を大きく動かした。

人類は、有史以来、互いに憎しみ合い、争い続けてきた。いつの時代にも戦争があった。戦争を仕掛けるのはいつでも為政者であり、市井《しせい》の人々はただそれに巻き込まれて戸惑い、悲しみ、傷つくばかりだった。

このままではいけない。これからは、自分たちの声で平和を叫ぶんだ。闘うんだ。「戦争」そのものと。――自分たちの力で。

それこそが〈ゲルニカ〉に込められたメッセージだった。

「あの作品は、美術史上、もっとも複雑で苦々しい生い立ちをもっている絵よ。政治的な影響力が半端《はんぱ》じゃないことは、きっとあなたたちも理解していると思う」

瑤子は、自分がニューヨークの国際的な美術館、ＭｏＭＡのキュレーターであることと、ピカソ作品の力で反戦を訴える展覧会を企画していたことなどをマイテに打ち明けた。

この世界からあらゆる戦争がなくなればいい。

言葉ではなく絵筆で訴えたピカソのメッセージを、展覧会を通して伝えたかった。

けれど――。

「もう、それはかなわない。私はニューヨークへは戻れないでしょう。戻ったとしても、〈ゲルニカ〉を巻き込んだ事件を引き起こす原因となってしまった展覧会の実現は難しいと思う。すべて、あきらめるわ。だから……」

〈ゲルニカ〉を守りたい。

瑤子の願いは、その一点に尽きた。

たとえ誰かが力ずくで奪ったとて、そのあとどうするのか。隠匿《いんとく》できるような大きさではない。あるいは、バスク地方の美術館――そう、ビルバオのグッゲンハイム美術館分館もあの作品のための展示室を密《ひそ》かに準備していたと聞いた――に収蔵するとすれば、合法的な手続きが必要になる。

つまり、ウルたち一派がどうこうできるようなスケールの作品ではないのだ。

「お願い、マイテ。ウルに伝えて。〈ゲルニカ〉は人類の至宝よ。私たちみんなで責任をもって守り、子孫に伝えていかなければならない作品なのよ」

マイテは、ぴくりとも動かずに瑤子の言葉に耳を傾けていた。瞳は黒曜石のように輝いている。マイテと向き合ううちに、瑤子は不思議な既視感を覚えた。

瞬きもせずにみつめるマイテの瞳。

どこかで見たことがある。自分がよく知っている誰かに似ている――。

マイテは瑤子から目を逸らさずに、言った。

「あなたがピカソの専門家なら……ひと目みただけでピカソの作品かどうか、わかるの？」

不意をつかれて瑤子は戸惑った。が、正直に答えた。

「私は鑑定士じゃないから、ひと目で真贋《しんがん》を見極めるのは難しいと思う。……でも、真筆かどうか、印象を話すことはできるわ」

マイテは、パンツの後ろポケットから手札サイズの写真プリントを一枚取り出すと、黙って瑤子の目の前に差し出した。

瑤子はその写真に視線を落とした。

そこに写っていたのは――鳩《はと》。

いまにも大空へ飛び立とうとして羽ばたく、一羽の白い鳩の絵だった。

第十章　守護神

一九四二年七月十四日　パリ

正午近く、サンジェルマン・デ・プレのカフェ「ドゥ・マゴ」のテラス席で、ドラ・マールはタバコをくゆらせていた。

ずっと吸っていたジタンではなくドイツ製のタバコである。キオスクからはフランス製のタバコが駆逐されてしまった。仕方なく買ってはいるが、なんとなく味気ない。ドイツのタバコなど吸いたくないとしばらくのあいだ禁煙を試みたが、口さびしくなるとどうしても火をつけてしまう。タバコを手放せない自分の習慣をドラは忌々《いまいま》しく思うのだった。

ちょうど正午に目の前にそびえ立っているサンジェルマン・デ・プレ教会の鐘が鳴り始めた。人々が列を成して教会の中へと入っていくのをドラは眺めていた。教会の周辺にはドイツ軍の車が何台か停まっていた。銃を提げた軍人が複数名、教会の前やサンジェルマン大通りに佇《たたず》み、鋭いまなざしを周囲に配っている。

その日はフランスの革命記念日だった。フランス革命の発端となったバスチーユ監獄襲撃において、民衆の勝利が刻まれた日。フランス人にとって特別な日である。

一七八九年、フランス王政に反発して蜂起《ほうき》した人民たちは王の軍隊と闘い、ついにこれを打倒、民主主義社会を手に入れる。フランス革命は市民革命であり、民衆が初めて主権を勝ち取った闘争となった。

フランス国民は、民主主義が成立する契機となったこの日をどれほど誇りに思ってきたことだろう。「七月十四日」とは民衆による自由の獲得の代名詞なのだ。

祝祭の日と定められてきたこの日、街なかではパレードが行われ、人々は歌い、踊り、酒を酌《く》み交わして過ごす。自分たちは自由を獲得した――王室の圧政から解放され、自由に学び、自由に売買し、自由に表現し、自由に暮らし、自由に生きる。そう、自分たちは自由なのだ。毎年この日が巡りくるたびに、フランス人は思い出し、また喜ぶのだ。――自由であることを。

ピカソもドラも純然たるフランス人ではない。が、パリに暮らして自由を愛する者であれば、何人《なんびと》であれこの日を祝わずにはいられない。街じゅうがお祭り騒ぎになるのだから。

自由を愛しお祭り騒ぎを愛する芸術家仲間たちとともに、ドラもこの日を愉快に過ごしたものだ。ピカソと付き合うようになってからは、彼の取り巻きと一緒にレストランを借り切って、大いに食べ、飲み、朝まで騒いだ。戦争がヨーロッパ全域に不穏な影を落とすようになってからも、この日ばかりは不安を吹き飛ばすかのようにどんちゃん騒ぎをした。

そんなこともうできなくなってしまった。——ナチス・ドイツにパリが占領されてからは。

パリがナチスの手に落ちて、早や二年が経過していた。

全ヨーロッパを巻き込んで広がった世界大戦は終結の気配を見せず、ヒトラーは貪欲に戦闘を仕掛け続けていた。一体いつこの戦争が終わるのか、もはや誰にも予測できなくなっていた。

パリ陥落直後、ナチスはフランス人にいったいどんな仕打ちをするのだろうかとパリ市民は戦々恐々としていた。が、意外にもナチスがフランス人に圧政を押し付けるようなことはなく、表面的には平穏な日常が保たれていた。

しかしながら、やはり、パリはもとのパリではなくなってしまった。

街なかのあちこちにドイツの軍用車両や兵士が配され、監視の目を光らせていた。

秘密警察が四六時中ユダヤ人を捜して回っていた。ユダヤ人はみつけられれば即刻拘束され収容所送りとなった。陥落後、パリからユダヤ人の姿が消え失《う》せた。ユダヤ人ばかりでなく、彼らを匿《かくま》った者も拘束され、どこかへ連行されて帰ってこない——などということもしばしば起こった。

物資の規制も厳しくなった。ぜいたく品の売買は禁止され、一般市民は高級な牛肉や菓子などを食べることも禁じられた。タバコやアルコール類などの嗜好品も、ドイツ製のものは手に入れられたが、フランス製のものは入手が難しくなった。

鉄や銅などのたぐいも、ほぼすべてが軍需物資として使用されたため、さまざまな金属類が街なかから持ち去られた。ナチスはそのうちにエッフェル塔も溶かして戦車にする気じゃないか——そんなうわさ話すら聞こえてきた。

そして芸術家たちは、抑圧された雰囲気の中で自由に表現することがままならなくなってしまった。

文学者たちの書くものには検閲が入った。美術、音楽、ダンス、演劇、写真、映画——あらゆる芸術において、ナチスや戦争を批判したり平和を訴えたりすることはできない。

世界じゅうの表現者たちが目指した芸術の都、パリ。かつてフランスが市民革命で勝ち取った「表現の自由」はすっかり萎《しぼ》み、息も絶え絶えな状況であった。まさかパリから「表現の自由」が消え失せる日がくるなどと、いったい誰が想像し得ただろうか。

ドラは、紫色の煙を細長く吐き出して、街角に立つドイツ人兵士を遠目にみつめた。パリが自由でなくなるなんて、誰も想像できなかった。

——私も、ピカソも。

事実上の「疎開《そかい》」をしていたフランス西部の港町、ロワイヤンからパリへ、ドラがピカソとともに戻ってきたのは二年まえのことだ。

少なからぬ芸術的・社会的影響力を持つ巨匠ピカソが、最もナチスの監視が厳しいであろうパリに滞在することはきわめて危険なことだった。

それでもピカソは心を決めたのだ。

——パリに帰る。パリでなければだめなのだ、と。

当初、ドラもパルドもピカソがパリへ戻れば即刻ナチスの魔の手が伸びるのではないかと懸念《けねん》した。

何人ものユダヤ人芸術家を血祭りにあげたナチスの汚れた手は、連中が「退廃芸術」とレッテルを貼《は》った「モダン・アート」の創作者を残らず抹殺するかもしれない。

──とすれば、ピカソは当然その筆頭だった。ナチスの空爆を痛烈に批判したのだから。

──パリに帰ったら、地獄に送られるかもしれない。

ドラは一瞬、ピカソをロワイヤンに留まらせるべきではないかと思ったが、いったん決めたことをピカソに翻意させるのは至難の業であるともわかっていた。

だとすれば──自分もピカソとともに地獄へ行くまでのこと。

ドラはピカソとともにパリへ戻ると決めた。そうとなれば、パルドもピカソの帰還を全力で支援してくれた。

あれから二年──。

革命記念日を祝うパリ市民は、表立っては皆無であった。

サンジェルマン・デ・プレ教会の鐘が鳴り響くのは記念日を祝ってのことではない。正午を告げるための鐘であり、人々に昼の祈りを捧《ささ》げるように促すための鐘であった。

「──ずいぶん退屈そうな顔ですね」

背後から声をかけられて、ドラは振り向いた。サマースーツに身を包んだパルド・イグナシオが微笑を浮かべて立っていた。

どんなにフランス国民が切迫した経済状態にあろうとも、パルドは名門イグナシオ家の家督相続人にふさわしい上品で上質な着こなしを怠らなかった。一般市民が身につければ「贅沢《ぜいたく》だ」と即没収されそうな上等なサマーウールのジャケットをきちんと着込んでいる。そんなパルドを見るたびに、ドラはむしろ励まされる思いがした。

資産家のイグナシオ家は、当然ナチスにその動向を見張られていた。しかし理由なく財産を没収されるようなことはなかった。もっとも、イグナシオ家の財産は、スイス、イギリス、アメリカ合衆国などに分散されて守られているとのことだった。パルドからそう聞かされて、なぜそんなにもイグナシオ家が裕福でいられるのか、ドラはわかった気がした。金持ちは自分たちの財産を自分たちで守る術を知っている。だから何があろうとも金持ちは依然金持ちなのだ。

「どこへ行っていたの？　先週から顔を見せなかったから、ピカソが気にしていたわよ」

パルドは、グランゾーギュスタンのアトリエをほぼ毎日訪問していた。別に何をするというわけでもない。ただアトリエの片隅のソファに座り、ピカソの制作を黙って見守っているだけだ。ときに一緒に食事をし、ピカソの話し相手になり、帰っていく。こっそりと高級なフランスワインを差し入れに持ってくることもあった。だから、ほんの二日も顔を見せなければ、パルドはどうした、とピカソが気にし始める。電話をしてくれだとか、イグナシオ邸へ呼びにいってきてくれとか、ドラや秘書のハイメに頼んだりもする。

ピカソは心からパルドを信用し、頼りにしているのだ。パルドがそばにいると機嫌がよかった。まるで出来のいい息子をかわいがる父親のようだった。

――私が二、三日顔を見せなかったからって、こんなにそわそわするかしら。

ピカソのパルドへの愛着はドラが嫉妬《しっと》を覚えるほどだった。けれど、パルドがピカソのためにしているさまざまなことを思えば、そうなるのも当然だった。

パルドは全身全霊でピカソと彼の作品を守っている。〈ゲルニカ〉を讃《たた》え、守り、ついにはアメリカへ亡命させた。

自分たちが生きているあいだには、あの作品はもうヨーロッパには還《かえ》ってこないかもしれない。ドラはそんなふうに思っていた。

ナチスやファシストたちがヨーロッパの覇者となり、全ヨーロッパを支配下に置くようになったら――。

自分たちはいったいどうしたらいいのだろうか。

大丈夫です、とパルドは、ドラが不安になって戸惑うときはいつでも慰めてくれた。

――大丈夫です。何があっても、ピカソとあなたのことは僕が責任をもって守りますから。

「ちょっと、とあるところへ出かけていたのです。……ピカソがブロンズで彫刻を創りたいと言っていたので……」

パルドはそう言ってドラの隣の席に座った。ドラがタバコを勧めると片手をかざして断った。ドイツのタバコを吸う趣味はないのだといわんばかりに。

「……ブロンズを調達してきました。百キロほど」

パルドがひそひそ声でそう言った。

「百キロ？」ドラが訊《き》き返した。

「しっ」パルドが人差し指を口の前に立てた。「小さな声でお願いします」

いまフランスでは金属のたぐいを入手することは至難の業だ。エッフェル塔ですら溶かされるかもしれないというのに、パルドはいったいどうやって百キロものブロンズを手に入れたのだろうか。

「まあ、とある筋から入手したんですよ。詳しいことは言えませんが……」

パルドは、ふふと笑った。

――なんて人なんだろう。

ドラは背筋がぞくりとするのを覚えた。こんな非常時にブロンズを調達してくることもすごいのだが、ピカソが創作のためにほしいと言ったものはどんな危険を冒しても手に入れる、そのパルドの気概こそがそら恐ろしい気がした。

「どうしてなの、パルド。あなたは……」

ドラは思わず尋ねた。

「なぜ、そうまでしてピカソの力になってくれるの」

パルドは、コーヒーカップを口に運びかけて、ソーサーにかちゃりと戻した。そして、ドイツ兵が何人か佇んでいる教会の入口に視線を投げながら、

「覚えていますか？ ドラ。僕とあなたが初めて会った日のことを……」

静かな声でそう言った。

ドラは顔を上げてパルドの横顔を見た。少し青ざめた端正な横顔を。

パルドとの出会い。それは五年まえ、パリ万博が始まった直後のことだった。

そう。確かこの店で。……この席で。やはりきちんとスーツを着込んで、ひとりぼっちでパルドはここに座っていた。

「覚えているわ。だって、あなたはとても優雅でハンサムだったもの。それに……」

ドラは、あの日のことを思い出して笑みをこぼした。

「あなた、泣いていたわよね。恋人が戦地に行ってしまった……って」

ほんのりとさびしげな色を浮かべた瞳《ひとみ》を、パルドはドラに向けた。

「ええ、そうでした。……あのとき僕は、ただ途方にくれて泣くことしかできなかったんだ」

——なんというふがいなさ。なんという腰抜けなんだ、僕は。

なぜ言えなかったんだ。——あなたが戦地へ行くというのなら僕も一緒にいく。僕たちは離れることは決してないんだよ——と。

結局、自分は、自分の家が、名前が、彼女よりも大事だったんじゃないか。戦地に赴いて命を落とすのが怖かったんじゃないのか。

多くの勇敢な若者たちが人民戦線軍に志願して、毎日死んでいく。自分はそのひとりにはなりたくない。

そう思って逃げたんじゃないのか。

パルドはもはや生きる理由を失っていた。

自分がパリでこうして一杯のワインを飲んでいる瞬間、ひょっとすると、戦地で彼女が銃撃されているかもしれない。彼女の胸を銃弾が撃ち抜き、死屍累々《ししるいるい》の大地に崩れ落ちているかもしれない。その上をいくつもの軍靴が繰り返し繰り返し踏み越えて——。

そんな想像をして、叫び出しそうな瞬間が何度もあった。

もう、これ以上生きてはいけない。

この一杯のワインを飲んだらセーヌへ行こう。恋人たちが愛を囁《ささや》き合う美しい橋、ポン・ヌフから、暗い水面に向かって身を投げるんだ――。

そんなふうに思い詰めていたとき――パルドは出会ったのだ。

ドラ・マールと。そして時を置かずして、彼女の恋人、パブロ・ピカソと。

「もしも、あのとき、ここで……あなたに声をかけていただかなかったら、そしてピカソに会うことがなかったら……僕は、こうして生きて呼吸をしていることはなかったでしょう。〈ゲルニカ〉をこの目で見ることもなかった」

そう言って、パルドはドラをみつめた。

「ありがとう、ドラ。……あなたとピカソにはいくら感謝してもしきれません。こんな僕にもできることがあるのだと教えてくれたのは――あなたがたです」

パルドの目にはうっすらと涙が浮かんでいた。

初めて出会ったときと同じ目。同じように思い詰めたせつないまなざしだった。

「よしてよ。急に、そんな……」

照れくささとかすかな不安とが入り交じった複雑な気持ちで、ドラは返した。

「感謝しなくちゃいけないのはこっちのほうよ。あなたはピカソを全身全霊で支援してくれている。あなたのすべてを懸けて〈ゲルニカ〉を守ってくれたわ。もちろん、私だってピカソと運命をともにしようと覚悟はしているの。だけど、ひとりではできないこともたくさんあった。——あなたがいてくれたからこそ、ピカソも〈ゲルニカ〉も今日まで生き延びたのよ」

ドラは、もうマニキュアを塗ることもなくなってしまった細い指でテーブルの上のパルドの指先にそっと触れた。

「ありがとう、パルド。あなたはピカソの守護神よ。……あなたがいてくれて、ほんとうによかった」

パルドはドラの手を力を込めて握った。そして、目にいっぱい涙をためて、囁くように言った。

「……今日、判明しました。……彼女が……僕の愛する人が……神に召されていたと」

ゲルニカが空爆を受けた頃からずっと、パルドは恋人の消息を尋ね続けていた。消息をつかむことは困難を極めたが、逆に亡《な》くなったという情報ももたらされなかった。それはつまり彼女はどこかで生きながらえている証拠なのだと、パルドは自分で自分に言い聞かせてきた。

パルドは、ピカソを助け〈ゲルニカ〉を守ることこそが、自分の一生涯の使命であると心に決めた。

彼女とともに戦地に赴くことはできなかった。けれど、だからこそ、いま、ここにいて自分ができる闘争を続ける。それは〈ゲルニカ〉とともに戦争そのものと闘うことだった。

結局、スペイン共和国はファシストであるフランコ将軍に打倒された。第二次世界大戦が勃発《ぼっぱつ》し、パリはナチス・ドイツによって陥落した。戦争はなおも続いている。それはつまり、自分の闘争も続いているということだ。

戦争が続く限り、自分は、ピカソを、〈ゲルニカ〉を守り抜く。絶対に負けない。負けてはならない。

ピカソと〈ゲルニカ〉を守ること、それは「表現の自由」を守ることにほかならないのだから。

そしてそれは、一緒に闘うことがかなわなかった恋人への誓いでもあった。故国スペインを、パリを、ヨーロッパを蹂躙したファシズムには決して負けないのだと。

そして——。

朝、パルドのもとに電話がかかってきた。スペインで彼女の消息を探ってもらっていた筋からの連絡だった。

愛する人はもうこの世にはいなかった。スペイン内戦が終結する直前にマドリッドの銃撃戦で命を落とした——ということだった。

「僕は……僕は、心のどこかで漠然と期待していたんです。彼女はどうにか生き延びて、あわよくばフランスに亡命して、いつかパリに僕を訪ねてきてくれるんじゃないかと……だから、その日まで僕も闘い続けよう。彼女と再会するその日まで生き延びてやろうじゃないか。そう思っていたんです。……それなのに……それでも……」

そこまで言って、パルドはうつむいた。泣き顔をドラに見られまいとしているのがわかった。ドラは、そっと腕を伸ばしてパルドの肩を抱いた。

——彼女は、もういない。

それなのに、それでも、闘いは続くのだ。

サンジェルマン・デ・プレ教会から、祈りを終えた人々が次々と出てきた。銃を提げたドイツ兵が鋭いまなざしを彼らに向けている。

ドラは、かすかに震えるパルドの肩を抱いたまま、七月の陽光の中を行き交う人々をただ黙って眺めるばかりだった。

二〇〇三年五月二十日 スペイン国内某所

殺風景な半地下の小部屋の片隅に置かれた木製の粗末な椅子《いす》。その椅子の背に両手を縛り付けられて、瑤子は身じろぎもできずにいた。

人質となった瑤子の命と引き換えに〈ゲルニカ〉をバスクに輸送せよ——。テロ組織「バスク祖国と自由《ETA》」は、スペイン政府を相手に、そんな交渉をしているに違いない。

瑤子は、ETAのリーダーのひとりとおぼしき人物、ウルとの短い会話で自分の置かれている状況を察知した。

……自分はもう、生きては帰れないだろう。

瑤子の中に絶望とあきらめが黒煙のように広がった。と同時に、たったひとつの決意が焰《ほのお》のごとく燃え上がった。

——〈ゲルニカ〉を守らなければ。

そして、いま。

粗末な椅子に縛り付けられた瑤子の前に佇んでいるのは、バスク人の女――名前をマイテ、といった。

マイテは黒いパンツの後ろのポケットから一枚の写真を取り出し、瑤子の目の前に差し出した。

そこに写っていたのは、一羽の鳩《はと》。いまにも大空へ飛び立とうとして羽ばたく、白い鳩の絵だった。

それを目にした瞬間、瑤子は息をのんだ。

――似ている。

エンゲージリングの代わりにイーサンが贈ってくれた、ピカソが描いた鳩のドローイング。カラー写真の鳩の絵はペインティングだったが、瑤子の宝物の絵に驚くほど印象が似ていた。

迷いのない素早いタッチ、明瞭《めいりょう》な色彩。鳩の鉛白と背景の空色《アズール》のコントラスト、鳩の体を縁取るくっきりした線描。ネギ色《ブラザン》と紫水晶《アメジスト》の抽象的なブロックが描き込まれているところはドローイングとは異なっていたが、構図と鳩の表現はまさしくピカソの「それ」だった。

「これは……この写真はどこで撮ったの？」

写真に落としていた視線を上げて、瑤子は訊いた。

マイテは瑤子の目を見ずに、うつむいたままで、

「誰がどこで撮ったのか知らないわ。でも、私の母がこの写真を持っていたの」

言葉少なに答えた。

「あなたのお母さんが？」

瑤子が繰り返すと、マイテはうなずいた。

「じゃあ、この写真に写っている作品は？　やっぱりあなたのお母さんが持っているの？」

マイテは、今度は首を横に振った。

「昔はそうだった。でもいまは私が持っているの」

瑤子はもう一度写真に視線を戻した。

これは――。

実際に作品を見ない限り、はっきりしたことは言えない。

しかし、この絵にはピカソの作品としての特徴が揃《そろ》っていた。構図、色彩、タッチ、
そして戦後ピカソが好んで繰り返し描いた「鳩」というモチーフ。

サインは見えないものの、写真には写っていないだけかもしれない。

何より、第一印象。

これはピカソの真筆だ——と瑤子は瞬間的に感じた。

絵画の真贋鑑定は、専門家がさまざまなアプローチを経て慎重に行うものである。一瞬で鑑定できる作品などない。

しかしながら、真贋の判定は意外にも第一印象と一致すると、以前知り合いの鑑定士に聞かされたことがある。手の込んだ科学的判定やいかなる複雑なアプローチをもってしても、専門家の直感に勝るものはないのだと。

——これはパブロ・ピカソの真筆。しかも、未発見のものである可能性が高い。

おそらくは、戦後、一九四九年以降のもの。パリで開催された国際平和擁護会議のために描いた白い鳩のモチーフに近い。その頃を境に、ピカソは頻繁に鳩の絵を描くようになった。

ピカソは一九七三年に九十一歳で他界するまで、生涯に七万点以上の絵画を制作したとされている。素描を含めると十万点以上とも言われており、気軽にペンを走らせて人にあげたりしたものなど、未発表、未発見のものも存在するようだ。

瑤子がイーサンから贈られた鳩の素描は、どういう経緯で描かれたのか定かではないものの、サインも入れられたピカソの真筆であった。

それに酷似したこの写真の「鳩」のペインティング。もしもピカソの筆によるものであったら、なぜマイテの母が――そしていまはマイテが所有しているのだろうか。誰かに贈られたのか、盗品か――。

しばらくうつむいていたマイテは、顔を上げると、すがるようなまなざしを瑤子に向けて言った。

「ねえ、教えてちょうだい。これは……ピカソが描いたものなの？」

マイテの声には真実を知りたいという熱が込められていた。瑤子は戸惑いを隠せずに、迷いながら答えた。

「私は鑑定士ではないし、ましてや作品の実物を見たわけではないから、はっきりしたことは言えないけれど……もしも私の直感が正しければ、おそらく……」

「おそらく……？」

瑤子は、黒々としたマイテの深い瞳をのぞき込んで言った。

「マイテ。逆に教えてくれない？　あなたのお母さんがその作品を持っていたと言ったわね。どうしてお母さんはそれを手にしたの？　そして、どんなタイミングであなたに譲り渡したの？」

マイテは逃げるように瑤子から目を逸《そ》らした。そして、しばらく口を固く結んでいたが、やがて囁くような声で問い返した。

「あなたの質問に答えたら……これがピカソの絵なのかどうか、教えてくれる？」

瑤子はマイテの瞳をみつめながら、うなずいた。

「ええ。……約束するわ」

マイテは瑤子の正面の床に膝《ひざ》を抱えて座ると、ぽつりぽつりと自分の生い立ちについて話し始めた。


——私の故郷はバスク州ビスカヤ県の小さな町、ゲルニカ。

私の父親はビルバオにあるデウスト大学の社会学の教授で、母はごく普通の専業主婦。私は、平穏な家庭で何不自由なく育った明るく元気な少女だった。

けれど三十年まえ——私が八歳のとき、すべてが一変した。

忘れもしない、とても穏やかであたたかな四月の日曜日の朝のことだったわ。

父と母と私の家族三人、食堂で朝食をとっていたの。そう、あのとき、確か——テーブルの上には、焼きたてのパン、チュロス、チョコレートと並んで、母の得意の料理、トルティージャが湯気を立てていた。

私は前日に学校であった出来事を報告しているところだった。父も母も、やさしい笑顔で私の話に聞き入っていた。

そのとき、ドンドン、ドンドン！　……激しくドアを叩く音が響いたの。

驚いた両親が顔を見合わせた。そのとき、母の顔がまるっきり凍りついてしまっていたのを、はっきりと覚えているわ。

ドンドン、ドンドン！　ドアの音が何度も鳴り響いて、父の名前を連呼する男の声が聞こえてきたの。今度は父の顔がみるみるうちに青ざめていった。

父も母もなかなか席を立とうとしなかった。ふたりとも氷の彫像になってしまったみたいに動かなかった。私は怖くなって、とうとう泣き出した。ねえどうしたのパパ、こわいよママ、誰がきたの？　って泣きながら訊いたわ。父も母も私の問いに答えてはくれなかった。

そのうちに、父がすっと立ち上がって玄関へと歩いていった。母が、待って！　と叫んで父を呼び止めた。父は黙ってドアを開けた。

たちまち、いかめしい制服を着た男たちがずかずかと家の中に踏み込んできた。男たちは父を取り囲むと、二言、三言、何か問いかけた。父は観念したようにうなずいた。

行かないで！　母が叫んだ。

父が、ほんの一瞬、私たちのほうを振り向いた。父の目が私をとらえた。寂しそうな目。物言いたげな目。すべてをあきらめたようなせつない目——。

それが「生きた父」を見た最後の瞬間だったわ。

あとから知ったの。生粋のバスク人思想家だった父は、その当時スペインを支配していたフランコ政権に反発して、バスクの独立運動を指導する立場にあったのだと。ただ、父は非合法組織には属していなかったし、あくまでも合法的に政府に真っ向から挑んでいたのだと。

その活動を封じ込めるために、警察が父を連行した。

母も私も、父が帰ってくるのを今日か明日かと待っていたわ。けれど、ずいぶん経《た》ってから、一通の通知が母のもとに届いた。父が尋問中に、心臓発作を起こして死亡したと……。

それからしばらくして、ようやく父が帰ってきた。……棺《ひつぎ》に入れられて。

警察の目を恐れた近隣の人々は、お葬式にもきてくれない始末だったわ。

父の顔を見られるはずの棺の小さな窓はしっかりと閉じられ、棺の蓋《ふた》にも鍵《かぎ》がかけられていた。

決して見られるような状態じゃなかったからそうされていたのだと、いまならわかる。なぜなら、父は拷問《ごうもん》を受けて殺されたに違いなかったから。

埋葬の直前、棺にとりすがって、母は狂ったように泣いていた。

大学教授だった父の未亡人たる母には、本来であれば遺族年金が支給されるはずだった。けれど、一切の収入が断たれてしまったの。

母は仕事をせざるを得なくなった。お針子、パン屋の売り子、家政婦、いくつもの仕事をかけもちして、私を学校へ行かせるために必死で働いてくれた。

でも……。

母は、いつしか重い病に冒されていたの。けれど、それを隠し通して倒れるぎりぎりまで働き続けた。

あるとき……そう、私が、かつて父が教鞭《きょうべん》を執っていた大学に進学を決めたときだった……仕事先で倒れて病院に運ばれたの。身体《からだ》中を癌《がん》に蝕《むしば》まれて、もう何日ももたないだろうって……ドクターに告げられたわ。

目の前が真っ暗になった。

母が逝《い》ってしまう。ほんもののひとりぼっちになってしまう——。

頼れる人もいない。お金もない。せっかく進学を決めたのに、ひとりぼっちになってしまったら、いったい私はどうしたらいいの？　ベッドに横たわる母にすがって泣いたわ。父の棺にすがって泣いていた母と同じように。

母の容態は日に日に悪化して、だんだん意識が遠のいていく様子が目に見えてわかった。

別れの瞬間が、もうまもなく訪れる。

どうしよう……どうしたらいいの……私は途方にくれるばかりで……。

ところが、奇跡が起こったの。

昏睡《こんすい》状態だった母が、ふいに意識を取り戻した。そして、ベッドの傍らで母の脈を測っていたドクターと看護師に向かって、娘とふたりきりにしてくださいとはっきり言ったのよ。

――マイテ、あなたに話しておかなければならないことがあるの。

私は、流れるままにしていた涙を拭《ふ》いて、母の口元に耳を寄せた。

――あなたに、私のたったひとつの宝物をあげましょう。

いままでずっと隠してきたけれど、「それ」があれば、あなたは何千万ペセタものお金を持っているようなもの。

けれど、どんなことがあっても「それ」を手放してはなりません。あなたが「それ」を手放していいのは、あなたが、自分の命を懸けて何かを……誰かを守りたいときだけ。

「それ」はきっと、あなたの守護神となって、あなたと、あなたの大切な何かを守ってくれるでしょう。

そう言って、母は、一枚の写真を私に手渡したの。

そう……この写真を。

そして、「それ」の在《あ》り処《か》を教えてくれたわ。……丸めて、カレンダーの紙に包んで、クローゼットの引き出しの一番奥にしまってあるって。

そこまで一気に話してしまってから、母は、静かに息を引き取った。穏やかなマリアさまのような顔になって。

母の言った通り、クローゼットの引き出しの奥に、私は「それ」をみつけ出した。

丸められたカンヴァスを広げた瞬間、白い鳩が……勢いよく羽ばたいて、開け放った窓から飛び立っていったように感じたわ。

のびのびと大空を飛び回る、一羽のうつくしい鳩。

いったい、誰が描いたの？

こんなに生き生きとした鳩を、カンヴァスに写し取ったのは……。

私はカンヴァスの隅々まで目を凝らした。そして、片隅に小さなサインがあるのをみつけたの。

そこには、はっきりと——Picasso——と書かれてあった。

……まさか。

これは、あのパブロ・ピカソが描いたもの……？

私はすっかり混乱してしまった。

もしも、ほんとうにピカソが描いた絵だったとしたら、母が「何千万ペセタもの大金を持っているようなもの」と言ったことと辻褄《つじつま》が合う。

けれど、どうして母が……ピカソの作品を持っているの？

もしかして、どこかの美術館から盗まれたもの？　だから誰にもみつからないように隠していたの？

考えれば考えるほどわけがわからなくなった。

わかっていたことは、たったひとつ。

これを持っていることを誰にも知られてはならない。それだけは間違いない。

ひっそりと隠して、決して手放すまい。

母の遺言通りに——。

本音をいえば、もしもその絵がピカソの真筆ならば、すぐにでもお金に換えたかった。そうすれば、大学の授業料や当面の生活費になるかもしれないから……。

「そうだったのね……」

告白するマイテの苦しみを自分のことのように感じながら、瑤子はつぶやいた。

彼女の体験した苦悩の深さを思えば、どんな言葉もみつからなかった。たとえ母親が遺《のこ》した「ピカソの絵」をマイテが売却したとしても当然だろう。彼女が学び、生きていくためにそうしたのならば、天国の母親も許してくれたはずだ。

静かに語り続けていたマイテだったが、そこでふっつりと口をつぐんだ。うつむいた顔は白い花のようだった。うつろな視線は床の上をさまよっていたが、やがて意を決したように上を向くと、瑤子を正面にみつめて、ふたたび語り始めた。

けれど……。

私は大学進学をあきらめて、働き口を探すことにしたの。ひとりで生きていくためには、そうするほかはないと覚悟を決めて。

入学金と初年度の授業料を納めなければならない期限の最終日、入学辞退の手続きをするために、私はアパートの部屋を出ようとしていた。ちょうどそのとき、一通の封書が届いたの。差出人名のない封筒が。

開けてみると、小切手が現れた。……百万ペセタ、入学金と初年度の授業料を合わせた額面だったわ。「バスク教育財団」という聞いたこともない団体が、小切手の振り出し元になっていた。そして、同封されていた手紙に、こう書いてあったの。——亡き父上に代わって、あなたの教育を支援いたします。

それは、ETAのリーダーのひとり、ウルからの手紙だった。

バスクの独立運動を牽引し、その思想ゆえに国家に抹殺された人物として、ETAとウルは父を英雄視していた。その遺児である私をこのさきずっと支えると申し出てくれたのよ。

もちろん、知っていた。ETAは反体制の過激な集団。バスク独立のために政府の要人を暗殺する、情け容赦のないテロリスト集団なのだと。

けれど、若かった私の目には彼らこそが英雄として映っていた。

拷問の末に父を殺し、そのせいで母の命までも縮めたフランコ政権を私は憎悪《ぞうお》していた。ファシスト政権に真っ向から戦いを挑み、フランコが他界したあとも、ぶれることなくバスク独立のために闘う集団、ETAの行為を、私は正当化していたの。

ETAからのアプローチはその後の私の人生を完全に変えた。

ETAは私の唯一無二《ゆいいつむに》の支援者となった。そして私は……その後、直接ウルと会ったの。

ウルの故郷は私と同じ、ゲルニカだった。私たちは最初から強く惹《ひ》かれ合って……

私が大学を卒業してまもなく、結婚したわ。

ウルは、普段は一般人としてまっとうに暮らしている。言い訳めいて聞こえるかもしれないけれど……私はその妻であり、ETAの活動に加担しているわけじゃない。

ただ……彼が私を支援してくれたように、私も彼を陰ながら支えてきたことは事実よ。

彼と結婚してから十五年。ETAは数々の暗殺未遂や、政府が黙認しているETAの敵対勢力「対テロリスト解放グループ《GAL》」との闘争を続けながら、バスクの独立のために戦ってきた。

そして、ウルが取り憑《つ》かれたようにこだわり続けてきた、とある「計画《プロジェクト》」があった。

それは――「〈ゲルニカ〉奪還」。

ウルが長らく座右の書として繰り返し読んでいた、私の父の著書「バスクの自由と独立」。その表紙にあったのが、あの絵、〈ゲルニカ〉。

ウルは父の著書の表紙に手を置いて、まるで呪文《じゅもん》のようにつぶやいていた。

——俺は絶対にこの絵をバスクに取り戻す。

この絵はレイナ・ソフィアのものじゃない。スペイン政府のものでもない。これは俺たちバスク人のものなんだ。

血と涙を流し、傷つき、死んでいった俺たちの故郷の人々。その鎮魂のためにこそ、ピカソはこの絵を描いたはずじゃないか。

それをこの地に取り戻さなければ、死んだピカソも浮かばれはしないさ——。

ETAは、長い時間をかけて、密《ひそ》かに〈ゲルニカ〉周辺の情報を収集し続け、あの作品がレイナ・ソフィアの壁から動く瞬間を辛抱強く待ち続けていた。

私は……私は、ウルの妻として、ずっと彼の味方だったけど……正直にいえば、「〈ゲルニカ〉奪還」にだけは賛成できなかった。

だって、そうでしょう？〈ゲルニカ〉を奪ってバスクへ持ってきたところで、飾る場所もなければ、一般の人々に見せるわけにもいかない。巨大な倉庫を借りて自分たちだけで眺めて楽しむなんて、愚の骨頂よ。……そう言って、私ははっきり反対したわ。

心の中には、あの「鳩」の絵が浮かんでいた。母が私に遺してくれた、たったひとつの宝物が。

私はあの絵を私にしかわからない場所に隠していたの。たとえウルであっても、私があの絵を持っていることを教えてはいなかった。……母が命をかけて私に遺してくれたものだから。

私の意見を、けれどウルは聞き入れなかった。

――なんとしても、必ず〈ゲルニカ〉を俺たちのふるさとへ取り戻すんだ。それに意見するようなら……お前はもう俺の妻じゃない。

狂気を含んだまなざしで私を睨《にら》みつけて、そう言ったわ。

そして、こうも言った。

――あの絵を手に入れたあと、どうするかって？

決まっているじゃないか。もう二度と、誰の手にも触らせない。誰の目にも触れさせない。

〈ゲルニカ〉を永遠にバスクの地に封じ込めるために……フランコの悪夢から、戦争の苦しみから、あの絵を解放してやるために。

この世界から消し去るんだよ――あの絵を。

第十一章　解放

一九四四年八月十八日　パリ

ノートルダム大聖堂の鐘の音が、開け放った窓の向こうから聞こえてくる。

居間のソファの上にしどけなく横たわっていたドラ・マールは、上半身を起こして、本やノートやがらくたがめちゃくちゃに積み重なっているテーブルの端にある金色の置き時計に視線を投げた。

正午の鐘の音である。フランス全土でゼネラル・ストライキに突入だと、きのうまで盛んにラジオや新聞で喧伝《けんでん》されていた。それがほんとうであれば、今日はタクシーもカフェも市場も、何もかも休業になっているはずなのだが、そんなときでも教会は休まずに鐘を鳴らすのだな、などと頭の端で考える。

ドラは立ち上がって窓辺に歩み寄った。半開きにしていた鎧戸《よろいど》を全開にする。生温くて少し湿った空気が部屋の中に入ってくる。

いつもならかすかに響いている表通りを行き交う車のエンジン音が聞こえてこない。どことなく街じゅうがひっそりと静まり返っているような気がする。ゼネストのせいなのか、それとも、目下パリを支配しているナチスとパリの目前まで進攻していると の噂《うわさ》の連合軍との一触即発を予兆した静けさなのだろうか。

玄関のドアをノックする音がして、ドラはぎくりとした。

トントントン、ときっかり三回のノック。——パルドだ、と胸を撫《な》で下ろして、玄関へ飛んでいく。二回のノックはドラ、三回のノックはパルド、四回のノックは秘書のハイメ、と決まっていた。ドンドン、ドンドン、と不規則に叩《たた》きつけるノックであれば、けっして易々《やすやす》とドアを開けないこと。それがピカソ周辺にいる者たちのあいだの暗黙の了解となっていた。

激しく叩きつけるノックの音とともに秘密警察《ゲシュタポ》がやってきたことがあった。ユダヤ人の画家仲間を匿《かくま》ってはいないか？　と、問答無用で部屋の中を捜索された。

そのとき居合わせたドラは、平静を装《よそお》ってはいたものの、足ががくがくして立っていられないほどだった。ピカソは平然とタバコをふかしていたが、アトリエの隅々まで無遠慮に捜索されることにかなりいら立っていた。

ひとりの男が、壁に貼《は》ってある〈ゲルニカ〉のポストカードをみつけて、むしり取った。そして、それをピカソのほうへ突き出すと、いまいましそうに訊《き》いた。——この絵を描いたのはお前か？　ピカソはくわえタバコを足下に捨て、長々と煙を吐き出してから、いいや、と答えた。

——この絵の作者は、あんたたちだ。

パリ万博のスペイン館に〈ゲルニカ〉が展示されたとき、ドイツの駐在武官に向かって言い放ったのと同じ台詞《せりふ》だった。

「すみません……遅くなりました。キオスクがどこもかしこも全部閉まっていて……」

ドアの向こうに現れたパルドは、ドラの顔を見るなりそう詫《わ》びた。

「結局、新聞は買えませんでした。今日は新聞社も休みのようで……」

「いいのよ。さ、入って」ドラは急いでパルドを中に通した。パルドはソファに座りもせずに「ピカソはどうしていますか」と尋ねた。

「寝室から出てこないわ。もう三日目よ。食事だけはハイメが運ぶのを食べているようだけど……」

ため息をついて、ドラが答えた。

「具合が悪いんでしょうか」

「おそらく、精神的にね。あなたが四日まえに来たとき、『私は逃げない、ここに残る』って言ったきり、寝室に入っちゃったでしょ。あれっきりよ」

そうですか、とパルドは力なく言った。

「……あんなことを言わなければよかったかな」

うなだれるパルドの肩にそっと手を置いて、「あなたのせいじゃないわ」とドラは言った。

四日まえ、ピカソとドラのもとへやって来たパルドは、まもなくパリがドイツ軍対連合軍の決戦の場となり、戦禍に巻き込まれる可能性が大きいと告げた。そうなるまえに避難したほうがいい、自分が手を貸すから、と。

しかし、ピカソはそれを拒絶した。ここでもここを動かないと言い張り、それっきり寝室に籠城《ろうじょう》してしまったのだ。

ピカソが動かないならば、ドラもパルドも動けるはずはなかった。おそらくピカソは、そうなることも計算しているに違いない。もしもパリが戦場と化したら、そして火の粉がこのアトリエに降りかかる事態になったとしたら、自分のみならず、ドラもパルドも道連れになるとわかっていて、動こうとしないのだ。

ピカソがエゴイストであることは最初からわかっていた。が、いまやそのエゴに付き合うのも命がけとなった。もとより、ドラはそれを不幸であるとは思わない。ただ幸福であるとも思えなかった。

「こんなどっちつかずの状況が続けば仕方のないことよ。誰だって参ってしまうわ」

自分に言い聞かせるように、ドラはつぶやいた。

——そうなのだ。

いま、パリは究極の「どっちつかずの状況」にあった。

このままナチスに支配され続けるのか、それとも解放されるのか。破壊されて灰になるのか、それとも燦然《さんぜん》と輝く永遠の花の都であり続けることができるのか——。

一九四〇年にナチス・ドイツに占領されてから、フランス政府はパリから追い出され、ドイツ軍がパリを支配下に置いていた。

しかしながら、ヨーロッパの覇者となることを目指してドイツが仕掛けた戦争は、世界各国に飛び火し、すでに全世界を巻き込んでいた。ドイツは、ヨーロッパ各地を支配したものの、東にはドイツの進攻を食い止めたソ連の存在があり、その東部戦線での損耗によって西部戦線は手薄となっていた。連合軍は、フランスへの上陸地点を察知されないよう、「欺瞞《ぎまん》作戦」まで用い、ついに一九四四年六月六日、ノルマンディー地方の沿岸から上陸を果たした。いわゆる「ノルマンディー上陸作戦」である。

連合軍はドイツ軍を蹴散《けち》らして徐々にパリへと進攻した。その頃にはすでにフランス全土、特にパリで活発化していた反ドイツの抵抗組織《レジスタンス》は、連合軍の進攻に呼応し、激しい抵抗運動を繰り広げていた。そして、連合軍がパリに到着するぎりぎりまで待って、レジスタンスが一斉蜂起《ほうき》をしかける——とのうわさが囁かれていた。

そのうわさはパルドによってピカソとドラのもとにもたらされた。緊迫した表情でパルドはふたりに告げた。

「まもなくパリでレジスタンスが蜂起する、という情報が入ってきました。明日にも地下鉄、フランス国家憲兵隊、警察、郵便局などがストライキに入ります。続いて全労働者が参加するゼネストが始まり、パリの街じゅうが麻痺《まひ》状態になったところで、一斉蜂起が開始されます」

ピカソの顔にたちまち不穏な雲がかかった。ドラは期待と不安の入り交じった気持ちで訊いた。

「レジスタンスの蜂起は成功するの？　連合軍はほんとうにパリの近くまで来ているの？」

問いながら、そうであってほしいと強く望む気持ちと、もし失敗したら取り返しがつかない、パリ市民はひょっとするとナチスに皆殺しにされてしまうかもしれないという恐ろしさとで、胸が潰《つぶ》れそうだった。

「それは、なんとも……」パルドははっきりしない答えを口にした。

「連合軍がパリ近郊に迫っていることと、レジスタンスの一斉蜂起は間違いないです。このタイミングを逃しては、パリからナチスを追い出すことは永遠にできないでしょうから。……ただ、成功するかどうかは五分五分でしょう。ヒトラーが、新しく防衛司令官に任命したディートリヒ・フォン・コルティッツ大将に、パリ防衛のためにいかなる指令を出しているか……はたして、それが実行されるのかどうか……」

パルドによれば、ヒトラーはパリを明け渡す気はまったくないそうだ。パリの失陥は、つまりドイツの敗勢を決定づけることになるからだ。

「――空爆か……？」

石のように黙りこくっていたピカソが、ふいに口を開いた。

「パリを手放すくらいなら、いっそ……パリを燃やしてしまえ。そんなふうに指令を出しているかもしれない。……そうだ、ヒトラー《あの男》ならやりかねない。……違うか、パルド？」

「ちょっと、やめてよ、そんな……」ドラは顔を引きつらせた。

「パリを空爆だなんて、冗談じゃないわ。そんなことしたら、それこそ連合軍が黙っちゃいないわよ。世界中を敵に回すようなものよ、このパリを破壊するだなんて！」

「もうすでに世界中を敵にしてるじゃないか、あいつは！」

ピカソが声を荒らげた。びくりと肩を震わせて、ドラはピカソをみつめた。黒々とした暗闇《くらやみ》のような瞳《ひとみ》には妖《あや》しい光が宿っていた。

「あの狂った独裁者が黙ってパリを明け渡すとは思えんね。失うくらいなら、いっそぶっ壊してしまえ。パリは俺のものだ、誰にも渡すものか！　ってな。……え？　どうだパルド、そう思わないか？」

今度はパルドのほうが黙りこくってしまった。その沈黙は、ピカソの忌《い》まわしい想像が断じてありえないことではないと遠回しに肯定しているようだった。

――パリを空爆？

巨大な蜘蛛《くも》が背中を這《は》い上がってくるような感覚を覚え、ドラは全身が総毛立つのを感じた。

もしもナチスに空爆を仕掛けられたら。爆弾が雨のようにこの街に降り注いだら……。

何もかも破壊され、燃え上がるだろう。エッフェル塔も、アンヴァリッドも、ポン・ヌフも、グラン・パレも、ルーヴルも。

このアパルトマンも……このアパルトマンにある、ピカソの描いた作品の数々も。

何もかも、誰もかれも、煉獄の炎に焼き尽くされるのだ。

自分も——ピカソも。

「パリ」が「ゲルニカ」に変貌《へんぼう》するのだ……!

「……提案があります」

感情を押し殺した声で、パルドが言った。

「パブロ、あなたは明日の朝いちばんでマリー＝テレーズのところへ避難してください。僕が車を差し向けます。当面の身の回りのものだけをまとめて……。ドラ、あなたは僕の家族が疎開《そかい》しているオーヴェル＝シュル＝オワーズへ僕とともに移りましょう。田舎町の別荘ですからドイツ軍の標的にはなりません。すぐにでも準備を……」

「待ってちょうだい、パルド」ドラが声を上げた。

「そんなに急に支度できないわ。第一、この家にある作品はどうなるの?」

置き去りにすれば、略奪される可能性もある。この場所が世界的な芸術家、パブロ・ピカソのアトリエであることはあまねく知られているのだ。

「一日いただければ、僕がなんとかします」

毅然《きぜん》として、パルドが答えた。

「作品は僕が守ります。何人たりとも指一本触れさせません。約束します」

〈ゲルニカ〉をアメリカに亡命させた青年の瞳に偽りはなかった。ドラは、返す言葉を探してうつむいた。

――終わりかもしれない。

ピカソが、いま、マリー＝テレーズと娘のもとへと行ってしまったら……それを限りに、ピカソと自分の関係は終わりを迎えるかもしれない。

このところ、ピカソの様子がおかしかった。

ドラが誘えば抱いてはくれる。が、何かとても即物的な「交わり」であって、情愛は少しも感じられなかった。

寒々しい気配。心はもはやここにはなく、どこか遠くをさまよっているような。どうしたのと何気なく訊くこともできないような微妙な溝が自分たちのあいだにでき始めていることに、ドラはとっくに気づいていた。

それがなんのせいなのか。長引く戦争のせいなのか、パリがナチスに支配されているせいなのか。いつなんどき、アトリエに警官が押し入って、ヒトラーに「退廃芸術」のレッテルを貼られた作品を蹂躙《じゅうりん》されるかわからないことへの不安なのか。見えない未来への焦燥からなのか。

それとも、新しい女ができたのだろうか。

どんなに考えを巡らせても、ピカソの胸の裡《うち》をのぞいてみることはできない。ドラはピカソの気持ちを繋《つな》ぎ止めたいと焦《あせ》る一方で、どうすることもできないとわかっていた。

一度離れ始めた芸術家の心を繋ぎ止めるのは、飛び立つ渡り鳥を押しとどめるようなものなのだと。

もとより、永遠にピカソの隣の席に座ることを許されているのは自分以外にない、とは思っていない。付き合い始めた瞬間からいままでずっと、ピカソのいちばん近くに陣取っている自分の席はあくまでも仮の席なのだ、と自分に言い聞かせてきた。

自分がピカソの恋人になったのは、幸運と、偶然と、成り行きが重なったからに過ぎない。

最初のうちは、自分はほかの女とは違う、自分は芸術家で、芸術家である自分をピカソは愛しているのだ、といい気になっていた。

しかし、それは勘違いなのだと、やがて理解した。私はアーティストなのよ——と、どんなに虚勢を張っても、パブロ・ピカソという圧倒的な才能の前では、芸術家としての自分の存在など芥子粒《けしつぶ》のようなものだ。それがわからないほどドラは軽薄な女ではなかった。

ピカソと付き合ってもう八年にもなる。

その間、離婚が成立していない妻、オルガ・コクローヴァや、ピカソの子供を産んだマリー＝テレーズ・ワルテルの存在に煩《わずら》わされながら、また、そのうちにきっと現れるだろう「新しい女」にすでに嫉妬《しっと》を覚えながら、ドラは、ただひたすら、自分でも滑稽《こっけい》なほど一途《いちず》に、ピカソという太陽を追い続けるひまわりの花だった。

けれど、ひまわりが咲き誇る真夏はとうに過ぎ去った。遠ざかる太陽をどれほど求めたとて、一輪の花ごときに日没を止める力などない。

私たちは……もうこれで、終わるのかもしれない。

生命にかかわる危険を感じながらも、ピカソとの関係ばかりに固執してしまう自分の小ささが、ドラはたまらなく悲しかった。

ピカソと別々になってどこかへ行きたくなどなかった。けれど、このままパリに留まるのは極めて危険だ。パルドの言う通り、とにかく避難するほかない。

ここにある作品はパルドが全力で保護してくれるだろう。ピカソとの約束は何があろうと必ず守る。それが芸術の守護神、パルド・イグナシオという男なのだ。

だから、このさきは、もう——。

沈鬱《ちんうつ》な顔つきでうつむいていたピカソは、やがて顔を上げてパルドを見た。そして、きっぱりと言い放った。

「私はどこへも行かない。ここに残る」

意外な言葉にドラは息をのんだ。パルドの顔は驚きで固まってしまっている。ピカソは、ふたりが愕然《がくぜん》とするのもおかまいなしに言葉を続けた。

「空爆するというならやればいいじゃないか。やってみればいい。私は逃げない。断じて」

「いや……しかし」パルドがあわてて口を開いた。

「万が一、戦禍《せんか》に巻き込まれるようなことになったら……それだけはあってはなりません。とにかく避難してください。あとのことは僕に任せて……」

「逃げないと言っているんだ」

語気を強めて、ピカソがもう一度言った。

「どうしてなの、パブロ？」ドラは思わずピカソに詰め寄った。

「死んでしまったらどうしようもないじゃないの。それこそヒトラーの思うつぼよ。

連合軍の兵士やレジスタンスの戦闘員ばかりじゃなく、あなたのような芸術家までも、地獄へ突き落としてやろうと思ってるに違いないんだから」

「望むところだ」ピカソは吐き捨てた。

「私を地獄へ突き落とすというなら、その道連れにしてやろうじゃないか」

ドラとパルドは言葉をなくして立ち尽くした。ピカソは、ドイツ製のタバコの箱をテーブルから拾い上げると、いまいましそうに握りつぶして、足下に投げつけた。

「君たちはどこへでも行くがいい。私はここを動かない。アトリエの窓から空爆を見物してやる」

そう言って、足音も荒々しく寝室へと去ってしまった。


一九四四年八月二十九日。

グランゾーギュスタンのピカソのアトリエ。片隅に置かれた古びた木製の椅子《いす》に座って、ドラは、ひとりきり、イーゼルに立てかけられた一枚の絵と向かい合っていた。

ドラがみつめているのは、自分がモデルになって描かれた肖像画。黄色や緑の尖《とが》ったかたちが集まって「顔」を造形している。いかにも苦しげにその顔を歪《ゆが》め、歯ぎしりし、泣きわめく哀れな女。嫉妬に狂う醜い性《さが》をさらけ出し、恥じることもない女。

――泣く女。

これが自分なのだ、とドラは思う。これが真実の、まごうかたなきほんものの自分であるのだと。

ピカソがこの絵を描いたのは、七年まえ、ちょうど〈ゲルニカ〉を制作した頃だ。あの頃、ピカソと付き合い始めて一年余り、彼の周囲に近寄るすべての女に対して激しく嫉妬を募らせていた。

特にマリー＝テレーズ。彼女が突然ここへやって来て、ピカソがどっちを愛しているかと言い合いになったこともあった。ピカソの子供を産んでいた彼女が憎らしくて、髪を引っつかんで、ののしり合って……ひどいケンカになった。

けれど、あのときその場に居合わせたピカソは、自分を巡って女たちが争うのを、薄ら笑いを浮かべて眺めていたっけ。

わかっていた。——最初から。

ピカソの愛を永遠に得られる女など、この世には存在しない。オルガ・コクローヴァも、マリー＝テレーズも、そして自分も……ピカソにとっては通過点にすぎないのだと。

わかっていながら……たとえほんのひとときであっても、あの心の奥底まで見透かすような視線を一身に浴びて、その筆でカンヴァスの中に封じ込めてほしいと願ったのだ。たとえそれがどんなに醜い姿であろうとも。「泣く女」として永遠に残されることになろうとも。

この八年間、その思いを胸に生きてきた。そして、ピカソとともにあったことを一度たりとも後悔したことはない。

戦争が始まってからは、ピカソがナチスに連行されるかもしれない、一方的に罪に問われるかもしれないと、気が休まることはなかった。けれど、恐れることなくピカソとともに闘い抜こうと決心した。

なぜなら、ピカソこそはあの〈ゲルニカ〉を、苦しみながら、もがきながら、誕生させた芸術家だから。

――その誕生の瞬間を分かち合い、そして写真に収められたことを、私は誇りに思っている。

そう。それは、ほかの誰にもできなかったこと。それだけでも、あの日、あのとき、ドラ・マールがパブロ・ピカソのそばにいたことを、いつか誰かが評価してくれるはず。

それがどれほど遠い未来であろうとも、いつか、きっと――。

開け放った窓の彼方《かなた》で、ドン、ドン、と空砲の音が響いた。続いて、遠い潮騒のように、湧《わ》き上がる歓声が風に乗って聞こえてくる。

四日まえ、ついにパリが解放された。連合軍がほぼ無血でパリに入城し、防衛は困難と判断したドイツ軍が正式に降伏した。パリを焼き尽くせとのヒトラーの指令も、コルティッツ大将を動かすことはできなかった。――焼き尽くすには、パリはあまりにもうつくしすぎる街だったのだ。

その日の正午に、エッフェル塔の頂上にシーツで作られた三色旗が翻《ひるがえ》った。パリ陥落の日、ナチスの旗、ハーケンクロイツを掲げさせられたフランス人消防士が、危険も顧みず塔によじ上り仕返しをしたらしい。そんな記事が翌日の新聞に載った。

「パリ解放」の第一報をピカソとドラに届けたのは、やはりパルドだった。

ドラが玄関のドアを開けると、頰を紅潮させたパルドがまっすぐに飛び込んできた。ずっと寝室で籠城していたピカソが、パルドの歓喜の声を聞いて、ようやく出てきた。パルドは感極まってピカソに抱きついた。続いてドラにも。彼の顔は勝利の女神に祝福された王子のように輝いていた。

ピカソは、にわかには信じられないという様子だったが、やがてパルドに向かって言った。

――君の車で、いますぐ私を連れていってくれないか？　ル・トランブレー＝シュル＝モルドルへ。

それは、マリー＝テレーズと娘が住む町の名前だった。

ドラは、一瞬にして湧き上がった喜びが凍りつくのを感じた。

パルドの顔には戸惑いが浮かんだが、すぐに、わかりました、と答えた。そして、ドラに向かって言った。とにかくパブロをあちらへ連れていきます。落ち着いたらすぐに戻りますから……。

待っていてくれますか？　——僕が帰ってくるのを……。

怒りのような、悲しみのような、絶望のような、暗い靄《もや》がドラの中に立ち込めた。けれど、せいいっぱいの造り笑顔で応《こた》えた。ええ、もちろんですとも。いってらっしゃい。私のことは気にしないで——。

——私はひとりでも、大丈夫だから。

ドン、ドン、ドン、ドン。空砲の音が何発も響く。さざ波のような歓声と、トランペットにクラリネット、ドラムの音。シャンゼリゼ大通りでパレードが始まったのだ。

ドラはうつむけていた顔を上げた。その拍子に、涙がひとすじ、頬をこぼれ落ちた。

二〇〇三年五月二十日　スペイン国内某所

〈ゲルニカ〉をこの世から消し去る――。

「バスク祖国と自由《ETA》」のリーダーのひとり、ウルの計画を、彼の妻マイテから聞かされた瑤子は耳を疑った。

それはまさに、恋い焦《こ》がれた相手を「わがもの」にするために殺害を決意する、熱情に浮かされた殺人者の発想そのものだった。

かつて、自分が死んだらコレクションを一緒に棺に入れて燃やしてくれ、と嘯《うそぶ》いたコレクターがいた。そうすることで名画を自分だけのものにする……永遠に。ウルの計画はそれを本気で実行に移そうとするものだった。

あまりの衝撃に、瑤子は足もとからがくがくと震えが上がってくるのを止められなかった。全身に気味の悪い汗が噴き出す。頭の中は突然の吹雪にさらされたように真っ白だった。

沈痛な面持ちでマイテは瑤子をみつめている。瑤子はがっくりとうなだれ、しばらくのあいだ動けなくなった。

——いけない。このままでは。……どうにかして止めなければ。

瑶子は自分で自分を励まし、必死に考えを巡らせた。

自分が「ホテル・リッツ」から拉致《らち》されたのは、昨夜十時過ぎのことだ。一夜明けて、マイテが朝食を持ってきた。ということは、拉致から十時間以上が経過している。

ETAはいったいどういう方法で、人質と〈ゲルニカ〉の交換をレイナ・ソフィアに……あるいはスペイン政府に迫っているのだろうか。

電話か、文書か……あるいはメールか。居場所を知られないように、トリッキーなコンタクトをしている可能性もある。世界に向けて声明を発表しているかもしれない、とも思ったが、〈ゲルニカ〉奪取を成功させるためには、騒ぎが大きくなることを彼らは望んではいないだろう。スペイン政府とて慎重に交渉する姿勢を見せるはずだ。国の至宝と人命の両方がかかっているのだから。

間違いなく、スペイン政府はアメリカ合衆国政府に一報を入れている。私はアメリカの市民権を持っているけれど、国籍は日本にある。日本政府にも一報が入っているだろうか。

ETAは合衆国政府もテロ組織と認めている。交渉ルートを確保するために、そして最悪のケースも想定して、スペインと合衆国、双方の外交ルート、専門家、それに特殊部隊が動き始めているはずだ。

スペイン政府は、ETAの要求に対して、最初は交渉に応じる態度を見せるだろう。けれど、〈ゲルニカ〉をETAに渡すつもりは微塵《みじん》もないだろう。

合衆国政府と日本政府は、人命第一に交渉に応じるようスペイン政府に申し入れる。もちろん、スペイン政府とて救助に全力を尽くすと約束するはず……表向きは。

〈ゲルニカ〉はスペインにとっては民主化のシンボルであり、暴力に屈しない人民たちの誓いそのものだ。それをテロリストの手にみすみす渡せば、スペイン政府がテロに屈したことを世界に露呈することになってしまう。……それだけは絶対にできない。

一枚の絵画か、人命か。どちらを救うべきなのか。――スペイン政府は崖《がけ》っぷちに立たされている。

そして私は――。

私は、どうなるのだろうか。

ウルは昨夜、「ここがあんたの人生の最後の場所になるかもしれん」と言った。交渉が決裂すれば、迷いなく命を奪うつもりなのだろう。

いや、たとえ万が一、彼らがまんまと〈ゲルニカ〉を奪取することができたとしても、私を生きて還すかどうかはわからない。

いずれにせよ、私は……私の命は、もう……。

瑤子は目を閉じた。

突然、「死」が冷たい手のひらで生々しく頬を撫でるのを感じた。絶望が体を隅々まで痺《しび》れさせた。

――イーサン。

心の中で、瑤子は亡《な》き夫に呼びかけた。

――ねえどこにいるの、イーサン？ そこから私が見えているの？ がんじがらめ、どうすることもできない非力な私が……。

どうしたらいい？ ねえ、イーサン。答えてよ。

私、いったい、どうしたら……。

運命の日、二〇〇一年九月十一日。ワールド・トレード・センターのオフィスで勤務中だったイーサンは、瑤子の前から姿を消した――永遠に。

あの大惨事に巻き込まれたのだ、生きているはずなどない。が、瑤子は彼の遺体を確認したわけでもなく、従って告別式もしないままだった。

事件が起こってから短くないあいだ、彼が死んでしまったという実感がどうしても伴わなかった。実はどこかで生きていて、そのうちにひょっこりと帰ってくるのではないか。ほんのかすかな期待が、いつも心の隅にあった。

最愛の人はもういない。その事実を、どうしてもどうしても受け入れたくなかった。イーサンの死を認めること、それは瑤子にとってテロリズムに負けたことを意味していた。

仕方がないじゃないか、誰も予知できない悲劇だったんだ、テロリストが相手じゃどうすることもできないだろう、君のせいじゃないさ。そんなふうに言われるのが、どんなことよりもつらかった。

けれど——。

イーサンから贈られたピカソの「鳩《はと》」。来る日も来る日もそれを眺め、心の中で夫に呼びかけるうちに、固く閉ざされていた窓が少しずつ開いていった。

ぐずぐずしていてはいけない。いつまでも悲しみの海を漂うばかりでは。

打ちひしがれていた瑤子の心の窓辺に、一羽の白い鳩が飛んできた。瑤子は、ようやく思い出した。

無力な人々を苦しめるテロリズム、武器を持たぬ人々の命を奪った戦争。その暴挙に、絵筆一本で立ち向かった芸術家がいたことを。

芸術家の名は、パブロ・ピカソ。

そして、その絵のタイトルは〈ゲルニカ〉。

——そうだ。私は、助けられたのだ。パブロ・ピカソに。〈ゲルニカ〉に。

半地下の密室で、後ろ手に縛られて身動きできない瑤子の胸中を、突然、一陣の風が吹き抜けた。その風に飛ばされるようにして、瑤子を覆《おお》っていた絶望の霧が次第に晴れていった。

——どのみち、私の行く末は彼らに委《ゆだ》ねられている。その状況からもう逃げられないのだ。

もはや変えられない運命ならば……私に残された使命はただひとつ。

守り抜かなければ。……〈ゲルニカ〉を。

瑤子は目を見開いた。うつむけていた顔を上げると、マイテをまっすぐに見て、言った。

「マイテ。約束通りに、私の見解を言うわ。……あなたのお母さんが遺《のこ》した『鳩』の作品。おそらく、パブロ・ピカソの真筆よ」

「真筆」と耳にした瞬間、マイテの瞳に驚きが浮かんだ。

「ほんとうに？」

震える声でマイテが問いかけると、

「ほんとうかどうかは、正直、わからない。……けれど、三十年近くピカソの絵をみつめ続けてきた研究者である私自身の見解よ」

瑤子は答えた。誇りと自信をもって。

なぜ母がこの絵を持っていたのか、その秘密はマイテでさえも知ることができなかった。

作品を入手した経緯がわかれば、つまり作品の来歴がわかれば、その絵が真作か贋《がん》作《さく》か、ある程度の見極めが立つ。しかし、そのいちばん大切なところがマイテにも知らされていなかった。

確たる手がかりがほとんどないまま、古ぼけた一枚の写真とマイテの母の遺言だけをもとに真贋判定をするなど、専門家としては慎むべき行為である。

それでも瑤子はあえて一線を超えた。人質である瑤子に何もかも話してくれたマイテの気持ちに応えたかったのだ。

瑤子に対するマイテの必要以上の接触。ウルに知られればただではすまされないだろう。制裁される危険を冒しても瑤子にすべてを打ち明けたマイテの真意を、瑤子は汲《く》み取った。

マイテも助けたいのだ。――〈ゲルニカ〉を。

「なぜ、そう思ったの？」

マイテが重ねて訊いた。瑤子はそれには答えずに、

「絵の写真を、もう一度見せてくれる？」

と言った。マイテはパンツのポケットから古ぼけた写真を取り出した。

表面のあちこちが擦り切れたカラー写真はかなり古いもののようだったが、さほど褪色《たいしょく》はしておらず、写真の中心に白い鳩の絵が描かれたカンヴァスが写っている。写真の下部に床の一部もわずかに写っているので、カンヴァスはイーゼルではなく、床――赤茶色のテラコッタの床にじかに置かれ、壁に立てかけられている、と見て取れる。

マイテが差し出した写真を隅々までみつめると、瑤子はもう一度顔を上げて、はっきりと言った。

「この写真は、私も初めて見たけど……ドラ・マールが撮影した可能性が高いわ」

マイテが息をのむのがわかった。その様子を見て、瑤子はすかさず尋ねた。

「知ってる？　ドラ・マール。ピカソの恋人で、写真家だった女性……」

マイテは、かすかにうなずいた。

「ええ。……ピカソが〈ゲルニカ〉を制作する過程を記録した人……」

「その通りよ」と瑶子は言った。

「ピカソがゲルニカを制作したのは一九三七年。ドラ・マールは、その前年からピカソと付き合い始めて、一九四五年頃に別れるまで、九年間、ピカソとともに過ごしたの。彼女はシュルレアリスムのグループに属していて、当時では珍しい女性写真家だった。芸術作品としての写真を色々と撮っていたにもかかわらず、彼女の作品の中でもっとも有名なのは〈ゲルニカ〉制作のドキュメンタリー写真よ。……皮肉なことにね」

瑶子の言葉に聞き入るマイテの表情は真剣そのものだった。マイテの手のひらに載せられた写真をみつめて、瑶子は続けた。

「ドラ・マールがカラー写真を撮っていたかどうかは定かではないけれど……一見して、このプリントは、第二次世界大戦中にヨーロッパの報道写真家のあいだで使われるようになったコダクロームの外式ポジフィルムを使ったものだと思う。当時はまだカラーフィルムは珍しかったけど、ドラは新しい試みをすることが好きな女性だったし、男勝りなひとだったから、ほかの芸術写真家に先駆けて使った可能性はあるわ」

瑶子は写真が撮られた年代も特定した。おそらくは第二次世界大戦が終結した直後であろう。終戦までのあいだ、ナチス占領下のパリで入手可能だったカラーフィルムは、ドイツ製の「アグファカラー・ノイ」だった。ピカソ同様、ナチスを嫌悪していたドラがこのフィルムを使ったとは考えにくい。従って、アメリカ製のカラーフィルムが入手できるようになった戦後まもなく、この写真が撮影された可能性が高い。

「決定的なのは……この写真の下のほう、カンヴァスが置かれている床が少しだけ写っているわね。わかる？」

瑤子に言われて、マイテはうなずいた。瑤子は写真をみつめながら、はっきりと言った。

「この絵が撮影されたのは、グランゾーギュスタン通り七番地。つまり、ピカソのアトリエ。……〈ゲルニカ〉が制作されたのと同じ場所よ」

一瞬、マイテが息を止めるのがわかった。瑤子は続けて説明した。

「ドラが撮影した〈ゲルニカ〉制作の写真には、アトリエの様子も写っている。私は〈ゲルニカ〉を研究する過程で、彼女の撮影した一連の写真をつぶさに調査したし、パリにいまも残されているピカソのアトリエがあった場所へも、何度となく訪れたの。私の中には、ピカソが描いた〈ゲルニカ〉と、ドラが撮った〈ゲルニカ〉の記録写真のすべてが刷り込まれている……画面の隅々まで克明に思い出すことができるわ。そして、あの作品が生み出されたアトリエの様子も、すべて。床の模様も、飛び散った絵の具の染みのかたちまでも」

写真にわずかに写っている床。フランスで十九世紀初頭から盛んに床材として用いられたトメットで、絵の具が飛び散っている。ドラが〈ゲルニカ〉を撮影したグランゾーギュスタンのアトリエの床であると、写真を見た瞬間に瑤子は直感したのだった。

「ここに写っている作品が、ピカソの真筆かどうか……ほんとうのところは、実際に作品を見てみない限りはわからない。けれど……」

一拍置いてから、瑤子はマイテをまっすぐにみつめて言った。

「あなたがこの写真を持っているという事実。それこそが、この作品が真作であることを物語っていると、私は思う」

瑤子の言葉に、マイテはじっと耳を傾けていたが、やがてまぶたを閉じた。その拍子に、涙がひとすじ、頰を伝った。

しばらくのあいだ、マイテは声を殺して静かに泣いた。言葉にはならない涙の意味が瑤子の胸に響いてきた。

——守りたい。

私は、守りたいの。ピカソの作品を。……〈ゲルニカ〉を。

母の思いを——。

と、そのとき。

部屋の外で荒々しい足音がした。瑤子とマイテは、はっと顔を上げた。

ガチャガチャと鍵《かぎ》を開ける音がする。マイテは急いで立ち上がると、

「これを持っていて」

そう囁いて、後ろ手に縛り付けられている瑤子のデニムのポケットに「鳩の絵」の写真をねじ込んだ。

バン、と派手な音を立ててドアが開いた。銃を手にした黒い目出し帽の男をふたり従えて、やはり目出し帽に黒いシャツ、黒いパンツを身につけた大柄の男がけたたましく入ってきた。

ウルに違いない。瑤子は身を固くした。

マイテが急ぎ足でウルのもとに駆け寄った。バスク語で何か話しかけたが、ウルはまったく耳を貸さずに、瑤子に向かって「立て」とスペイン語で言った。

「今日があんたの人生の最後の日だ」

宣告じみたその言葉を、瑤子は微動だにせずに受け止めた。目出し帽から覗いている血走った目をみつめて、瑤子は「そう。それはよかった」と震える声を放った。

「私が殺されるってことは、政府があなたたちとの交渉に応じなかったということね。〈ゲルニカ〉はあなたたちの手には渡らない。そういうことでしょう？　それならば、望むところよ」

足が細かく震えている。が、精一杯見得を切った。ウルは、ふんと鼻で嗤《わら》った。

「さっきスペイン政府と話がついた。――〈ゲルニカ〉は俺たちに引き渡される。が、あんたをやつらに渡すことはできない。――あんたはいろいろ知りすぎたようだ」

瑤子は全身から血の気が引くのを感じた。「待って、ウル！」とマイテがウルにすがりついた。

「〈ゲルニカ〉がこっちに渡されるのなら、彼女を解放するのが筋でしょう。そんな卑怯《ひきょう》なこと……」

「うるさい！」

ウルの手が飛び、マイテの頰をしたたかに打った。マイテはその場に倒れこんだ。

「マイテ！」瑤子は思わず叫んだ。ウルはいまいましそうに、床に伏せるマイテに向かって吐き捨てた。

「この女に何を話した？　人質に朝飯を食わせるにしちゃ長すぎやしなかったか？　何でわざわざトルティージャを作ったりしたんだ？　お前、ひょっとしてこの女と通じていたのか？」

「違うわ！」瑤子は声を張り上げた。

「彼女はあなたの気持ちを理解したくて、私の話を聞きたがっただけよ。あなたがなぜ、そうまでして〈ゲルニカ〉を手に入れようとしているのかを……」

「へえ」ウルがせせら笑った。「俺がなんで〈ゲルニカ〉を手に入れようとしているのか、だって？　どうして俺の気持ちがあんたにわかるんだよ？」

瑤子はウルの目を見据えて、きっぱりと言った。

「私も同じだからよ」

血走った目が、一瞬、見開かれた。臆《おく》することなく、瑤子は続けた。

「私は、十歳のとき、初めて〈ゲルニカ〉をこの目で見た。それからずっと、私はあの作品にひとかたならず執着して、追いかけ続けているのよ」

子供だった瑤子を釘付《くぎづ》けにした〈ゲルニカ〉。それは、単なる一枚の絵ではなかった。その後の人生をすっかり変えてしまうほどの衝撃をもって迫ってきたそれは、瑤子を支配する「宇宙」となった。

その「宇宙」では、あらゆるものを吹き飛ばす熱波に包まれ、ずたずたに引き裂かれ傷ついた幾多の人間が、生き物たちが、地を這い、苦しんで、もがいていた。そして画面のあちこちから聞こえてくる恐ろしい音――。

逃げ惑う人々の阿鼻叫喚《あびきょうかん》、煉獄《れんごく》の炎が燃え盛る音、激しい爆発音――この世の終わりを告げる不気味な地鳴りが響き渡る画面から、同時に聞こえてきたのは、武器の代わりに絵筆を握った芸術家の声なき叫びだった。

――芸術をなんであると、君は思っているのだ？

画面の中から、ピカソの声がした。

芸術は、飾りではない。敵に立ち向かうための武器なのだ。

私は闘う。断固、闘う。この世界から戦争がなくなるその日まで、戦争そのものと。

この絵筆一本、一枚の絵で。

私の思いのすべてを込めて――。

「私は、決めたのよ。一生をかけてこの絵を追い続ける。この絵に関連するあらゆる書物を読み尽くす。どんな専門家にも負けないくらい、徹底的にこの絵を研究する。この絵に込められたピカソの真のメッセージを、世界中の人たちに届けるために」

ウルはいつしか黙りこくって、瑤子の言葉にじっと聞き入っていた。瑤子はウルから目を逸《そ》らさずに重ねて言った。

「『――バスクに真の自由が訪れる日。それは、バスク人民を含む全スペイン国民が、いかなる政治的・宗教的・民族的イデオロギーの制約も受けず、一義的で単眼的な思想にも縛られず、高度な自治権のもとに、すべての人々が文化的生活を保障され、平穏で幸福な日常を送れるようになる。そしてその一切を無意識に享受《きょうじゅ》できている。それこそが、バスクに自由が訪れた日の証となる……』」

目出し帽から覗《のぞ》いている瞳が風に吹かれたように揺らめいた。マイテは床から上半身を起こして、瑤子を仰ぎ見た。

瑤子は椅子に縛り付けられたまま、ウルをみつめ続けた。そして、言った。

「ファビオ・バラオーナ。デウスト大学の社会学の教授、バスク独立運動の父。きっとあなたも暗記するほど読んだはずの本『バスクの自由と独立』の中の一節には、私も深く感銘を受けたわ」

〈ゲルニカ〉に関連する書物を読み漁《あさ》る過程で、瑤子は、マイテの父、ファビオ・バラオーナの著作を読んでいた。そして、その中の一節をはっきりと覚えていた。

そこには、自由を渇望する人民の叫びが込められていた。真実の響きがあった。バスクの人々のみならず、世界中で圧政に苦しめられ、民主主義を希求する人々の思いが代弁されていた。そして、ピカソが〈ゲルニカ〉を通して、世界中の人々に伝えたかった真意と合致していると、感動で胸が震えた。

「あの本の表紙には〈ゲルニカ〉が使われていた。なぜかわかる？　ピカソが〈ゲルニカ〉を描くことで伝えたかったメッセージこそが、バラオーナ教授のメッセージだったからよ」

闘うべき相手は政府でもファシズムでもなく、戦争、暴力、憎悪《ぞうお》である。武器を持たず、思想と文化と芸術の力、そして人々の結束で、それら負の存在と闘う。

それこそが、私たちに真の勝利と自由をもたらすのだ。

マイテの瞳にみるみる涙が溢《あふ》れた。ウルはうなだれて目を閉じた。瑤子は毅然と前を向いて告げた。

「私をどうしようとかまわない。どこへでも連れていって、どうとでもしてちょうだい。……だけど、最後にひとつだけ、言わせてほしい。……〈ゲルニカ〉は、いったい誰のものなのか……」

ウルが顔を上げた。かすかに震える目が語りかけてくる。

――誰のものなんだ？

瑤子はその目を見据えて、静かに言った。

「〈ゲルニカ〉は、あなたのものじゃない。もちろん、私のものでもない。――私たちのものよ」

そう——それだけが、たったひとつの真理。長い長い時間をかけて、瑤子が見出した答えだった。

生まれ落ちた瞬間から、激動する時勢の波にさらされ、闘いと殺戮《さつりく》と暴力に苦しむ人々の悲痛な叫びを一身にまとい、世界各国、各地を転々とさまよい続けた一枚の絵。ナチスから退廃芸術のレッテルを貼《は》られつつも、展示される先々で人々に戦争の悲惨さを見せつけた絵。

スペインに還されてからは、バスクが、バルセロナが、マラガが、それぞれに「自分のものだ」と主張を繰り返した絵。

あの絵こそ、すべての束縛から解き放たれて自由になるべきなのだ。私たちには、そうする責任がある。

なぜなら、あの絵は私たちのものなのだから。

「〈ゲルニカ〉を奪い返す、そんな必要なんてないわ。だって、とっくにあの作品はあなたたちバスク人のものよ。そして、『9・11』で傷ついた私たちニューヨーク市民のもの。……平和を望む世界中のすべての人たちのものなのよ」

ウルは黙したまま瑤子をみつめた。瑤子もまた、ウルの瞳《ひとみ》をみつめ返した。

——と、その瞬間。

ドーンと鈍い爆発音が響き渡った。部屋にいる全員が、はっとしてドアの向こうを振り返った。

あわただしい足音がして、目出し帽を被《かぶ》った別の男が部屋に飛び込んできた。バスク語で、大声で叫んでいる。

「――くそっ！」

ウルが真っ先に部屋を飛び出した。ほかの男たちもバラバラと部屋から走り出た。

「――ヨーコ、こっちへ！」

その隙《すき》をついて、マイテが後ろ手の瑤子の縄を解き、肩を抱いて廊下へ飛び出した。

ドーン、ドーン、爆発音が数回、立て続けに聞こえる。狭い廊下には煙が充満し、目の前が真っ白だ。

煙にむせて瑤子は激しく咳《せ》き込んだ。マイテは体をかがめると、瑤子の背中をさすった。

「しっかりして、ヨーコ。私につかまって」

「な……何があったの、マイテ？　いったい……」

「特殊部隊が突入したと仲間が叫んでいたわ。……大丈夫、きっとあなたは助かるはずよ」

瑤子は瞬時に理解した。ETAと交渉すると見せかけて、当局はこの場所を特定し、特殊部隊を突入させたのだ。

「私についてきて。あなたを引き渡すから」

マイテが手を差し出した。瑤子は「ちょっと待って」とその手を止めた。

「ひとりでいくわ。あなたが一緒に来たら……連行されてしまう」

「いいのよ、そうなっても」マイテはきっぱりと言った。

「そのときが来たんだって……父が、言ってくれているような気がする」

バスク語の叫び声に続いて、タタタ、タタタタタ、と銃を連射する音が聞こえてきた。瑤子はマイテに手を引かれて、無我夢中で狭い廊下を移動し、煙がもうもうと充満する一階へと階段を駆け上がった。目の前のドアがわずかに開いて、隙間から外の光が見える。マイテが瑤子のほうを振り返って言った。

「あのドアから飛び出すわよ。1《ウノ》、2《ドス》、3《トレス》で。いい？」

瑤子はうなずいた。マイテは微笑した。

「ありがとう、ヨーコ。……あなたに会えてよかった」

――1、2、3！

一気にドアを開けて、マイテが勢いよく飛び出した。続いて瑤子も飛び出した。マイテは両手を激しく振って、声の限りに叫んだ。

「人質を解放するわ！　ヨーコよ！　撃たないで、ヨーコよ！」

あたり一面に白煙が立ち込める中から、物々しく武装した特殊部隊の隊員が現れた。

両手を振るマイテと瑤子を認めると、構えていた銃を下ろし、大声で聞いた。

「ヨーコ！　あなたはヤガミ・ヨーコですか⁈」

日本語だった。瑤子は張り裂けんばかりの声で、日本語で答えた。

「はい！　私は八神瑤子です！」

――ああ……助かった！

涙が込み上げてきた。ほっと笑顔になって、マイテが言った。

「よかった。さあ、早く……」

その瞬間、銃声が轟いた。と同時に、鮮血が飛び散り、マイテがどさりと崩れ落ちた。

あっと声を上げて、瑤子はしゃがみ込んだ。みるみるうちに血だまりが足元を赤く染めていく。瑤子はマイテの体にすがりついた。

「マイテ！　……マイテ、しっかりして、マイテ！」

銃弾の音が耳もとをかすめる。特殊部隊の隊員が瑤子の肩をつかむと、「こっちへ！」と引っ張り上げた。

「待って！　マイテが……マイテが……！」

狂ったように瑶子は叫んだ。隊員が瑶子の体を抱きかかえるようにして、マイテから引き離した。

「マイテ！……マイテ——っ！」

繰り返される銃撃と、ときおり響き渡る鈍い爆発音の中、瑶子の叫びはかき消されていった。

最終章　再生

一九四五年十一月十六日　パリ

赤茶色のトメットの床に三脚を立てる。その上に、これも愛用のカメラ、ライカをしっかりと固定する。

トレンチコートを着たままで、ドラ・マールは、腰を少し落としてファインダーを覗《のぞ》き込む。

カメラには、アメリカ・コダック社のカラーフィルム「コダクローム」がセットされている。高価なカラーフィルムは一般にまだ普及しているとは言い難かったが、パルド・イグナシオが入手してくれた。ピカソのアトリエの風景を、一枚だけでもいい、どうしてもカラーで撮っておきたい——というドラの要望に応《こた》えて、すぐに手配してくれたのだ。

グランゾーギュスタン通りにあるピカソのアトリエは、しばらくその主が留守にしているせいもあって底冷えがした。どこへ行ってしまったのか、二ヶ月まえにピカソと別れたドラには、いまとなってはわからない。長い留守のためにセントラルヒーティングのスイッチを忘れずに切ったのは、ピカソの秘書のハイメ・サバルテスだろう。日常的な細かいことに気を配るのは、なんであれ、いつもハイメの役割だったのだから。

しばらくファインダーを覗き込んでいたドラは、ファインダーから目を離してアトリエを見回した。

大きなイーゼルがひとつと、比較的小さなイーゼルがその手前に立っている。そこにはそれぞれ描きかけの女の肖像画があった。

グレーの豊かな髪、長いまつげの大きな瞳《ひとみ》、左頰に浮かぶ小さなほくろ。まるで花のように美しく抽象化されて描かれたその女——。それは、ドラ・マールの肖像ではなかった。

見知らぬ女の肖像画をみつめるうちに、ドラの口もとに苦い笑いがさざ波のように寄せてきた。

神経質に顔を激しく歪ませ、天を仰いで、あるいはハンカチを嚙《か》んで泣きじゃくる女。そう、「泣く女」こそが、創造主・ピカソに描かれた自分だった。

ふたりが付き合い始めた頃には、もっと知的で、華やかで、つんとして高慢ちきな肖像がカンヴァスの中に次々に生まれていった。

相手が妻子持ちであろうと、有名人であろうと、創造主であろうと、そんなことは関係ない。そのときに自分が好きになった男と好きなように過ごしているだけ。それがどうしたっていうの？——若かった自分の奔放なつぶやきがカンヴァスの中から聞こえてくるようだった。

けれど、それから一年ほど経《た》って、カンヴァスの中のピカソの「女神《ミューズ》」は次第に変わっていった。

ピカソを巡って、ドラは、彼との間に子をなした愛人のマリー＝テレーズと激しい諍《いさか》いをした。いったいあなたの心はどっちにあるの?! とピカソを問い詰めもした。取り乱して泣きわめき、そのへんにある物をかたっぱしから壊し、ピカソにすがって分厚い胸板を叩《たた》いた。

けれど、ドラにはとっくにわかっていた。——私だけを見て、私だけを愛してほしい、と望んでも、そう望んだ瞬間にピカソの心が自分から離れてしまうことを。

あの頃、ピカソが描いていたドラの肖像はほとんどが「泣く女」であった。

しかし、自分は決して「泣く女」に終始したわけではない。自分はピカソにとって本物の「創作の女神」であったのだ……と思いたかった。

一九三七年、ピカソとドラはもっとも親密な関係にあった。付き合い始めて一年と経っていなかったこともあったからだが、あの時期、ピカソが生み出した一枚の絵がふたりの関係をより強固に、特別なものにした。――〈ゲルニカ〉が。

あの一作が産声《うぶごえ》を上げる瞬間に立ち会い、そしてそれをフィルムに焼き付けた。そのことこそがドラにとって決定的な出来事だった。

私だけが、ピカソの制作の神秘を「記録」することを許された唯一無二《ゆいいつむに》の存在。そして「絵画」と「写真」、それぞれの表現で、ピカソの母国の地方都市・ゲルニカに起こった空前の惨事を永遠に人類に記憶させる、その共同作業を成し遂げたのだ、という自負。

世界を巻き込む戦争が迫り来る、その緊張感と圧迫感の中で、あれほどまでの作品を生み出してしまうピカソという芸術家に対して、深く感動し、畏《おそ》れもした。そして、愛した。

そう、私はピカソを愛した。いままでにないほど、深く、激しく。

――あんなに誰かを愛することは、このさきないだろう。

ドラは、見知らぬ女の肖像画が載せられているイーゼルの向こう、正面の壁を見た。

何枚かの完成した作品が重なって立てかけられている。透視でもするように目を凝らしてみる。

いまから八年まえのこと。「ゲルニカ空爆」の一報がこの場所にいたピカソと自分にもたらされた。ピカソは激しく怒り、新聞を引き裂いて踏みつけ、落胆し、悲しみにくれた。そして自室に引きこもってしまった。

こんな非常時に、いったい芸術家に何ができるというのだろう？　美術がなんの役に立つというのだろう？　ピカソの胸にそんな思いが立ち上ったのかもしれない。

しばらくして、ドラはアトリエにピカソが戻ってきたのを見た。そのとき、いま自分がみつめているあの壁に巨大なカンヴァスが掲げられていた。

そこに、ピカソは、命のすべてをぶつけて描いたのだ。

〈ゲルニカ〉の誕生から八年――。

ついに、戦争は終わった。

多くの人命を奪い、街を破壊し、非道の限りを尽くしたナチス・ドイツは戦いに敗れ、ヒトラーは自殺した。それに先立って、ナチスに占領されていたパリは解放され、自由な空の下、パリ市民には穏やかな日常が戻ってきた。

しかし、スペイン共和国政府を倒して軍事政権を打ち立てたフランシスコ・フランコは、しぶとく生き残り、結局、スペインからは民主主義が奪われたままである。

ドラは、第二次世界大戦が終結した日の翌日――そう、ピカソと別れる直前のことだ――パルドと交わした会話を反芻《はんすう》した。


――あのとき〈ゲルニカ〉を亡命させて、ほんとうによかった。

その「亡命」の手引きをしたパルドが、しみじみとつぶやいていた。「戦争は終わった」という見出しが堂々と一面に躍った新聞を開きながら。

――さもなければ、あの作品はとっくに失われていたでしょう。あれが持つ影響力をもっとも恐れていたのは、実はフランコではなくてヒトラーだったはずですから。

その場にピカソがいなかったのをいいことに、ドラはそれに応えて言った。

――あれはもう、このさき永遠にスペインに戻ることはないかもしれないわね。

……ピカソが生きているあいだには難しいかもしれない。残念なことね。自分のものなのに、もう見られないかもしれないなんて……。

パルドは、ほんの少しさびしそうな笑い顔になった。

――そうですね。……けれど、そもそもあの作品は、ピカソのものじゃない。……そう言っていましたよ、本人が……。

——そうなの？　ピカソが言ってたの？　自分のものじゃないって？

——ええ。以前、雑誌に載っていたインタビュー記事を読んだのですが……あの作品は誰のものでしょうか？　とインタビュアーに聞かれて……ピカソは答えていました。「少なくとも私のものではない」と。

——じゃあ、誰のものなの？　スペインのもの？　それとも、なくなってしまった共和国政府のもの？

ドラに詰め寄られて、パルドのさびしげな笑みが、ふと、やさしい微笑に変わった。

——ピカソ自身は誰のものだとも言っていません。けれど、僕は思うんです。あれは……誰のものでもなくて、僕たちのものなんだと。

あなたも僕も、すべてをかけて〈ゲルニカ〉を守った。そしていま、あれはMoMAにあって、しっかりと守られている。……ひょっとすると、僕たちが生きているあいだにはスペインに戻ってはこないかもしれない。けれど、どこにあっても、誰かが守ってくれる。そして、僕らが死んだあとも、未来の誰かがきっと守っていってくれる。そして……。

パルドは、かすかに希望を宿した目をドラに向けて言った。

——そして、守られ、伝えられていく限り、あの作品の輝きは失われません。〈ゲルニカ〉は、戦争の愚かさ、悲惨さを伝え続けるはずです。永遠に……。

ひっそりとしたグランゾーギュスタンのアトリエにひとり佇《たたず》んで、ドラは、〈ゲルニカ〉が掲げてあった壁を静かにみつめた。

壁に何枚か重ねて立てかけてあるカンヴァスのいちばん手前にあるのは、一枚の「鳩《はと》」の絵だった。

カンヴァスに描かれた、大きく開け放たれた窓。ここ、グランゾーギュスタンのアトリエの窓だ。窓の向こうには、雲ひとつない青い空が広がる。その窓辺に一羽の白い鳩がとまっている。

鳩は、大きく翼を羽ばたかせ、いましも空に向かって飛び立とうとしている。鳩は、いっとき殺されかけた。潰《つぶ》され、血と涙を流し、息絶えるかのように見えた。けれど、ついに解き放たれた。息をつなぎ、翼を震わせ、再生を果たした。

その翼を押さえつけ、痛めつける者はもういない。このさきは悠々と自由な空に飛翔するのだ。

その「鳩」の絵は、ピカソからドラへの最後の贈り物だった。

――自由になりたいの。

そう言って、別れを切り出したのはドラのほうだった。

——私は、これ以上、自分の気持ちをあなたに束縛されながら生きていくのはいや。そしてあなたを束縛しようとする自分の気持ちもいやなの。

だから、私たち、お互いに自由になりましょう……。

せいいっぱいの強がりだった。

本音を言えば、いつまでも、死がふたりを分かつその瞬間まで、いや、たとえ死んでも、ピカソとともにありたかった。

けれど、ピカソの気持ちはすでに自分にはなく、別の誰かに移ってしまったことにドラは気づいていた。

これ以上ピカソとともにいれば、きっと自分は再び「泣く女」に逆戻りしてしまう。自分だけをみつめてほしいと泣きわめき、ピカソの愛に飢えて、狂ったように取り乱してしまうに違いない。

ピカソの創作の邪魔をする面倒な女にはなりたくなかった。そして、しばらく忘れていた「芸術家ドラ・マール」を取り戻したかった。

そうするためには、別れるしかない。——ピカソに捨てられるまえに、自分から別れを切り出さなければ。

ドラは、自尊心という名のナイフでピカソと自分を繋《つな》いでいた糸を自ら切った。

そして、いま。

ピカソの留守中に、合鍵《あいかぎ》を返すためにグランゾーギュスタンのアトリエへやってきた。

ピカソからは、どれでも好きな絵を一枚、持っていってもいい——と言われていた。

ドラは、迷わずに「鳩」の絵を選んだ。戦争を想起する陰鬱《いんうつ》な静物画でもなく、泣きじゃくる女の肖像画でもなく、飛び立とうとする白い鳩が描かれた一枚を。

ドラは、三脚に据えたカメラのファインダーをもう一度覗き込んだ。

レンズの向こうには「鳩」の絵があった。その絵にフォーカスしながら、アトリエの床をぎりぎりにファインダーに入れる。赤茶色のトメットの床には、ピカソが〈ゲルニカ〉を描いたときに飛び散った黒とグレーの絵の具が残っていた。

カンヴァスの中から飛び立とうとする鳩がにじんで見える。涙がこぼれてしまわないうちに、一度だけ、息を止めてシャッターを押した。

正午を告げるサンジェルマン・デ・プレ教会の鐘が、晴れわたった秋空に鳴り響いている。

教会を正面に眺めるカフェ「ドゥ・マゴ」のテラス席にドラ・マールが座っている。ウールのコートの襟を立て、温かいカフェ・クレームをひと口啜《すす》って、教会の鐘の音に身を委《ゆだ》ねるようにまぶたを閉じた。

いい天気だ。十一月も終わりが近いというのに、その日、パリは思い出したような陽気に恵まれて暖かだった。閉じたまぶたに落ちる日差しの心地よさ。ずっと忘れていた幸福に似た気持ちが全身を充たしている。

「こんにちは、ドラ。シエスタですか」

やさしい声がして、ドラはまぶたを開けた。すぐ目の前にパルド・イグナシオが立っている。

「パルド。……ひさしぶりね」

ドラは座ったままでパルドのキスを頬に受けた。ダークブラウンのソフトを被り、相変わらず仕立てのいいツイードのスーツを着て、赤いシルクのチーフを胸ポケットに挿している。パルドは、ドラの隣の席に座ると、ギャルソンに赤ワインを注文した。

「あなたも一杯いかがですか」

言われて、ドラは首を横に振った。

「おや、珍しい。タバコはいかがです？」

パルドはジャケットの内ポケットからジタンの箱を取り出して勧めた。ドラはやはり首を横に振った。パルドは苦笑した。

「しばらく会わないうちに、禁欲的になりましたね」

二ヶ月まえにピカソと別れた直後に「コダクローム」フィルムを届けてもらって以来、パルドとも会っていなかった。その日はドラのほうからパルドを呼び出した。相談したいことがあるから、少しだけ時間をちょうだい、と。

ピカソとの別離の直後に、ドラは、パルドに自分たちの関係が終わったことを告げた。自ら別れを切り出したことも。……ただ、なぜそうしたのかは話さなかった。

ドラの告白をパルドは静かに受け止めた。そして言った。何かあれば、いつでも、どんなことでも僕に言ってください。あなたにこのさき何があろうとも、僕は必ずあなたの力になります——と。

——パルド・イグナシオ。

この男がいなかったら、ピカソと自分の人生は——そして〈ゲルニカ〉の運命は、もっと違ったものになっていたことだろう。

ドラは、タバコをくゆらすパルドの横顔をそっとみつめた。

彼と出会ったのは、八年まえ、このカフェのこの席でのこと。

そうだ。ピカソと出会ったときと同じように、パルドを見た瞬間、不思議な予感に胸を貫かれたのだ。

この青年は、きっと自分にとって大切な存在になる。恋仲になるのではなく、けれど友だち以上の存在に。そして、魂が呼び合うようにして、自分とパルド、そしてパルドとピカソは共鳴し合ったのだ。

あれから、私たちはずっと一緒にいた。戦時中の生と死が隣り合わせの日々を生き抜き、殺伐《さつばつ》とした時代を耐え抜いた。そして、ともに守り抜いた。──「ピカソ」という名の芸術を。

「どうしていますか？……ひとりになってから」

赤ワインが運ばれてきたタイミングで、パルドがさりげなく訊《き》いた。ドラは口元に微笑を浮かべた。

「なんとかやっているわ。……これからは写真ばかりじゃなくて、少し絵を描いてみようかとも思ってるの。自分もアーティストだったことをやっと思い出した。……そんな感じかしらね」

「そうですか。……それはよかった」

パルドは心底ほっとした声を出した。ドラはしばらく黙っていたが、

「あなたに預かってもらいたいものがあるの」

そう言って、傍に置いていた筒状に丸めたポスターのようなものを取り上げて、差し出した。

「なんですか」

パルドが訊くと、ドラは、ショルダーバッグの口を開いて、一枚のカラー写真を取り出し、テーブルの上に載せた。そして、言った。

「……この写真に写っている『鳩』の絵よ」

パルドは写真に視線を落とした。そこには、晴れ渡った空を背景に飛び立とうと羽ばたく白い鳩の絵が写っていた。

「これは……」

戸惑ったまなざしをパルドはドラに向けた。ドラはパルドをみつめ返して言った。

「私、妊娠しているの」

パルドの戸惑いが驚きに変わった。ドラは、落ち着いた声で静かに語った。

つい先日、妊娠していることに気がついた。すでに妊娠四ヶ月で、いまとなっては産むほかはないが、ピカソに認知を求めるつもりはない。そして自分も、ピカソの子供の母親としてこれからの人生を生きるつもりはない。けれど、自分の子供を不幸にもしたくない。

「身勝手だとは思うけど……パルド、最後のお願いよ。生まれた子供をスペインに連れていってほしいの。そして、子供のいない夫婦に育ててもらいたいの。そのときに、この『鳩』の絵を……一緒に渡してほしいのよ」

そして、かすかに濡《ぬ》れた鳶色《とびいろ》の瞳でパルドをみつめた。

パルドは、ふたたび視線を写真の中の「鳩」に落とした。そのまま、しばらく動かなかった。ドラは、祈るようにパルドをみつめていた。

やがて、パルドは顔を上げた。戸惑いも驚きも消え去った瞳は、涙を浮かべて揺らめいていた。

「……思い出してください、ドラ」

パルドは、潤《うる》んだ声で言った。

「僕はあなたに言いましたね。……あなたにこのさき何があろうとも、僕は必ずあなたの力になります、と」

ドラはパルドをみつめたままで、ひとつ、うなずいた。秋の日差しのようにおだやかな微笑《ほほえ》みがその顔に広がっていた。

テーブルの上のカフェ・クレームは、もうすっかり冷めてしまった。

サンジェルマン・デ・プレ教会の鐘がふたたび鳴り響く。通りを行き交う人々、駆けていく子供たち、乳母車を押す母親、語らい合う恋人たち。思い思いに過ごし、いまを生きる人々。

再生したパリの街。その片隅で、ドラ・マールもまた、生きていこうと心に決めた。

二〇〇三年六月五日　ニューヨーク

カタン、と軽やかな音が響いて、こんがりとキツネ色に焼き上がったパンがトースターの上に顔をのぞかせた。

フライパンのふたを開けると黄色い溶き卵がふんわりと盛り上がっている。スパチュラを卵の下に差し込み、不慣れな手つきでひっくり返す。その瞬間、なつかしいにおいが立ち上ってくる。

マンハッタンのチェルシーにあるアパートの小さなキッチンで、瑤子は朝食の準備の真っ最中だ。いつもなら出勤途中でコーヒースタンドに立ち寄り、コーヒーとベーグルを買って、オフィスのデスクでメールをチェックしながら食べる……という味気ない朝食スタイルになっていたのだが、今日はしっかりと朝食をとっていこう、何か作ろう、と思いたち、出かける準備を済ませてから、白いシャツと黒いパンツ姿にエプロンをつけ、キッチンに立った。誰かのためにではなく、自分のために——ごく簡単なものだが——料理をするのは、ほんとうにひさしぶりのことだった。

今朝、目が覚めると同時に、不思議な活力が体の底から湧《わ》き上がってくるのを感じて、「お腹《なか》が空いた」と口に出してつぶやいた。そんなことはいままでの人生でついぞなかったので、ベッドの中で思わずくすくすと笑ってしまった。そして、ついでにもうひと言、ひとりごちた。――焼きたてのトルティージャが食べたいな。

この三週間ほどは、あまりにも壮絶な、さまざまなことが起こり過ぎて、極度の緊張とストレスにさらされ、食欲もなくなって体重が一気に七キロも落ちた。

こんな状態で「その日」を迎えることができるのだろうか、とも思ったが――どうだろう、今朝の自分は、まるで生まれ変わったかのようにエネルギーに満ち溢《あふ》れている。いざ本番を迎えればあとはどうにかなるものだと、すっかり明るい気分になって、身支度を整えた。

「その日」。待ちに待った、今日が「その日」なのだ。

9・11の悲劇のあと、傷ついたニューヨーク市民のために、そしてテロと戦争に「NO」を唱える世界中の人々のために、いったい自分は何ができるのだろう。瑤子は苦しみ抜き、考え抜いた。そして、ひとつの結論に至った。

自分にできることは、ただひとつ。アートを通じて、反戦・反テロのメッセージを伝えること。それしかない。――パブロ・ピカソがそうだったように。

瑤子が企画した「ピカソの戦争」展。当初の予定よりは遅れたが、その内覧会とオープニング・レセプションが、今日の午後二時から開かれる。

「その日」――いや、「この日」のために、瑤子は自分の持てる力と情熱のすべてを出し切って突き進んできた。絶対に立ち止まるまい、振り返るまいと固く心に誓い、ふとした瞬間に忍び入ってきそうな不安をどうにか閉め出して、とうとう「この日」を迎えたのだった。

命がけだった。――実際に。

展覧会のすべての準備を終えて、瑤子がアパートに帰りついたのは午前三時だった。シャワーを浴びて、ほんの少しでも眠ろうと横になったが、なかなか寝つけなかった。何度も寝返りを打ち、ついさっきまで立ち会っていた展示の様子を反芻《はんすう》し、さらにはこの三週間あまりの出来事、そしてイーサンを失ってからの一年九ヶ月のあいだ、自分の身の上に起こったあれこれを思い出して、どうにも胸が苦しくなった。

このままではオープニングに幽霊のような顔つきで現れることになってしまう……と焦《あせ》れば焦るほど眠りは訪れてくれない。瑤子は目を見開くと、薄明るくなった部屋の中、ブラインドが下がった窓の横の壁に掛けられている「鳩」のドローイングをじっとみつめた。

幾百もの眠れない夜、白い鳩はいつも傍らで瑤子を見守ってくれた。元気を出して、負けないで、などと絵の中の鳩が語ってくれるはずもない。それでも、鳩は、ただ羽ばたいて、静かに主張していた。――私は飛ぶのだ、と。

誰の束縛も、制約も受けずに、私は自由に飛ぶのだ。

それが私の使命だから――。

絵の中の鳩をみつめるうちに、とろとろと心地よい眠りの帷《とばり》が下りてきた。いつしか瑤子はぐっすりと眠っていた。そして、目覚まし時計のアラームが鳴る五分まえに、すっきりと目覚めたのだった。

トーストにバターを塗り、レタスを一、二枚敷いて、焼きたてのトルティージャをサンドする。包丁でさくっとふたつに切る。

コーヒーメーカーがコポコポと湯を落とす音。馥郁《ふくいく》とした香り。ラジオからは、アコースティックギターが奏《かな》でるボサノバのメロディーがゆったりと流れてくる。

コーヒーをマグカップに注いで、ダイニングテーブルの上に置く。椅子《いす》に座ると、瑤子は両手を合わせ、誰にともなく「いただきます」と日本語でつぶやいた。

時計の針が八時ちょうどを指した。ラジオでは、朝の番組のナビゲーターが今朝のトップニュースを早口で伝えている。

さて、今日の注目は、なんといってもＭｏＭＡ《モマ》　ＱＮＳ《クイーンズ》で明日から開催される展覧会、「ピカソの戦争」です。

この展覧会は、二十世紀最大の芸術家、パブロ・ピカソが作品にこめた反戦の思いをテーマに、世界じゅうから関連作品を集め一堂に展示するというもの。ピカソは生涯を通して「アート」で反戦を訴え続けた芸術家であったといえるでしょう。ピカソの作品を通して、アートの力と可能性を再認識し、平和についてともに考える絶好の機会になるはずです。

この展覧会で特に注目されているのが、あの世紀の問題作〈ゲルニカ〉が、はたして展示されるのかどうか——ということです。一九三七年、スペイン内戦の際に、ナチスによるゲルニカ空爆に怒りを爆発させたピカソが、縦１３７インチ、横３０６インチの大作〈ゲルニカ〉を一気に描き上げたことはあまりにも有名です。第二次世界大戦中、この作品はアメリカに渡り、当時ＭｏＭＡで開催されたピカソの回顧展にも登場しました。その後、作品は、軍事政権となったスペインに還されることなく、四十二年間、ＭｏＭＡで展示され続けたことは、年季の入ったニューヨーカーならよく知っている事実です。

その後、〈ゲルニカ〉は民主主義が取り戻されたスペインに返還され、以来、現在の展示施設、レイナ・ソフィア芸術センターの壁から動かされることはありませんでした。今回の展覧会のためにこの難物を動かすべく、MoMAのキュレーター、ヨーコ・ヤガミが貸出交渉に赴いたとのことです。

そのヨーコ・ヤガミ。いま全米でもっとも注目されているパワフル・ウーマンです。交渉中にテロ組織に拉致《らち》されるも、生還を果たし、本日、MoMA QNSでの記者会見に登場する予定です。

ヨーコ・ヤガミとともに、ほんとうに〈ゲルニカ〉はふたたびニューヨークに現れるのか。現時点では、主催者は「ノーコメント」を貫いていますが、マドリッドからの情報によると、レイナ・ソフィアの〈ゲルニカ〉展示室は閉鎖中とのこと。ということは、つまり……これは期待してよいのでしょうか。

さあ、この週末は世紀の問題作がニューヨークに帰ってきたかどうか……あなた自身の目で確かめに、MoMAへ出かけてみませんか？

MoMA QNSの周辺では、警備のスタッフが複数の場所に立ち、人や車の出入りを厳しく規制して、ものものしい雰囲気に包まれていた。

スタッフ通用口付近はマスコミ関係者でごった返していた。全米のみならず世界中から報道陣が詰めかけている。彼らのターゲットはただひとり――ヨーコ・ヤガミである。

五月二十日。「バスク祖国と自由《ETA》」のアジトから救出された瑤子は、即刻病院に運ばれたが、翌々日には退院した。病院に詰めかけた報道陣から拉致の経緯や救出劇について質問が殺到したが、瑤子はスペイン政府に感謝の言葉を述べ、美術館関係者への謝罪を口にしただけで、それ以外はいっさい語らなかった。

そして、今日。

瑤子が乗ったセダンがMoMA QNS通用口に到着した。マスコミの攻勢から逃れるためにMoMAが車を手配してくれたのだ。後部座席のドアを開けて瑤子が登場すると、いっせいにカメラのフラッシュが光った。たちまち記者たちから矢継ぎ早に質問が飛んでくる。

「ヨーコ、ひと言だけコメントを！」

「〈ゲルニカ〉は展示されるんですか?!」

「〈ゲルニカ〉は無事に搬入されたんですか?!　答えてください、ヨーコ！」

瑤子はまっすぐに前を向いて、無言で美術館の中へ入っていった。そのまま自分のオフィスへ向かう。スタッフとのあいさつもそこそこに、部屋に入ると、どさりとワーキングチェアに腰を下ろした。ふう、と大きなため息をつく。

いつのまにか両手をぎゅっと握りしめていた。目の前にかざしてみると細かく震えている。できるだけ意識しないようにしていたが、どうしようもなく緊張しているのだ。

今朝、あれほどすっきりと気持ちよく目覚めたのに。何もかもうまくいく、そんな気持ちでいっぱいになったはずなのに。

いまさらながら、自分が「仕掛けた」企画の大胆さに恐れをなしてしまうなんて……。

瑤子は震える両手を組んで、額に当て、目を閉じた。じっとりと汗が滲《にじ》んでいる。

考えちゃだめ、と懸命に自分に言い聞かせる。

――思い出してはだめ。いまは、とにかく内覧会のことだけに集中して。このイベントを無事に乗り切ることだけに……。

ほんの少しでも心に隙間《すきま》ができてしまったら、その瞬間、意識のすべてを持っていかれてしまいそうだった。ついニ週間まえに体験したすさまじいあの出来事に。

ＭｏＭＡのキュレーターの日本人女性がテロ組織ＥＴＡに拉致され生還したニュー

スは、世界中を駆け巡った。

スペイン国家警察の特殊部隊がETAのアジトに突入、人質救出に成功したが、現場では激しい銃撃戦となり、ETAメンバーふたりが死亡、双方合わせて六名が重軽傷を負った。しかしながら、瑤子を救出するために導いてくれたETAのリーダーの妻、マイテの名前は、テレビにも新聞にもネットにも、ついに現れなかった。

命をかけて自分を助けてくれたマイテのことを思うと、瑤子は胸が引き裂かれそうな気持ちになった。が、いまの瑤子には、どうか生きていて――と、祈るほかに術《すべ》がなかった。

これほどの大事件に自分は巻き込まれてしまったのだ。もはや「ピカソの戦争」展は開催できないだろう。あきらめざるを得ない、と瑤子は覚悟を決めた。

ところが――。

MoMAは、レイナ・ソフィアとともに力を合わせてこの危機を乗り切り、展覧会を実現する、と瑤子に代わって声明を発表したのだ。テロに屈しない、その姿勢を貫くためにも、この展覧会を実現させなければならない。それがMoMAの最終決断だった。

MoMAの決断の背後には、瑤子のボスのティム・ブラウンはもちろん、ルース・

ロックフェラーの強い意志があったことは間違いなかった。

その判断が下された瞬間から、瑤子は千々に乱れてしまいそうな感情を封印し、展覧会実現のために猛然と走り出した。もはや立ち止まったり考えたりする余裕はなかった。

なんとしても展覧会を実施しなければ。何があろうと、一度やると決めた展覧会は絶対にやる。それがMoMAのポリシーであり、姿勢なのだ。

泣き言は口にすまい。決して恐れまい。この展覧会を実現するまでは――。

コンコン、と控えめにドアをノックする音がした。

デスクの上につっぷしていた瑤子は、はっとして顔を上げた。「どうぞ」と声をかけると、静かにドアが開いた。

ドアの向こうに現れたのは、黒いスーツに身を包み、ポケットに赤いチーフをさしたパルド・イグナシオだった。瑤子はたちまち笑顔になって立ち上がった。

「ああ、パルド！……ようこそ来てくださいました」

瑤子が歩み寄ると、パルドは親しみを込めてその痩《や》せ細った体を抱きしめた。まるで遠くからやってきた父に抱きしめられたような気がして、瑤子の胸に熱いものがこみ上げた。

「ありがとうございます、わざわざ私のオフィスへお出でくださるなんて……理事会の応接室が空いているかどうか、すぐに調べますので」

瑤子が内線電話の受話器を取り上げると、「いいんだよ」とパルドが制した。

「すぐに失礼するよ。今日の主役は君だ。誰よりも忙しいだろうからね」

そして、とっておきの秘密を打ち明ける少年のような瞳で言った。

「君に、ちょっとした届け物をしにきただけだから」

「届け物……？」

パルドは、ひとつうなずいた。そして、片手に握り締めていた黒い筒を差し出した。

瑤子はしばらくその筒をみつめていたが、やがて何かを悟ったように、筒の蓋《ふた》を外し、中に入っているものを取り出した。

巻かれたカンヴァス。瑤子は息を止め、震える手で、カンヴァスをそっと広げた。

その瞬間、目の前に一羽の白い「鳩」が現れた。

画家のアトリエ、大きく放たれた窓。その向こうに広がる澄み渡った青い空。

自由な空へ、いましも飛び立とうと羽ばたいているのは、一羽の白い鳩。

「……マイテ……」

声にならない声で、瑤子はつぶやいた。溢れる涙をもう止めることはできなかった。

この「鳩」をどうして瑤子のもとに連れてきてくれたのか。パルドは何も言わなかった。そして、瑤子の涙の理由も聞かなかった。

ただやさしく慈《いつく》しむように、瑤子の震える肩をそっと抱きしめてくれた。

涙がようやく通り過ぎると、パルドは瑤子の肩に手を置いたまま囁《ささや》いた。

「もうひとつ……君に渡したいものがあるんだ」

ポケットに挿していた赤いシルクのチーフを取り出す。「手を出して」とパルドが言った。瑤子は言われるままに右手のひらを差し出した。

パルドはその手のひらの上でチーフをひと振りした。ひらりと何かが落ちてきた。

瑤子は潤んだ瞳でそれをみつめた。

小さな赤い紙片。――「赤い涙」だった。

瑤子は目を上げてパルドを見た。いたずらっぽいまなざしで、パルドは瑤子をみつめ返した。

「ずっと昔……私がピカソからもらった、世界でいちばん小さな『作品』だよ」

そう言って、パルドは微笑んだ。

ＭｏＭＡ ＱＮＳのオーディトリアムは、午後一時半に開場した。

ドアの前でいまかいまかと待ち構えていたメディア関係者たちがたちまち堰《せき》を切ったようになだれ込んだ。カメラマンたちはよりよいショットを撮るために前方へ駆けていき、脚立を組んでの陣取り合戦となった。記者たちはノートやラップトップパソコンを携えて、テーブル付きの椅子に次々に座った。

展覧会会場はまだドアが閉ざされている。まずはオーディトリアムでメディア向けのプレゼンテーションがあり、その後内覧会という段取りになっていた。

この展覧会会場のどこかに〈ゲルニカ〉が展示されているのか。あるいはやはり〈ゲルニカ〉を借り出すのは無理だったのか。ついにはっきりすると記者たちは期待を膨らませている。

会場の前方には演説台《ポディウム》が設置され、その横に巨大なスクリーンがセットされてあった。そこには今回の展覧会で展示される作品が映し出されて、プレゼンターが——つまりヨーコ・ヤガミが説明をするはずだ。

椅子の上には「ピカソの戦争」の文字が印刷されているプレス・キットが配付されてある。ファイルの中に入っているプレスリリースには展覧会の内容が記されているが、その文章のどこにも〈ゲルニカ〉の文字はない。そして、ピカソ作品の図版も一枚も載せられていない。ファイルを広げた記者たちはざわざわと騒ぎ始めた。

――これは、ひょっとすると……やはり無理だったのか？

プレゼンテーションの開始時間は午後二時だった。その五分まえに、会場の後部ドアからルース・ロックフェラーが、続いてパルド・イグナシオが入ってきた。スタッフに案内されて、最前列の席の中央にふたりは並んで座った。

午後二時きっかりに、会場前方の控え室に続くドアが開いた。その途端、ざわめいていた会場は静かになった。

最初に姿を現したのはMoMA館長のアラン・エドワーズ、続いて絵画・彫刻部門チーフ・キュレーター、ティム・ブラウンが入場した。会場を埋め尽くした記者たちは、固唾《かたず》を飲んで「主役」の登場を待った。

ややあって、白いシャツに黒いパンツスーツ姿の八神瑤子が現れた。その瞬間、拍手が沸き起こった。瑤子は少し緊張した面持ちで、最前列、ティムとルースのあいだの席に座った。

肩先を後ろからつつかれて、振り向くと、ニューヨーク・タイムズの記者、カイル・アダムスだった。カイルは軽く片目をつぶって見せた。瑤子は思わず頬を緩めた。あの事件が起こったとき、カイルはマドリッドまですっ飛んできてくれた。記者としてではなく、一友人として。

カメラもレコーダーもパソコンも持たず、身ひとつで病院に駆けつけたカイルは、詰めかけたマスコミの人垣を掻《か》き分けて、僕はヨーコの古い友人だ、会わせてほしい、と懸命に訴えた。が、結局、瑤子がカイルとの再会を果たしたのは退院後のことだった。瑤子の顔を見て、カイルはようやく安堵のため息をついた。そして言った。――〈ゲルニカ〉なんてもうどうでもいいよ、君が生きていてくれたんだから、もうそれでいい、と。

そのカイルから、昨夜、展示の最終確認の真っ最中に電話がかかってきた。やあヨーコ、ひとつ質問なんだけど……と明るい声で友は尋ねた。――演説台《ポディウム》はどっち側に設置されるの？　君の目の前に座るようにするよ。カメラマンを連れていくから、ベスト・ショットをくれるかな？　瑤子はおかしくなって、つい笑ってしまった。

この四月に「ピカソの戦争」展の記者発表をした前日にも、カイルから電話がかかってきて、まったく同じ質問をされた。ただし、ひとつだけ違ったのは――やはり〈ゲルニカ〉は難しかったのかい？　と訊かれなかったことだ。代わりに、友は、おめでとう、と祝意を述べた。

――どんな困難があろうともあきらめずに挑戦を続けてきた君を、僕は誇りに思う。君の努力と情熱がかたちになった今回の展覧会。……きっとイーサンも喜んでいるよ。

イーサンと瑤子の親しい友人であるカイル。今回の展覧会を仕掛けた瑤子の真意を深く理解してくれ、ともに動いてくれた「戦友」であるカイルに、瑤子は心をこめて告げた。

――ありがとう、カイル。見守っていてね。

午後二時を少し回ったところで、オーディトリアムのポディウムにアラン・エドワーズが立った。

「本日はお集りいただきありがとうございます。前回、私たちが皆様方にこの場でお目にかかったときには、確か『五月二十三日より、ここＭｏＭＡ ＱＮＳにて特別展「ピカソの戦争」が開催される』とお伝えしました。……さて皆様、カレンダーをご確認ください。今日は何日ですか？　……六月五日？　まさか、ご冗談を。ＭｏＭＡが嘘《うそ》をつくはずがない。嘘つきはカレンダーのほうだ」

会場がどっと沸いた。アランの軽妙な語り口に場の空気が一気にほぐれた。ルースも、パルドも、ティムも笑っている。もちろん、瑤子も。アランは肩をすくめて見せてから、話を続けた。

「ええ、そうです。今日は六月五日。カレンダーは嘘をつきません。けれどももちろん、私たちも嘘をつきません。……開催日が延びてしまったのには、いくつかの理由があります。その理由については、おそらく、私よりも皆様方のほうがはるかによくご存知でしょう。ですから、この場でそれについて釈明したり、説明したりするのはやめておきましょう」

会場がふたたびしんと静まり返った。瑤子は背筋を伸ばして館長のスピーチに耳を傾けた。

「今回、どんなことよりも私が皆様方と一緒に喜びたいのは、当館のキュレーター、ヨーコ・ヤガミが不屈の精神でこの企画を実現させたことです。ヨーコは、一年九ヶ月まえの九月十一日にニューヨークを襲ったあの凄惨《せいさん》な事件をきっかけに、この企画を立ち上げました。『ピカソの戦争』と銘打った展覧会を開催したいと、彼女が理事会で最初に訴えた日のことをよく覚えています。テロで傷ついたニューヨーク市民のために、また、戦争に巻き込まれてしまった罪なき人々のために、いったいアートは何ができるのか――その思いは、ピカソが生涯を通じて抱き続けた気持ちと同じではないか。自分もまた、ニューヨークに開設された美術館のキュレーターとして、展覧会を通して問いかけ、そして答えたい。――ピカソいわく、芸術は、決して飾りではない。それは、戦争やテロリズムや暴力と闘う武器なのだ、と。その言葉を発展的にとらえれば、アートとは、人間が自らの愚かな過《あやま》ちを自省し、平和への願いを記憶する装置であると言えるのではないか。そして、そのアートを守り、後世の人々に伝えることは、私たちMoMAの使命なのだ。……ヨーコは、そう語ったのです」

会場は水を打ったように静まり返っていた。館長の言葉のひとつひとつが瑤子の胸に沁《し》み入るようだった。

「本日、ヨーコ・ヤガミのたゆまぬ努力が、そして、どれほど時が経《た》とうとも決して色褪《いろあ》せないパブロ・ピカソのメッセージが、この展覧会に結実した喜びを、皆様方とともに分かち合いたいと思います。重ねて言えば……いや、私のスピーチはこれくらいにして、皆様方がもっとも知りたいトピックについては、キュレーター本人に語ってもらいましょう。――ヨーコ。さあ、君の番だ」

会場は割れんばかりの拍手に包まれた。瑤子は立ち上がり、ポディウムに立つアランのもとへと歩み寄った。ふたりはしっかりと握手を交わし、アランと入れ替わりに、瑤子がポディウムに立った。

会場を埋め尽くした人々は総立ちになった。拍手はいつまでも鳴り止まない。フラッシュが一斉に瞬き、シャッター音が響き渡る。

まぶしかった。けれど瑤子は前を向いた。決して目を逸《そ》らさなかった。

「まず初めに……この展覧会を実現するにあたって、ご協力、ご支援いただきました方々に心からの感謝を申し上げます」

瑤子が静かに口を開いた。潮が引くように拍手が鳴り止んだ。皆、椅子に座り直して、瑤子の話を一言一句聞き漏らすまいと耳を澄ませている。

「いつも私たちを導き、活躍の場を与えてくださる館長、アラン・エドワーズ。あたたかな言葉をありがとうございます。私も、あの理事会でのあなたの言葉を覚えています。『この企画はやってみる価値が大いにあるよ、ヨーコ。きっと実現するはずだ。君があきらめなければね』。……あの言葉にどれほど勇気をもらったことでしょう。あきらめることなく今日を迎えられたのは、あなたのおかげです」

ふたたび拍手が沸き起こった。アランは立ち上がって後ろを振り向き、軽く手を振って拍手に応《こた》えた。

「チーフ・キュレーターのティム・ブラウン。いつも叱咤《しった》激励してくれる私のボスがこの展覧会の最初の理解者でした。あなたの後押しがなかったら、この企画をテーブルに載せることは難しかったでしょう。心から感謝します」

アランを真似て、ティムも会場を振り返り、茶目っ気たっぷりに手を振った。会場は盛大な拍手をティムに送った。

「『ピカソの戦争』展の実現にあたり、本展の趣旨に共感してくださいました世界各国の美術館、コレクターの皆様方から、ピカソの作品と貴重な関連資料を多数お借りすることができました。この場を借りて御礼申し上げます」

出展作品に話題が及んだ瞬間、会場の空気がたちまち変わった。

オーディトリアムを埋め尽くす人々が瑤子の口から聞きたいこと。——それは、ただひとつ。

瑤子は、ほんの一瞬、まぶたを伏せた。小さく深呼吸をして、もう一度、前を向いた。そして、言った。

「本展の最大の支援者は、ＭｏＭＡの理事長、ルース・ロックフェラーです。この企画の難しさと意義、その両方を深く理解し、実現するために惜しみなくサポートしてくださいました。彼女の存在なくしては、本展が実現することはなかったでしょう。心からの尊敬と感謝を表します。ありがとうございます、ルース」

三たび、会場は大きな拍手に包まれた。ルースは立ち上がりもせず、手を振ることもなかった。ただ、目に涙をいっぱいに溜《た》めて、スポットライトの下の瑤子をじっとみつめていた。

「……いまから六十年以上もまえの出来事です。五月のある日、ニューヨーク、ハドソン・リバーの埠頭《ふとう》に、フランスからの定期船が到着しました」

拍手が引くのを待ってから、瑤子はふたたび話し始めた。

「その船の到着を、MoMAの初代館長、アルフレッド・バーと一緒に、首を長くして待ち構えていたのは、十一歳の少女……ルース・ロックフェラーです。その船には、のちに彼女の生涯の友人となる若者が乗っていました。彼の名前は、パルド・イグナシオ。スペイン内戦を逃れ、亡命先のパリで、ピカソと、当時のピカソの恋人、ドラ・マールに出会い、命がけで彼らふたりを、そしてピカソの作品を守り抜いた偉大な人です」

ルースの隣に座っているパルドは、眉《まゆ》をかすかに動かして微笑んだ。瑤子もパルドに向かって微笑みかけてから、続けた。

「パルドは、その船に載っていたある作品に付き添って、はるばる大西洋の彼方からやってきました。その作品は、アルフレッド・バーの要請を受け、MoMAで開催されるアメリカ初のピカソの回顧展に出展されるため、海を渡ってきたのです。その作品こそが……〈ゲルニカ〉だったのです」

会場は、まるで凪《な》いだ海のようだった。その海に向かって深呼吸する思いで、瑤子は言葉をついだ。

——「ピカソの戦争」展。戦争とテロが生み出した憎しみの連鎖に陥ってしまったこの世界で、平和について語り合うきっかけを作りたいと願い、私はこの展覧会を企画しました。

第二次大戦下の非常時に、ピカソは絵筆一本で闘いました。絵筆が銃よりも、大砲よりも、空爆よりもずっと強いことを、作品を通じて証明したのです。

ピカソが遺《のこ》したメッセージにもう一度目を向けてほしい。アートの力を皆で分かち合いたい。そのためにも、私は、本展に、なんとしても〈ゲルニカ〉を展示したいと強く願いました。

私は、十歳のときに、そのときはまだMoMAに展示されていた〈ゲルニカ〉を初めて目にして、言葉にできないほどの衝撃を覚えました。

怖かった。悲しかった。けれど、決して目を逸らしてはいけない——その瞬間からずっと、ピカソと〈ゲルニカ〉を追い続けて、いまに至ります。

ご存知の通り、〈ゲルニカ〉は、バーが企画したアメリカ初のピカソの回顧展に出展されてから、四十二年間MoMAに展示され、守られてきました。この作品を貸し出す際に、ピカソ自身がバーに示したたったひとつの条件は、スペインに真の民主主義が戻るまで〈ゲルニカ〉を還さないでほしい、ということ。そののち、MoMAはピカソとの約束を守り抜いて、〈ゲルニカ〉のシェルターとなってきたのです。

私が大学生のとき、MoMAでピカソの大回顧展が開催されました。その後、〈ゲルニカ〉は民主主義を取り戻したスペインに返還されました。以来、マドリッドにあるレイナ・ソフィア芸術センターで展示され、いかなる美術館にも展覧会にも貸し出されることはありませんでした。

けれど、私は、どうしても〈ゲルニカ〉を動かしたかった。この作品を展示しなければ、「ピカソの戦争」展は成立しないからです。あの作品には、戦争とテロと暴力を憎み、罪なき犠牲者を悼《いた》むピカソの心と感情のすべてがこめられているから。

わかっていました。それがどれほど難しいことであるか。

交渉は困難を極め、あらゆる努力をしましたが、もはや不可能であるとあきらめかけました。……苦しい決断でした。

ところが――。

「いいアイデアがある――と思いもよらぬ計画を持ちかけてくれたのは、ルース・ロックフェラーでした。……彼女がこの驚くべきアイデアを提案し、実行に向けて関係者に働きかけてくれなければ、とうてい実現できなかったでしょう」

会場が次第にざわめき始めた。瑶子の話の行方が記者たちには読めないようだった。

いったい、ヨーコ・ヤガミは何を言っているんだ？

〈ゲルニカ〉はここに来ているのか、それともだめだったのか……？

「ちょっといいですか、ヨーコ」

手を挙げて、そう声をかけたのはカイルだった。瑶子の古い友人にも、さすがに話が見えないようだった。

「ええ、どうぞ」瑶子がすぐさま応《こた》えた。カイルは、ひとつ咳払《せきばら》いをしてから、単刀直入に訊《き》いた。

「結局〈ゲルニカ〉は、いま、どこにあるんでしょうか？」

瑶子は、カイルの瞳《ひとみ》をみつめてから、

「その質問に答えるまえに――皆さんに思い出していただきたいことがあります」

そう言って、会場を見渡した。

「去る二月五日、国連安保理会議場のロビーでパワー長官が演説をしました。その背景に何があったか――あるいはなかったか。覚えていらっしゃいますか？」

会場を埋め尽くした聴衆は、互いに顔を見合わせ、ざわめいた。

「背景にあったのは、暗幕だ」カイルが声を上げた。

「そしてあるはずなのになかったのは――〈ゲルニカ〉だ」

瑤子はうなずいた。そして、はっきりと、力のこもった声で言った。

「あの日、あのとき。誰かにとってそこにあってはならなかったあの作品を、私たちは取り戻しました。――そこになくてはならないから」

それから、ポディウムの横に下がっているスクリーンを指し示した。

その瞬間、真っ白なスクリーンが、ぱっと切り替わり、真っ黒な画面になった。会場内のざわめきがいっそう大きくなり、すべての視線がスクリーンに釘付《くぎづ》けになった。

どこかの場所からの中継のようだ。スクリーンには、カメラが映し出す「漆黒の闇《やみ》」の映像が映っていた。やがて、カメラが少しずつ、少しずつ、ズームアウトを始めた。漆黒の闇が、だんだん遠ざかり、形が見え始める。カメラが引くのをぴたりと止めると、闇は、横長の大きな黒い長方形になった。

その黒い長方形は壁に掛かっていた。床には赤いカーペットが敷き詰められている。右横には世界各国の旗が掲げられ、その前には北極を中心とした世界地図とオリーブの葉が組み合わさったエンブレムのついたポディウムが置いてある。

食い入るようにスクリーンをみつめていたカイルが、「ここは……」と小さくつぶやいた。

「……国連安保理会議場のロビー……？」

ルースが悠然と微笑んだ。その傍らで、パルドが満足そうにゆっくりとうなずいた。

瑤子はまっすぐに前を向いた。遠くの星をみつめるようなまなざしで、彼女は言った。

「剝《は》がしてください。……暗幕を」

会場の誰もが息をのんだ。バサリ、と音を立てて、スクリーンの中で、黒い長方形が床の上に落とされた。

暗幕の下から現れたのは、タペストリーではなく、壮大な一枚の絵。

〈ゲルニカ〉だった。

主な参考文献（順不同）

「ピカソの戦争《ゲルニカ》の真実」ラッセル・マーティン著　木下哲夫訳　白水社　二〇〇三年
「ゲルニカ物語―ピカソと現代史―」荒井信一著　岩波新書　一九九一年
「ゲルニカ　ピカソが描いた不安と予感」宮下誠著　光文社新書　二〇〇八年
「ゲルニカ帰郷―ピカソの祈り」柏倉康夫著　日本放送出版協会　一九八一年
「ゲルニカ―ピカソ、故国への愛」アラン・セール著　松島京子訳　冨山房インターナショナル　二〇一二年
「ピカソ　I　神童」ジョン・リチャードソン著　木下哲夫訳　白水社　二〇一五年
「ピカソの世紀　キュビスム誕生から変容の時代へ　1881―1937」ピエール・カバンヌ著　中村隆夫訳　西村書店　二〇〇八年
「ピカソ　剽窃の論理」高階秀爾著　ちくま学芸文庫　一九九五年
「ピカソ　天才とその世紀」マリ＝ロール・ベルナダック／ポール・デュ・ブーシェ著　高階秀爾監修　高階絵里加訳　創元社　一九九三年
「ピカソと恋人ドラ　パリ　1940―50年代の肖像」ジェームズ・ロード著　野中邦子訳　平凡社　一九九九年
「祝宴の時代　ベル・エポックと『アヴァンギャルド』の誕生」ロジャー・シャタック著　木下哲夫訳　白水社　二〇一五年
「祝祭と狂乱の日々　1920年代パリ」ウィリアム・ワイザー著　岩崎力訳　河出書房新社　一九八六年
「アリス・B・トクラスの自伝　わたしがパリで会った天才たち」ガートルード・スタイン著　金関寿夫訳　筑摩書房　一九七一年

「ヘミングウェイと歩くパリ」ジョン・リーランド著　高見浩編訳　新潮社　一九九四年

「近代絵画史　ゴヤからモンドリアンまで　上・下」高階秀爾著　中公新書　一九七五年

「アルフレッド・バーとニューヨーク近代美術館の誕生　アメリカ二〇世紀美術の一研究」大坪健二著　三元社　二〇一二年

「発言　米同時多発テロと23人の思想家たち」中山元編訳　朝日出版社　二〇〇二年

「アメリカ帝国の悲劇」チャルマーズ・ジョンソン著　村上和久訳　文藝春秋　二〇〇四年

「9・11　アメリカに報復する資格はない！」ノーム・チョムスキー著　山崎淳訳　文春文庫　二〇〇二年

「戦争とプロパガンダ」E・W・サイード　中野真紀子・早尾貴紀訳　みすず書房　二〇〇二年

「戦争とプロパガンダ　2―パレスチナは、いま―」E・W・サイード　中野真紀子訳　みすず書房　二〇〇二年

「ピカソ　愛と苦悩―『ゲルニカ』への道」展覧会図録　京都国立近代美術館、東京・東武美術館　一九九五年―一九九六年

「ピカソ　5つのテーマ」展覧会図録　ポーラ美術館　二〇〇六年

「破壊された都市の肖像―ゲルニカ、ロッテルダム、東京…」展覧会図録　群馬県立近代美術館　二〇一三年

The Genesis of A Painting: Picasso's Guernica, Rudolf Arnheim, University of California Press, Berkeley, Los Angeles, London, 1962

Picasso Rewriting Picasso, Kathleen Brunner, Black Dog Publishing, London, 2004

Picasso's Weeping Woman: The Life and Art of Dora Maar, Mary Ann Caws, A Bulfinch Press Book, Little, Brown, and Co., Boston, 2000

Picasso Life with Dora Maar: Love and War 1935-1945, Anne Baldassari, Flammarion, Paris, 2006, exhibition went to: Germany, Spain, United States, France, Great Britain, Japan and Switzerland

Picasso: Tradition and Avant-Garde 25 years with Guernica, exhibition at Museo Nacional del Prado / Museo Nacional Centro de Arte Reina Sofía, Madrid, 2006

Picasso: Black and White, edited by Carmen Gimenez, Delmonico Books, New York, 2012, exhibition at Solomon R. Guggenheim, New York, The Museum of Fine Arts, Houston

Matisse Picasso, exhibition at The Museum of Modern Art, New York, 2003, Les Galeries Nationales du Grand Palais, Paris, 2002-2003, Tate Modern, London, 2002

Picasso's Paris: Walking Tours of the Artist's Life in the City, Ellen Williams, The Little Bookroom, New York, 1999

Art In Our Time: A Chronicle of The Museum of Modern Art, edited by Harriet S. Bee and Michelle Elligott, The Museum of Modern Art, New York, 2006

Picasso: El Guernica, Miranda Harrison, Scala Publishers, London, 2003

El Picasso de Los Picasso, Carmen Gimenez, exhibition at Museo Picasso Málaga, 2003-2004

Picasso 1936. Empremtes d'una Exposició, exhibition at Museu Picasso, Barcelona, 2011-2012

Encounters with the 1930s, exhibition at Museo Nacional Centro de Arte Reina Sofía, 2012

The Collection. Museo Nacional Centro de Arte Reina Sofía: Keys to a Reading(Part I), collection catalogue of Museo Nacional Centro de Arte Reina Sofía, 2010

（※）六九〜七一頁のニュース記事は、「ニューヨーク・タイムズ」二〇〇三年二月一日付 Iraq I: The UN will come around to the Bush-Blair view By David M. Malone を参考に作者が創作したものです。

協力

春日芳晃（朝日新聞社）
金成隆一（朝日新聞社）
Jay A. Levenson (The Museum of Modern Art, New York)
Richard Gluckman (Gluckman Tang Architects, New York)
Irene Martin (Dallas)
Karina Marotta Peramos (Museo Nacional del Prado, Madrid)
Lucia Cassol (Museo Thyssen-Bornemisza, Madrid)
Rosario Peiró (Museo Nacional Centro de Arte Reina Sofía)
Anna Guarro (Museu Picasso, Barcelona)
Pep Subirrós (Barcelona)
José Lebrero (Museo Picasso Málaga)
Lucía Vázquez García (Museo Picasso Málaga)
Hans Ito (Paris)
ニューヨーク近代美術館（ニューヨーク）
プラド美術館（マドリッド）
レイナ・ソフィア芸術センター（マドリッド）
グッゲンハイム・ビルバオ（ビルバオ）
ピカソ美術館（マラガ）
ピカソ美術館（バルセロナ）
ゲルニカ平和博物館（ゲルニカ）
ピカソ美術館（パリ）

レ・ドゥ・マゴ（パリ）
朝日新聞社ニューヨーク支局（ニューヨーク）
国際連合本部（ニューヨーク）
群馬県立近代美術館（高崎市）

本作は史実に基づいたフィクションです。
二十世紀パートの登場人物は、
架空の人物であるパルド・イグナシオと
ルース・ロックフェラーを除き、実在の人物です。
二十一世紀パートの登場人物は、全員が架空の人物です。
架空の人物には特定のモデルは存在しません。

解説

池上　彰

アートには、どれだけの力があるのか。戦争を阻止する力はあるのだろうか。この作品は、読者に究極の問いを投げかけます。

二〇〇三年二月、世界は緊張に包まれていました。アメリカのジョージ・ブッシュ政権がイラクを攻撃しようとしていたからです。

二〇〇一年九月に起きたアメリカ同時多発テロを受けて、「テロとの戦い」を標榜《ひょうぼう》していたブッシュ大統領は、アフガニスタンを攻撃した後、次の標的としてイラクに狙いを定めていました。イラクのフセイン大統領が大量破壊兵器を開発しているという疑惑が理由でした。

このときイラクを厳しく非難していたのがコリン・パウエル国務長官でした。国連安全保障理事会でイラクが化学兵器や生物兵器などを密《ひそ》かに開発・保有していると糾弾したのです。

この時期にパウエル国務長官は、国連安保理のロビーで記者会見を開きましたが、長官の後ろに位置する場所にあったピカソの「ゲルニカ」に暗幕がかけられていました。本書の作者である原田マハ氏は、これに衝撃を受けます。ゲルニカは、空爆によって阿鼻叫喚の地獄となった事態を象徴するもの。アメリカがこれから実行するイラク攻撃によって、イラク国内で同じような事態が起きることを予想した人物が隠したのではないかと直感したからです。

これをきっかけに書かれたのが本書です。本書は時を隔てた二つの話が同時に進行します。ひとつは、アメリカ同時多発テロの後の二〇〇三年、アートの力で平和を訴えようと考えたニューヨーク近代美術館（ＭｏＭＡ）のキュレーター八神瑤子の行動。もうひとつは、一九三七年のスペイン内戦中、パリで「ゲルニカ」に取り組むパブロ・ピカソに寄り添う実在の女性写真家ドラ・マールの視点です。七十年近い年月を隔てての虚実入り混じったストーリー展開は、果たしてどこまでが史実でどこからが創作か、読者の想像力を刺激します。

かつてＭｏＭＡに避難していたことのある「ゲルニカ」を、再びニューヨークに持って来ようと奮闘する瑤子。スペイン内戦に衝撃を受け、反戦の意思を絵画で示そうとするピカソと、その傍らで、その行動を写真に収めるドラ。時を隔てていても、ピカソとピカソの作品を愛してやまない二人の女性の意思と行動は、読む者の心を動かします。

瑤子の奮闘ぶりを支える人物として登場する上司のティム・ブラウンの名前を見て、原田マハのファンはニヤリとするのではないでしょうか。そう、著者の作品『楽園のカンヴァス』の主人公だからです。一九八三年当時のティムは、アシスタント・キュレーターでした。思わぬ招待状によってスイス・バーゼルへと誘い出され、とんでもない仕事を依頼されることは、ファンならご存じでしょう。このときのティムは、いささか頼りない人物として描かれていましたが、いまや頼れるチーフ・キュレーターになっています。『楽園のカンヴァス』を読めば、その経緯もわかろうというものですが、読んでいない人にはネタバレになるので、これ以上の言及は控えておきます。

念のためですが、国連安保理の会議場内に掲げられている壁画は「ゲルニカ」ではありません。こちらはノルウェーの画家ペール・クロフの作品です。ここには「灰から飛び立つ不死鳥」が描かれています。第二次世界大戦によって生じた焦土からの復活がモチーフです。下部は暗い色調ですが、上部は未来への希望を表す明るい色が使われています。国連設立の趣旨を体現しています。

これに対して「ゲルニカ」は、戦争そのものの悲惨さを描きます。私が最初に「ゲルニカ」を見たのは、二〇一二年のスペイン経済危機の取材でマドリッドを訪れたときです。ギリシャに端を発したユーロ危機のあおりを受けたスペイン政府は財政再建のために緊縮財政を打ち出します。これに怒ったスペインの市民はマドリッドの国会議事堂にデモをかけ、警官隊と激しく衝突します。

この緊迫した状況取材の合間を縫って、私はレイナ・ソフィア芸術センターに駆け付け、「ゲルニカ」と対面しました。

が、壁画の前で動けなくなります。呆然《ぼうぜん》と佇立《ちょりつ》するとは、こういう状況を指すのでしょう。

いななく馬、茫然《ぼうぜん》とする牛。のたうつ人々。言葉を失いました。

閉館間際のため、短時間しか滞在できなかった悔しさ。あまりの悔しさから、後日改めて日本から見に行きました。

「ゲルニカ」自体はスペイン内戦中のゲルニカ空爆に触発されて描かれたものではあっても、そこには「空爆」と称される軍事行動によって、地上で何が起きるかを如実《にょじつ》に示しています。

一九四五年三月にあった東京大空襲では十万人の市民が亡くなりました。この頃、人々は「空襲」という言葉を使っていました。空襲とは、爆弾を落とされる側の表現です。

ところがアメリカがアフガニスタンやイラクを攻撃するようになると、「空爆」と称されるようになります。私たちも、この言葉を使うようになりました。しかし空爆とは、明らかに爆弾を落とす側の表現です。私たちは、アメリカの発表をいつも聞いているうちに、いつしか心がマヒしてしまったのでしょうか。

アメリカがイラクを攻撃した後で、パウエル報告のほとんどが事実誤認であったり、捏造《ねつぞう》されたものだったりしたことが判明しています。アメリカが「ゲルニカ」を隠しておきたかったわけです。疚《やま》しさを感じた者がいたのでしょう。

アメリカの攻撃により、当時のイラクのフセイン政権は崩壊します。ところがその後、イラクはイスラム教スンニ派とシーア派による内戦状態となり、数十万人とも言われる犠牲者が出ました。アメリカ軍兵士も多数犠牲になりました。この混乱の中からＩＳ（イスラム国）が生まれ、戦火はイラクからシリアへと移り、世界中でＩＳによるテロが頻発しました。アメリカの責任は大きいのです。

そして二〇一八年四月。アメリカのドナルド・トランプ大統領は、国家安全保障問題担当の大統領補佐官にジョン・ボルトン元国務次官を任命しました。この人物には、二〇〇三年のアメリカによるイラク攻撃に先駆けてアメリカ国内の世論工作を担当し、

「イラク攻撃やむなし」と煽《あお》った過去があります。その過去を反省するかと思いきや、いまや北朝鮮やイランへの軍事攻撃を口にしています。

また「ゲルニカ」に暗幕がかけられる日が来るのでしょうか。いまのトランプ政権には、暗幕をかけるほどの疚しさを感じる人すらいなくなっているようにも見えるのですが。

果たしてアートにどれだけの力があるのか。せめてトランプ大統領には「ゲルニカ」の実物を見てほしいものです。

（平成三十年四月、ジャーナリスト）

本作は平成二十八年三月新潮社より刊行された。

暗《あん》幕《まく》のゲルニカ

新潮文庫　は－63－2

平成三十年七月一日 発行
令和六年十月二十五日 十五刷

著者 原《はら》田《だ》マハ

発行者 佐藤隆信
発行所 株式会社 新潮社
郵便番号 一六二—八七一一
東京都新宿区矢来町七一
電話 編集部(〇三)三二六六—五四四〇
読者係(〇三)三二六六—五一一一
https://www.shinchosha.co.jp

価格はカバーに表示してあります。

乱丁・落丁本は、ご面倒ですが小社読者係宛ご送付ください。送料小社負担にてお取替えいたします。

印刷・大日本印刷株式会社　製本・加藤製本株式会社

ISBN978-4-10-125962-8 C0193